LES FRÈRES BYRNE

# VŒUX DE SILENCE

## JILL RAMSOWER

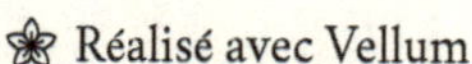 Réalisé avec Vellum

# VOEUX DE SILENCE

JILL RAMSOWER

C ERTAINS ÉVÉNEMENTS DANS NOTRE VIE SONT SI SIGNIFICATIFS qu'ils peuvent nous laisser sans voix. Quand mon père avait fait tuer ma mère, six mois plus tôt, les mots m'avaient complètement échappé. Rien de ce que je pouvais dire ne m'aidait à comprendre ou ne m'évitait d'être en danger. Ainsi, je choisissais de ne rien dire du tout.

Ces six derniers mois, je n'avais pas prononcé une seule parole.

Ni pour mon frère ni pour ma meilleure amie. Pas même seule, dans le noir.

Je n'avais pas émis un seul bruit depuis que je m'étais réveillée à l'hôpital après l'accident de voiture qui avait ôté la vie à ma mère. Au début, j'étais en état de choc, alors que j'essayais de comprendre ce qu'il s'était passé et de saisir la gravité de cette perte – ma mère et mon père avaient disparu en un claquement de doigts.

Papa ne s'était peut-être pas trouvé dans la voiture, mais il était tout aussi mort à mes yeux.

Il avait orchestré l'accident qui m'avait volé la meilleure part de ma vie. Ma mère. Mon cœur. Sans elle, un trou béant s'était creusé dans mon âme.

Malgré le chagrin qui me paralysait, l'angoisse et la colère avaient commencé à frémir sous la surface. Le tout était dirigé vers un unique homme. Le même homme qui aurait dû être ma source de réconfort et mon sanctuaire. J'avais été si furieuse envers mon père que j'avais craint ce que je pouvais dire. J'avais eu peur qu'il décèle l'accusation et la frustration dans mes mots et qu'il comprenne que je savais la vérité.

Alors je n'osais pas ouvrir la bouche.

Les ecchymoses sur mon cou, causées par la ceinture de sécurité, et les spéculations des médecins concernant un traumatisme potentiel m'avaient conféré l'excuse parfaite. Mon père n'était que trop heureux d'accepter mon silence. Il m'avait ramenée à la maison, vers une vie que je ne reconnaissais plus. Une vie sous des verrous virtuels.

Les jours s'étaient mués en semaines qui s'étaient elles-mêmes muées en mois.

Chaque jour, je pouvais passer un moment seule, au-delà des murs de la demeure de mon père, pour mon habituel café matinal. Chaque matin, j'avais le droit d'aller boire un café – en étant supervisée, bien sûr. Umberto, l'imbécile qui avait pour ordre de me surveiller, avait cessé de me suivre à l'intérieur après les deux premiers mois, lors de ma sortie quotidienne. Il restait dehors, sur son téléphone, tandis que je m'asseyais à une table avec mon petit déjeuner et que je me demandais comment échapper aux griffes de cette vie au sein de la mafia que je détestais maintenant.

Je me serais enfuie, si les choses avaient été aussi simples, mais elles ne l'étaient jamais. Le problème était mon petit frère. Je ne pouvais l'abandonner. Toutefois, l'emmener serait un défi. Il idolâtrait mon père. Il l'avait toujours fait. Même si mon père nous permettait de passer du temps tous les deux, sans être observés, convaincre Sante serait une tâche monumentale. Ce dilemme me rongeait quotidiennement. J'avais attendu la bonne occasion, mais après six mois à être constamment épiée, je m'inquiétais de plus en plus que le jour où ma chance se présenterait n'arrive jamais.

— Bonjour, Noemi. Comme d'habitude ?

Le gentleman sympathique derrière son comptoir me fit un signe de la main quand j'entrai. L'équipe du matin, dans ce café, me connaissait par mon prénom, bien que je ne leur parle jamais. Je n'avais dû expliquer mon silence par écrit qu'une seule fois, ce qui avait été un soulagement. Ils s'étaient montrés très compréhensifs et faisaient toute la conversation pour moi.

Je souris et hochai la tête. Après avoir payé au comptoir, je m'assis aussi loin que possible de la porte et sortis ma lecture actuelle. Mon portable était tracé, alors je l'utilisais rarement, même pour éviter de m'ennuyer. Je n'avais jamais été une grande lectrice, par le passé, mais dernièrement, les livres étaient devenus mon échappatoire favorite. Je n'avais lu que quelques pages de mon chapitre quand une voix masculine retentit derrière moi.

— Vous ne devriez pas avoir une routine si manifeste. Personne ne vous l'a dit ?

Je ne voyais pas l'homme, mais je savais que ce

commentaire m'était destiné. La nature de son observation aurait dû m'alarmer, mais ce fut sa voix séductrice et pénétrante effleurant ma nuque qui me crispa le dos.

Lentement, je me tournai pour jeter un coup d'œil à l'individu qui était assis à côté de moi. Je tentai de me rappeler comment respirer lorsque mon regard se heurta aux yeux les plus bleus que je n'avais jamais vus. Un bleu profond si lumineux qu'il m'hypnotisait comme ces poissons bioluminescents, au fond de l'océan, qui distrayaient leurs proies avant de les avaler, tout entières. Même l'ombre projetée par son front saillant ne pouvait atténuer l'intensité de cette couleur.

Vingt bonnes secondes s'écoulèrent avant que la signification de ses mots traverse ma stupeur et me ramène vers des pensées rationnelles.

Comment savait-il que j'avais une routine ?

Je l'aurais certainement remarqué si cet homme était un habitué du café. Même sans ses yeux hypnotisants, il n'était pas le genre de mec qu'on pouvait oublier. Enveloppée d'une aura puissante et hors du commun, sa présence exigeait l'attention et le respect. Peut-être même la peur. Elle était visible dans la forme angulaire de sa mâchoire et dans sa démarche autoritaire. Il était un beau prédateur et il m'avait observée. Pourquoi ? Depuis combien de temps ? Et comment ne l'avais-je jamais remarqué ?

Troublée, je me retournai et décidai de l'ignorer. Je ne savais quoi faire d'autre.

— Mais, après tout, vous n'êtes peut-être pas si prévisible.

Mon regard buta sur ma page. J'aurais dû savoir qu'un homme comme lui n'accepterait pas l'indifférence.

— J'ai l'impression que tous les bouquins que j'ai vus entre les mains d'une femme étaient une romance qui leur inculquerait des attentes irréalistes, dignes d'un conte de fées parfait. Mais ce n'est pas ce que vous lisez, n'est-ce pas ?

Mon livre parlait de meurtre. Il s'agissait d'un roman policier qui m'aidait à m'occuper l'esprit plutôt que de m'apitoyer sur mes problèmes. J'aimais les romances comme n'importe quelle femme, mais j'avais besoin de quelque chose de plus sombre et de plus percutant. Un récit avec des héros auxquels je pouvais m'identifier, vu l'état dans lequel était ma vie.

Ne sachant quoi faire d'autre, je sortis le bloc-notes que je gardais constamment avec moi. Je pensais noter quelques mots expliquant que je ne pouvais parler, dans l'espoir que cela mettrait fin à notre rencontre, mais d'autres mots se matérialisèrent sous mes doigts.

***Est-ce si irréaliste de s'attendre à ce que les hommes soient des êtres humains décents ?***

Je n'arrivais pas à croire que j'engageais la conversation avec lui, alors même que je poussais le bloc-notes dans sa direction.

La confusion à laquelle je m'attendais de sa part, face à mon absence de réponse verbale, ne fit jamais son apparition. Je me retrouvai plutôt confrontée à un sourire carnassier.

— C'est irréaliste de s'attendre à de la décence de la part de quiconque, homme ou femme. D'après mon expérience, nous ne sommes pas si différents de nos ancêtres préhistoriques, comme nous aimerions le croire.

Je haussai un sourcil et griffonnai ma riposte.

***Parlez pour vous.***

Je ne pus m'en empêcher. Quelque chose chez lui faisait vaciller ma retenue après des mois de maîtrise parfaite.

Une ombre teinta l'éclat turquoise de ses yeux.

— Croyez-moi, c'est mon cas. Il n'y a absolument rien de civilisé chez moi.

Choquée par la violence de sa réponse, je le dévisageai tandis qu'il se levait de sa chaise. Je m'attendais à ce qu'il parte, mais je fus une nouvelle fois surprise quand il s'approcha du comptoir afin de récupérer mon café et mon bagel. J'avais été si captivée par notre échange que je n'avais pas entendu le barista m'appeler.

L'inconnu posa mon petit déjeuner devant moi, leva son pouce vers ses lèvres parfaites et suçota un soupçon de fromage frais tandis que son regard cobalt me clouait sur mon siège.

— Profitez bien de votre petit déjeuner, me murmura-t-il avant de s'éloigner nonchalamment.

J'étais totalement stupéfaite après l'une des rencontres les plus curieuses de ma vie. Mis à part l'étrange sujet de notre brève discussion, il n'avait pas sourcillé face à mon manque de communication verbale. Comme s'il avait été au courant. Mais comment ? Savait-il qui j'étais ?

Je m'en voulus soudain de ne pas lui avoir demandé son nom. Mon regard se posa sur sa silhouette en train de s'éloigner alors qu'il franchissait la porte du café, puis réapparaissait derrière la vitrine. Un instant plus tard, Umberto était nez à nez avec cet homme et le défiait avec la même énergie qu'un rhinocéros en colère.

Umberto l'avait-il vu me parler ? Non, autrement, il serait entré et l'aurait directement confronté. Dans ce cas, pourquoi était-il si furieux ? Le gardien de ma prison avait été distrait et j'étais certaine que cela ne faisait qu'aggraver son irascibilité, mais il était tout de même inhabituel pour lui d'être aussi agressif.

Mon corps tout entier se raidit quand je vis les deux

hommes se mettre en garde. Umberto était immense, mais l'inconnu ne semblait nullement perturbé. Si je devais émettre une supposition, je dirais qu'il devait se défendre quotidiennement contre des sbires furieux. Il était l'incarnation de l'indifférence, ce qui ne faisait qu'enrager Umberto davantage.

Le chien de garde de mon père ricana lorsque l'individu lui parla. Il leva une main pour enfoncer un doigt dans son torse. Avant qu'il puisse le toucher, le poing de l'homme, sorti manifestement de nulle part, lança une série de coups si vicieux et rapides qu'Umberto tomba au sol tel un poids de plomb. Il n'avait même pas réussi à le frapper une seule fois.

L'inconnu cracha sur son adversaire inconscient avant de reprendre immédiatement un air indifférent et serein, comme si les dix dernières secondes ne s'étaient jamais produites. Il lissa ses cheveux noirs et ondulés d'une main ferme, se retourna et me jeta un regard qui me coupa le souffle avant de disparaître sur le trottoir.

Comme si j'avais besoin d'une autre raison pour détester la mafia, cette vie dans laquelle j'étais née.

L'ambition impitoyable et l'irrévérence cruelle envers quiconque se mettait sur leur chemin faisaient partie des qualités innées de tous ces hommes conditionnés. Je ne savais pas qui était cet inconnu, mais il était tout aussi terrible que les autres. Voire pire.

*Il n'y a absolument rien de civilisé, chez moi.*

Je frissonnai en me souvenant de ses mots, puis sortis précipitamment pour voir comment allait mon garde du corps malchanceux. Umberto s'était évanoui sur le trottoir froid en plein New York. Pour la première fois depuis six mois, j'avais une rare opportunité de m'échapper et de disparaître dans la ville. Je pouvais me sauver. Aller chez ma cousine et tout lui raconter.

*Et pour Sante ? Dans quelle position se retrouverait-il ?*

Il serait seul. Abandonné. Je ne pouvais pas faire ça. Il était inutile de faire comme si m'enfuir sans lui était envisageable.

Prenant une profonde inspiration, je m'accroupis et tapotai la joue d'Umberto avant de le secouer jusqu'à ce qu'il se réveille en marmonnant une série de jurons.

— Sale beauf. Où est-il parti ?

Il observa la rue de son regard noir.

J'ignorai la question et l'aidai à se relever. Il essuya son nez ensanglanté avec sa manche et je le laissai pour récupérer mes affaires à l'intérieur du café. J'abandonnai la nourriture que je n'avais même pas touchée et négligeai les regards curieux de tous les clients. Je n'avais pas été la seule à observer la scène.

— Dégageons d'ici, grommela-t-il lorsque je sortis.

Sa voix s'étrangla et je me demandai distraitement si son nez avait été cassé. Bien que ça n'ait aucune importance pour moi. Étant l'un des hommes de main de mon père, il méritait probablement bien pire.

Je le suivis jusqu'à la voiture, curieuse de savoir qui était ce mystérieux inconnu et légèrement déçue que l'on m'ait privée de mon café et de ma routine matinale. Au moins, cette matinée n'avait pas été ennuyante, c'était certain.

🔥

— Seigneur, Berto ! s'exclama mon frère lorsque nous rentrâmes à la maison. Qu'est-ce qui t'est arrivé ?

Sante regarda dans ma direction pour s'assurer que j'étais

saine et sauve avant de reporter son attention sur mon garde du corps couvert de sang.

Umberto se contenta de grogner et de se diriger d'un pas lourd vers la salle de bains.

Je sortis mon bloc-notes et expliquai à mon frère.

***Juste une petite altercation dans la rue.***

Sante secoua la tête.

— Ce mec n'abandonne jamais. Il est tellement soupe au lait.

Je le gratifiai d'un petit sourire. Je trouvais amusant qu'il se considère comme plus mature qu'il ne l'était. À l'âge vénérable de dix-sept ans, il était loin d'incarner la logique et les décisions avisées. À vrai dire, depuis la mort de notre mère, ses émotions adolescentes instables avaient prédominé. Je détestais remarquer les changements chez lui – en partie parce qu'il avait été si mignon, par le passé, mais également parce que ses difficultés avaient magnifié son désir de suivre les pas de mon père dans la mafia. Il visualisait le pouvoir et le prestige tout en restant aveugle aux aspects les plus hideux de ce travail.

La mafia transformait les hommes en monstres. Elle les privait de toute leur humanité et laissait leurs âmes désespérément défigurées. Je n'imaginais pas que Sante puisse devenir plus affreux que cela. Toutefois, il idolâtrait notre père et la mafia. Il n'avait pas envie d'entendre ce que j'avais à dire. Je lui aurais immédiatement raconté la vérité sur ce qu'il s'était passé si je pensais qu'il pouvait me croire. Si je pensais que cela pouvait le sauver.

Je voulais aider mon petit frère, mais j'allais devoir trouver un autre moyen. Je n'avais pas fait beaucoup de progrès pour résoudre ce problème en particulier, mais au moins, je l'avais convaincu de ne pas quitter l'école. J'avais affirmé, à l'aide de mots griffonnés, que maman aurait eu le cœur brisé s'il avait arrêté ses études avant d'obtenir son diplôme. Il avait accepté, à contrecœur, de poursuivre son année de terminale encore un mois, quand les cours avaient commencé. C'était une petite victoire, mais une victoire tout de même. Et tant que je ne gagnais pas la guerre, je continuerais ma bataille discrète contre l'influence de mon père. C'était ce que ma mère aurait souhaité – ce qu'elle aurait fait s'il ne l'avait pas tuée.

Lançant un sourire attristé à Sante, je lui montrai l'étage du doigt pour lui indiquer que j'allais dans ma chambre et que je battais en retraite en haut. Une fois seule, je m'affalai sur mon lit, levant une main pour regarder le livre que je tenais toujours. J'observai une petite déchirure sur la couverture rigide, bien que mon esprit soit trop occupé à mentaliser une paire d'yeux bleus captivants.

Il était si caractéristique pour un homme comme lui de se moquer des romances. Il doutait probablement de l'existence d'une chose qu'il n'avait pas lui-même connue – comme l'empathie ou la compassion. C'était une vision du monde si lugubre et étriquée. Sans l'étincelle de chaleur que j'avais ressentie derrière son regard bleu glacial, j'aurais juré que cet homme était désespérément détaché de toute humanité.

On frappa à ma porte, ce qui me tira de ma rêverie et me fit relâcher mon livre. Mon père, Fausto Mancini, le boss le plus puissant de la famille Moretti, se tenait dans l'embrasure. Pendant plusieurs années, il avait plus été un nom qu'une véritable présence dans ma vie. Maman et Sante, voire notre cuisinier, faisaient plus partie de ma vie que lui. À cause de son absence, je m'étais battue contre un sentiment d'abandon et contre la souffrance, lorsque j'étais plus jeune. Maintenant que je subissais son attention tyrannique depuis six mois, je remerciais Dieu que mon père ait ignoré mon existence pendant si longtemps.

— Je dois quitter la ville, ces deux prochains jours. Je ne veux pas apprendre que tu es sortie du rang, ne serait-ce que d'un orteil.

Sa voix corrosive restait suspendue dans l'air autour de moi, comme un gaz toxique empoisonnant mes entrailles.

Sa présence sinistre ne m'avait pas laissé un seul jour de répit depuis que j'avais quitté l'hôpital. L'idée de passer deux jours loin de lui fit voleter mon cœur d'impatience.

Il avait dû percevoir ma réaction, car le coin de ses yeux se fronça.

— Ne me cherche pas, Noemi. De mauvaises choses arrivent à ceux qui me défient, insista-t-il en entrant dans ma chambre. Je crois que tu le sais, n'est-ce pas ?

Il me scruta et je tentai de calmer ma respiration, bien que mes poumons se soient comprimés après son insinuation. C'était la première fois qu'il faisait ce sous-entendu et soupçonnait que je sois au courant de la vérité. Pourquoi maintenant ? Parce qu'il quittait la ville et voulait s'assurer que je me comporte correctement ?

— J'ai bien remarqué ta façon de m'observer, poursuivit-il. Tu n'as pas besoin de dire quoi que ce soit pour que je lise dans tes pensées.

Ses yeux profonds couleur acajou se baissèrent vers ses mains, tandis qu'il évaluait nonchalamment l'état de ses doigts manucurés.

— Deux jours. Je te surveillerai.

Il me fusilla une dernière fois du regard avant de s'en aller.

Sa menace, faussement dissimulée, était inutile, car il avait raison. Je savais exactement ce qu'il avait fait et il me terrifiait déjà en tous points. S'il croyait qu'il y avait la moindre chance pour que je raconte à quelqu'un ce qu'il avait commis, il me tuerait en un claquement de doigts.

Je ne comprenais pas ce que ma mère lui avait un jour trouvé. Avait-il toujours été si impitoyable ? Était-il possible que quelqu'un soit aussi doux que mon frère, au début, et se transforme en quelqu'un de si cruel ?

Mon estomac se crispa face à cette éventualité.

Cela me briserait le cœur de m'asseoir et de regarder Sante se muer en quelqu'un de méconnaissable.

*Ils ne sont pas tous aussi terribles que papa.*

Pas faux. Oncle Gino était assez correct. Il semblait tenir à tante Etta, la sœur jumelle de ma mère. Toutefois, s'il se retrouvait à devoir choisir entre sa femme et ses ambitions, laquelle de ces deux choses surpasserait l'autre ? Je n'en étais pas certaine et cela en disait long. L'explication n'était pas plus claire pour le reste des hommes de la famille que j'avais appris à connaître. Bien sûr, ils étaient assez amicaux, lors des réunions, mais ils pouvaient aussi être effroyablement froids.

Je n'étais pas prête à parier ma vie sur la réponse à cette question. Je ne voulais pas prendre part au monde de la Mafia.

Je n'avais pas mon propre argent ni d'échappatoire évidente, mais je n'abandonnerais pas. Une opportunité se présenterait et je serais prête à ce moment-là.

# 2

## *Conner*

Une semaine plus tôt

— Tu sais que nous continuerons jusqu'à ce que le dernier arrête de respirer, déclarai-je fermement à tante Fiona tandis que les derniers membres de la famille rejoignaient leur voiture après un ultime adieu à l'oncle Brody.

Seule la proche famille Byrne était restée, ce qui représentait tout de même trois douzaines de personnes. Des centaines d'individus s'étaient rendues aux funérailles. Même mes grands-parents avaient conduit pendant une heure pour venir à l'enterrement de leur fils, alors qu'ils quittaient rarement leur maison, à présent.

La veuve de mon oncle tremblait à cause de ses sanglots étouffés. La voir ainsi me donnait envie de mettre le feu à toute cette ville.

Les Albanais avaient tiré cinq balles dans le torse de Brody devant l'un de nos clubs. Nous les avions immédiatement pourchassés et avions frappé en retour, abattant une demi-douzaine de leurs hommes, mais ces salauds étaient comme des cafards. Nous n'avions pas fini d'entendre parler d'eux.

— Viens, Ma. On te ramène à la maison.

Oran, l'aîné des enfants de Fiona et Brody, prit la main de sa mère et hocha discrètement la tête pour me remercier avant de la mener vers leur voiture.

Tandis que je les regardais s'éloigner, mon oncle Jimmy vint se placer à mes côtés. Bien que les trois frères Byrne et mon père aient conjointement fait renaître cette organisation, Jimmy en était le leader tacite. Il était également mon parrain et l'homme que j'aspirais à devenir. Je respectais et aimais mon père, mais Jimmy était au-dessus de tout soupçon. Le monde se taisait en sa présence. Quand j'étais gamin, j'avais étudié tout ce qu'il était. Maintenant que j'étais adulte, je passais chaque jour à me battre pour gagner son estime.

— Ça ne serait jamais arrivé, il y a cinquante ans, me dit-il en me posant une main sur l'épaule. À l'époque, quand les Irlandais possédaient Hell's Kitchen, personne n'aurait osé nous chercher des noises.

— Je n'étais pas là, à l'époque, mais j'ai vu ce que tu as été capable de créer, rien que ces dix dernières années. Nous sommes à deux doigts d'avoir le pouvoir que Paddy et les autres possédaient à ce moment-là, grâce à toi.

— On y arrive, mais les autres organisations pensent toujours qu'on est faibles. C'est l'unique raison pour laquelle ils s'en sont pris à nous. Ils n'oseraient jamais s'approcher des Italiens ou des Russes.

Jimmy avança lentement vers la rue et je restai à ses côtés.

— Qu'est-ce que ça dit sur nous ? Ça dit que nous sommes vulnérables, de leur point de vue. Nous sommes une cible.

Il marqua une pause et demeura silencieux quelques instants. Lorsqu'il reprit la parole, sa voix était un grondement grave, tel le tonnerre lointain.

— Les choses doivent changer.

Je croisai son regard gris acier avec une confiance inflexible.

— Dis-moi ce dont tu as besoin et je le ferai.

Baissant légèrement le menton en signe d'approbation, il continua à marcher.

— Dis-moi, comment s'est passé ton dîner avec les Italiens ? Je n'ai pas eu l'occasion de te le demander, avec tout ce qu'il s'est passé.

Le soir où mon oncle avait été tué par balles, j'étais allé rencontrer ma mère biologique pour la première fois, comme me l'avait enjoint Jimmy. Non seulement c'était une foutue Italienne, mais elle était également une satanée Genovese – femme du *consigliere* de la famille Lucciano, Edoardo Genovese. Je me trouvais en plein dîner familial comme dans une série télévisée alors qu'oncle Brody se vidait de son sang sur le trottoir. J'étais excédé de ne pas avoir été présent pour l'aider, mais oncle Jimmy avait insisté pour que j'aille rencontrer ma mère biologique. Je n'avais aucun intérêt à me lier avec la femme qui m'avait abandonné. Néanmoins, à la minute où l'agence d'adoption nous avait contactés pour nous annoncer que Mia Genovese avait envie de faire la connaissance de son fils, Jimmy avait juré que c'était le destin. Le début d'une nouvelle ère dans laquelle les Irlandais et les Italiens étaient alliés.

J'étais sceptique.

Mais, comme je l'avais dit, je faisais confiance à Jimmy et j'étais prêt à faire ce qu'il me demandait.

— Ça s'est passé aussi bien qu'on aurait pu s'y attendre. Edoardo Genovese savait, à cause du restaurant choisi, que j'étais lié à toi, et il s'est quand même pointé.

Le dîner n'avait pas été aussi terriblement gênant que je l'avais imaginé. Je ne prévoyais toujours pas de m'attacher excessivement à ma mère biologique, bien que mes demi-sœurs soient étonnamment divertissantes.

— Je dirais que c'est bon signe.

— Signe de quoi, exactement ? demandai-je alors qu'une sensation mordante de malaise me crispait les épaules.

Jimmy s'arrêta à nouveau, me lançant cette fois-ci son regard impénétrable.

— Je sais ce que tu ressens, à propos de ton passé, Conner. C'est compréhensible. Mais tu es enraciné dans notre famille, à présent. Tes liens avec les Italiens ne changeront pas ça.

En toute logique, je savais qu'il avait raison. Toutefois, en plus de mon adoption, je ne portais même pas le nom de Byrne. Ma mère adoptive était l'unique sœur de la fratrie Byrne. Son nom d'épouse était Reid, ce qui me séparait un peu plus d'eux, dans mon esprit. Je doutais que les autres soient d'accord, si j'exprimais mes sentiments, mais ce qu'ils pensaient à ce sujet ne changeait pas ce que je ressentais.

J'avais déjà passé ma vie à défendre mon droit à m'asseoir au milieu de mes cousins. Souligner mon héritage italien tout juste découvert ne faisait qu'empirer la situation.

— J'entends ce que tu me dis. Ça ne signifie pas pour autant que je veux traîner avec eux.

Ses traits se durcirent.

— Il est peut-être temps que tu travailles sur ta vision des choses, fils. On nous offre une opportunité en or. Un moyen de nous allier avec les familles les plus puissantes de la ville. Pense à ce que ça signifierait pour nous.

Cette fois-ci, ce fut à mon tour de m'arrêter et de le dévisager.

— Où veux-tu en venir, exactement ?

Il releva le menton et son torse se souleva avant qu'il lâche les mots qui changeraient ma vie pour toujours.

— Une union. Les Italiens et les Irlandais liés par les liens sacrés du mariage.

J'aurais aussi bien pu me prendre un coup de poing dans l'estomac. Sa déclaration me coupa le souffle et inclina mon monde sur son axe.

— Tu veux... que... j'épouse... une Italienne ? demandai-je en ayant du mal à prononcer ces mots.

— Je sais que ce n'est pas idéal, Conner, mais je n'imagine aucune autre circonstance qui pourrait nous présenter cette opportunité unique. Une alliance assurerait notre place dans cette ville et serait cruciale pour notre survie. Penses-y. Que se passera-t-il si les autres poissons de fond voient ce que les Albanais ont été capables de faire, et qu'ils décident de s'en prendre à nous ? Nous n'avons pas les ressources pour tous les combattre, mais avec les Italiens à nos côtés...

Il n'eut pas besoin de poursuivre pour que je comprenne à quel point les circonstances seraient différentes. Bien que nous soyons une famille, les Italiens avaient le pouvoir d'unir leurs cinq familles régnantes contre un ennemi commun. Cela les rendait presque invincibles.

Une telle alliance serait monumentale pour nous et j'en étais un élément essentiel. Cette idée aurait dû me rendre incroyablement fier, mais je ne pouvais faire taire les murmures dans mon esprit affirmant que ma famille irlandaise essayait uniquement de se débarrasser de moi. Comme je n'étais pas complètement l'un ou l'autre, je n'avais ma place nulle part.

*Arrête de chouiner et grandis. On s'en fiche que tu aimes l'idée.*

Ce que Jimmy avait dit était vrai et je le savais. Cela pourrait être immense et je devrais être honoré d'aider ma famille d'une quelconque façon. Débattre de mes sentiments était inutile, dans tous les cas, car en fin de compte, je savais que je ferais tout ce qu'oncle Jimmy me demanderait.

— Dis-moi ce que tu veux que je fasse.

Trois jours plus tard, nous allâmes déjeuner avec Edoardo Genovese et son frère Enzo, le boss de la famille Lucciano et chef de la commission italienne. Jimmy avait discuté avec eux après l'enterrement et, à mon grand étonnement, ils avaient accepté de réfléchir à notre proposition. Je ne m'étais pas attendu à ce que quoi que ce soit découle de son idée. Quelle serait la motivation des Italiens pour s'impliquer dans un tel arrangement ? Pourtant, ils étaient revenus vers nous un jour plus tard et avaient demandé à nous voir. J'avais encore du mal à comprendre les conséquences.

— Messieurs, les salua Jimmy quand ils se joignirent à nous. Nous sommes honorés de vous accueillir à notre table.

Je n'étais pas convaincu que notre proposition soit bien reçue, alors c'est une agréable surprise. Edoardo, je sais que vous avez rencontré mon neveu, Conner, mais je ne suis pas sûr qu'Enzo ait été présenté.

Je me levai et serrai la main des deux Genovese.

— C'est un plaisir.

Enzo hocha la tête.

— Vous avez procuré tant de paix à ma belle-sœur en acceptant de la rencontrer. Je sais que ça n'a pas dû être facile pour vous. Je n'oublierai pas ce que vous avez fait pour elle. Quant au déjeuner d'aujourd'hui, nous sommes toujours ravis de nous joindre à des hommes aussi honorables que vous.

— Vous êtes prêts à nous rencontrer, souligna Jimmy d'un air faussement pudique, mais cela signifie-t-il que vous songez réellement à l'arrangement que j'ai proposé ?

Enzo se retint de répondre jusqu'à ce que le serveur ait pris nos commandes. Nous avions choisi un restaurant indépendant en territoire neutre pour être certains que tout le monde était sur un pied d'égalité. Toutefois, cela signifiait que nous devions faire attention à ce que nous disions en présence d'inconnus.

— À vrai dire, nous sommes très intéressés par votre proposition. Nous avons fait de notre mieux pour garder le secret, vous n'en avez peut-être donc pas entendu parler, mais le cartel Sonora nous a récemment causé des ennuis, en ville.

Jimmy et moi échangeâmes un regard surpris. Nous n'avions pas entendu dire que les cartels avaient progressé sur la côte est, mais je ne pouvais qu'imaginer le chaos que cela provoquerait.

— Nous nous sommes occupés des gentlemen qui nous

causaient le plus d'ennuis, poursuivit Enzo, mais nous n'avons aucune garantie que la prochaine personne qui prendra le pouvoir ne décidera pas d'attaquer notre ville. Edoardo et moi, nous en avons discuté et avons décidé qu'un réseau d'associés plus large ne peut être que bénéfique.

Son regard se riva sur le mien.

— De plus, nous voulons que Connor sache qu'il a de la famille des deux côtés de cette table.

*J'étais maudit.*

Je ne m'étais pas attendu à ça. Les Italiens étaient connus pour leur limite stricte entre les Italiens et les personnes extérieures. J'étais un enfant illégitime, je ne savais pas du tout qui était mon père et j'avais été élevé chez les Irlandais. Ainsi, s'il y avait bien une chose à laquelle je ne m'attendais pas, c'était que les Genovese me considèrent comme l'un des leurs. Ma mère biologique avait peut-être souhaité me rencontrer, mais c'était totalement différent que ces hommes m'acceptent dans la famille.

— C'est un grand honneur, répondis-je péniblement malgré mon choc.

Enzo sourit.

— Très bien. Si nous sommes tous d'accord, discutons des détails. J'ai parlé aux autres boss et compilé une petite liste de partenaires potentielles pour vous. Nous n'avons inclus que les femmes qui appartiennent à un rang respectable et ont une situation convenable.

Il fit un geste à son frère, qui saisit quelques feuilles de papier dans un portfolio en cuir avant de me les tendre.

Mon ventre se contracta quand la réalité s'ancra dans mon esprit et que cette idée excentrique passait à l'étape suivante. Une part de moi avait été convaincue que rien ne découlerait de ce déjeuner et je ne m'étais donc pas préoccupé des conséquences. Mon estomac se retourna lorsque j'examinai des photographies colorées et granuleuses imprimées sur du papier ordinaire. À côté du cliché se trouvait une liste d'antécédents et d'informations basiques. J'avais l'impression de choisir une voiture d'occasion et non une épouse.

Étais-je réellement en train d'y songer ? Allais-je me lier à une princesse de la mafia italienne que je n'avais jamais rencontrée ?

*Seigneur.*

J'observai chaque page d'un regard aveugle, trop occupé à me calmer pour retenir les visages qui défilaient devant moi, jusqu'à la toute dernière page. Je marquai une pause pour assimiler l'image frappante d'une jeune femme fixant l'appareil photo par-dessus son épaule. Toutes ces femmes étaient attirantes, mais quelque chose chez elle captura mon attention. Je ne savais pas exactement pourquoi. C'était une qualité intangible. Son regard perçant en direction de la caméra donnait l'impression qu'elle voyait au travers.

— Vous pouvez retirer la dernière de la mêlée, suggéra Edoardo. Elle n'aurait jamais dû se trouver sur cette pile.

— Est-elle en couple ? demandai-je.

— Non, elle a eu un accident de voiture il y a six mois. Sa mère a été tuée lors de l'impact et les cordes vocales de Noemi ont été endommagées. Elle est muette et, d'après ce que je sais, elle est assez traumatisée. J'ignore pourquoi son père l'a nominée. On ne la voit presque plus hors de sa maison depuis que c'est arrivé.

Muette. *Ça*, c'était encore plus intrigant. La feuille indiquait qu'elle avait vingt ans, huit ans de moins que moi, donc. C'était une différence notable, mais pas insurmontable.

— A-t-elle des cicatrices ou d'autres séquelles physiques ?

— Pas que je sache, répondit Edoardo d'un air songeur.

À quel point cette jeune femme était-elle traumatisée ? Je ne m'intéressais pas à ce drame, mais la perspective d'avoir une épouse silencieuse méritait d'être explorée. Je pourrais mener ma vie à ma guise sans qu'on me fasse de réflexions ou qu'on m'interrompe, et je la laisserais faire de même. Pour la première fois depuis que Jimmy avait prononcé le mot *alliance*, je commençais à voir de l'espoir.

— Je veux en savoir plus, murmurai-je avec les yeux toujours rivés sur la page.

— Est-ce réellement ce que vous souhaitez ? demanda Enzo d'un ton méfiant.

Je posai les feuilles et lui lançai un regard inflexible.

— Je ne le saurai pas avant de l'avoir rencontrée, mais c'est une belle femme et quelque chose me dit que nous pourrions bien nous entendre. Si son père y a consenti et qu'elle s'est proposée, je ne vois aucun problème à envisager ce mariage.

— Très bien, répondit Enzo en baissant révérencieusement le menton. J'aurai plus d'informations à vous fournir avant la fin de la journée.

Je pris mon verre qui venait d'être rempli de vin et le levai.

— À une alliance durable, messieurs, et à une nouvelle ère de prospérité.

*Et à Noemi Mancini. Prépare-toi. La vie telle que tu la connais s'apprête à changer.*

# 3

*Présent*

Il emmena Sante quand il quitta la ville. Une part de moi avait espéré qu'il ne le ferait pas et que j'aurais une chance de discuter seule avec mon frère, afin de tenter enfin de m'enfuir avec lui. Papa ne me rendrait jamais les choses si faciles. J'avais été idiote d'envisager un tel scénario.

Je me servis plutôt de l'absence de mon père pendant ces deux jours pour profiter de ce répit loin de ses yeux scrutateurs. Umberto n'était toujours qu'à deux pas de là, mais ce n'était pas comme l'avoir derrière moi, en train de souffler sur ma nuque. Je regardai des films, écoutai la musique et rêvassai d'un jour où Sante et moi monterions sur un bateau et verrions New York disparaître à l'horizon.

Idéalement, je me serais échappée, mais deux jours passés seule étaient une deuxième option acceptable.

Mon répit prit fin lorsque je reçus un SMS de mon père m'informant de ne pas être en retard au dîner. Je ne savais pas vraiment pourquoi il ressentait le besoin de me le rappeler. Depuis la mort de ma mère, il avait insisté pour que nous mangions ensemble tous les soirs à 19 heures pétantes. Je n'avais pas été en retard une seule fois.

*Ce n'est qu'une démonstration du pouvoir qu'il a sur moi.*

Je soupirai profondément et jetai mon portable sur le lit.

*Tu gères, Em. Plus tu obéis, plus il te fera confiance et plus il sera facile de t'éloigner d'ici.*

Deux heures plus tard, je sortis de ma chambre et descendis les escaliers d'un pas lourd. Je souris à Sante quand je le vis assis à la table, aux côtés de notre père qui se leva brusquement en m'apercevant.

— Mais qu'est-ce que tu portes ? demanda-t-il avec mépris. Tu ressembles à une putain de polissonne. Va mettre quelque chose de respectable.

À la seconde où il se leva, la peur cloua mes pieds au sol et m'empêcha de bouger. Je jetai un coup d'œil à la jupe crayon élastique et au chemisier en coton trop large que j'avais enfilés pour le dîner. Ce look était décontracté, mais ne me faisait pas passer pour une vagabonde. Papa ne s'était jamais intéressé le moins du monde à ce que j'avais porté pour le dîner. J'ignorais donc totalement ce qui lui prenait.

Lorsque je relevai la tête, Sante me lança un regard désolé, mais ne dit pas un mot.

— Sante, va voir comment se porte Umberto et assure-toi qu'il garde la tête froide, ce soir.

Sa voix devint un grondement menaçant lorsqu'il contourna la table pour s'approcher de moi.

Je repoussai les vagues de trahison que je ressentis en voyant Sante disparaître au bout du couloir.

Il n'y avait plus que mon père et moi. Seuls.

Je ne savais pas vraiment ce qu'il se passait, mais des sirènes résonnaient dans ma tête. Une peur froide et poisseuse envahit mes veines et fit tambouriner mon pouls.

— Quelqu'un a demandé ta main. Une alliance importante.

*Ma main ? Comme dans... un mariage ? Mais, franchement, de quoi parlait-il ?*

Il continua de s'approcher jusqu'à ce que mon dos soit collé contre le mur.

— Tu ne vas pas gâcher ça.

Sa main se posa autour de ma gorge et son pouce caressa trivialement ma trachée.

— Tu *vas* accepter cette union, mais je veux que tu comprennes qu'en quittant cette maison, tu resteras à ma portée. Si tu racontes un seul mot sur ce que tu penses savoir, tu ne pourras te cacher nulle part, je te trouverai toujours.

Sa poigne se resserra, pas assez pour laisser une marque, mais suffisamment pour que mon sang se cristallise en glace en réponse à la menace d'être privée d'air.

Je demeurai aussi immobile que possible, suppliant mon corps de coopérer.

— Je saurai que c'était toi. Tu n'as pas besoin de parler pour devenir une balance, grogna-t-il.

Mes narines se dilatèrent tandis que des points apparaissaient dans mon champ de vision. Je cédai enfin et attrapai son poignet, incapable de surmonter ce désespoir mordant.

Ses yeux noirs et perçants s'enfoncèrent dans mon âme encore une seconde avant qu'il me relâche, tout en restant figé sur place pour envahir sadiquement mon espace personnel.

— Il s'appelle Conner Reid. C'est un Irlandais et il sera là d'une minute à l'autre. Maintenant, monte et enfile quelque chose de présentable avant de me faire honte.

Je hochai la tête, me glissant le long du mur et loin de mon père avant de courir pour rejoindre la sécurité de ma chambre.

*Oh merde, qu'est-ce qu'il vient de se passer ?*

Mes jambes tremblaient de plus en plus à chacun de mes pas.

Fermant la porte de ma chambre, je m'appuyai contre le battant et tentai de ralentir mon cœur palpitant avant qu'il explose hors de ma poitrine. Je devais m'éclaircir les idées. Papa avait accepté de donner ma main à quelqu'un, dans le cadre d'une alliance. J'allais me marier.

*Merde alors !*

Le nom de ce mec était Conner Reid. Ce nom m'était vaguement familier. Je ne m'étais jamais intéressée aux affaires de mon père, mais il était impossible d'en ignorer toutes les bribes.

*Réfléchis, Em. Réfléchis !*

Ce Reid avait demandé ma main dans le cadre d'une alliance. Il était Irlandais, donc les Italiens voulaient former une alliance avec les Irlandais. Mais pourquoi moi ? Parmi toutes les autres femmes italiennes disponibles, comment mon nom était-il ressorti ?

Le désespoir dans le regard de mon père apparut dans mon esprit.

Bien sûr, c'était sa faute. Si sa fille se retrouvait au cœur d'une union critique, ce serait immense pour lui et il n'y repenserait pas à deux fois, même s'il s'agissait de me vendre comme du bétail. Qu'est-ce que cela signifiait pour moi ? Au lieu d'échapper à la Mafia italienne, je serais mariée éternellement à un membre de la mafia irlandaise. Ce n'était pas le destin que je désirais, mais cela me permettrait de m'éloigner de mon père. C'était une solution envisageable, du moins, sur le court terme. Mais une fois que j'aurais quitté cette maison, je n'étais pas certaine de pouvoir encore contacter Sante. Et si ce mec était aussi horrible que mon père, j'allais peut-être finir dans une situation pire que celle dans laquelle je me trouvais actuellement.

La panique couvrait mes paumes de sueur et faisait vociférer mon pouls.

Je ne savais pas si c'était la chance que j'avais espérée ou un désastre total. Mes pensées étaient éparpillées et mes émotions désordonnées. Un désespoir salé s'accumula sous mes cils et chacune de mes respirations devint de plus en plus superficielle et forcée.

Je devais me calmer.

Papa serait furieux si j'allais dîner avec des yeux rouges et boursouflés. J'obligeai mes poumons à prendre une longue inspiration profonde avant de la relâcher lentement.

*Vois ce que tu peux apprendre pendant que tu te changes. Essaie de ne pas réagir excessivement.*

Je hochai la tête et attrapai mon portable sur le lit. Papa surveillait cet appareil, mais j'avais besoin de savoir dans quoi je m'engageais et il n'y avait qu'un moyen de le savoir avec certitude. Pippa était ma cousine et ma meilleure amie. Elle était également une épouvantable commère et une fouineuse. Je l'adorais et elle me manquait terriblement. Mon père nous tenait à distance et j'avais été obligée de jouer la carte de la fille endeuillée pour expliquer mon absence. Pip avait été compréhensive, même si je sentais qu'elle s'impatientait.

Elle aurait des réponses à me fournir et, à mon avis, mon père s'en moquerait si je posais des questions sur l'Irlandais. Par le passé, il ne s'était nullement intéressé à moi. La seule chose qui l'inquiétait, à présent, c'était que je me taise à propos de l'*accident* de ma mère.

**Moi : Qui est Conner Reid ?**

**Pippa : Bonjour, inconnue.**

**Moi : Je n'ai pas le temps. J'ai besoin de détails, maintenant !**

**Pippa : Merde, maintenant tu m'inquiètes. Je crois que c'est l'un de ces voyous irlandais – il gère un club de paris, je crois. Laisse-moi vérifier. À toute.**

Je jetai mon portable sur le lit et fouillai dans mon placard.

Qu'étais-je censée porter pour rencontrer mon fiancé potentiel ? Avais-je envie d'être belle ou de l'effrayer ? Que ferait mon père si j'optais pour cette seconde possibilité ?

Un frisson parcourut ma colonne vertébrale et vint peser dans mon ventre, telle une masse glaciale et solide.

Je n'avais clairement pas envie de découvrir la réponse à cette question. Une tenue sexy était hors de question. J'étais déjà prostituée, je ne voulais pas avoir l'air encore plus médiocre que ce que je ressentais. Les options étaient limitées. Je choisis une robe fourreau vert forêt qui était à la limite de la tenue professionnelle, puis je rafraîchis ma coiffure et mon maquillage juste avant que mon portable sonne.

**Pippa : Tu te souviens, il y a quelque temps, quand un homme a été trouvé dans East Harlem, brûlé vif ?**

**Moi : Oui.**

**Pippa : La rumeur dit que c'est Reid qui a organisé ça. Je me disais bien que je me souvenais du nom. Pourquoi poses-tu la question ?**

*Oh merde.*

Les présentateurs des journaux l'avaient qualifié du meurtre le plus sauvage depuis des décennies. Personne n'avait jamais été condamné pour ce crime, mais on en avait parlé sur toutes les chaînes pendant des semaines. J'étais encore abasourdie par la mort de ma propre mère et je n'avais pas franchement prêté attention à ce qu'il s'était passé. Désormais, je me disais que j'aurais aimé le faire.

**Moi : Il est peut-être mon futur fiancé.**

Je savais qu'elle exigerait des détails, mais je n'avais pas le temps. La sonnette avait déjà résonné au loin.

Il était temps de voir ce que mon destin me réservait.

Je pris une autre inspiration profonde et ravalai une vague de nausées rances qui remontait depuis mon estomac. Mes talons cliquetaient sur le parquet, annonçant mon approche. Lorsque je contournai le coin du mur, j'aperçus trois hommes debout. Mon père. Mon frère. Et l'homme que j'avais vu au café deux jours plus tôt.

Mes poumons furent paralysés, gelés par la surprise, et mes jambes refusèrent de bouger d'un poil.

Soudain, les pièces du puzzle commencèrent lentement à s'emboîter.

C'était la raison pour laquelle il savait qui j'étais. La raison pour laquelle il n'avait pas posé de question sur mon silence et celle pour laquelle Umberto avait été furieux de le voir. Cet homme était un rival mortel. Un beau monstre pressenti pour être mon mari.

Papa entreprit de faire les présentations, ce qui me permit de bouger. Néanmoins, mes oreilles sifflaient trop pour que je distingue ses mots. Mécaniquement, j'avançai vers la chaise à côté de Conner, qu'il tira pour moi avant de s'asseoir. Je regardais droit devant moi, incapable de me tourner vers ses yeux. Ces yeux d'un bleu cobalt hypnotisant m'avaient prise au piège à la seconde où j'étais entrée dans la pièce.

C'était l'homme que j'allais épouser.

L'homme qui avait frappé Umberto jusqu'au sang en quelques coups rapides. L'homme dont la personnalité dominante s'était agrippée à moi, bien après qu'il eut quitté le café et admis ouvertement qu'il était loin d'être civilisé.

Quel beau désastre !

Lui. Ma vie. Notre mariage imminent.

Je ne supportais pas d'y penser. Par bonheur, mon cerveau ne fonctionnait manifestement pas quand il était dans les parages. Sa présence emplissait la pièce, écartait les murs et en chassait tout l'oxygène. Il était donc difficile de respirer.

Je n'avais jamais été aussi heureuse qu'on n'attende aucune parole de ma part.

— Je suis ravi de vous rencontrer, Noemi. Puis-je vous servir un peu de vin ? demanda froidement Conner comme si nous étions dans *sa* maison et que j'étais l'invitée.

À mon avis, il était chez lui partout où il daignait se présenter, car il le décrétait. Sa présence était si autoritaire que les vents d'un ouragan n'oseraient sûrement pas balayer un seul cheveu sur son crâne, par peur de subir sa colère.

Je hochai la tête.

Mon regard se riva sur l'encre noire qui tachait l'arrière de sa main gauche. Je ne l'avais pas remarquée, au café. Une rose. Elle s'étirait sous la manche de son costume luxueux et je ne pus m'empêcher de me demander à quel point les parties de son corps qui étaient dissimulées étaient marquées.

Je sirotai mon vin, soudain assoiffée.

Conner et mon père entamèrent aisément la conversation, me laissant seule avec mes pensées. Je comprenais pourquoi il était difficile de prendre part à la discussion, surtout quand on savait que les hommes comme eux incluaient rarement les femmes dans leurs affaires, de toute manière.

Je me demandai pourquoi cet homme m'avait choisie s'il savait que je ne parlais pas. Ou était-ce tout l'intérêt ? Il aimait l'idée d'avoir une femme silencieuse. M'apprêtais-je à tomber entre les mains d'un homme encore plus oppressif que mon père ? Que se passerait-il s'il découvrait après notre mariage que je pouvais parler ? Devrais-je rester éternellement muette pour me protéger ?

Mon cœur entama un sprint olympique, ce qui me donna le vertige.

Conner s'adressait à mon père, mais je ne pouvais qu'entendre les sous-entendus envoûtants de sa voix profonde, tant mes oreilles sifflaient. Une main ferme vint ensuite bloquer mon genou qui tremblait, m'obligeant à demeurer immobile. Mon père ne voyait pas ce qu'il se passait sous la table et Conner continua de parler comme si la peau rêche de sa paume ne me retenait pas captive. Néanmoins, chaque fibre de mon être était concentrée sur l'endroit où nos corps se touchaient.

Lentement, très lentement, son pouce décrivit des va-et-vient sur mon genou.

Était-il… en train de me réconforter ? Pas exactement. De sa part, ce geste ressemblait plus à une injonction pour que je me calme – un geste assez autoritaire –, mais il fonctionnait tout de même.

Mon pouls retrouva un rythme normal, écartant la menace d'un arrêt cardiaque. Finalement, je pris une longue inspiration, emplissant mes poumons d'un oxygène grandement nécessaire.

Aussi nonchalamment qu'elle était apparue, sa main disparut, comme si ce type de communication était normal entre nous. Comme si je n'avais pas rencontré cet homme dix minutes plus tôt. J'eus l'impression que le temps et l'espace ne signifiaient rien pour Conner Reid. Il établissait les règles dans son monde et nous autres, nous étions censés nous y adapter en conséquence.

Conner était aussi imposant que mon père, voire plus. Qu'est-ce que cela signifiait pour moi ? Une vie de terreur et de douleur ? Je n'en étais pas si certaine. Pour une raison inexplicable, sa marque de domination ne me provoquait pas une aussi grande peur qu'avec mon père. Étais-je incorrigiblement romantique, comme il m'en accusait, et était-ce sa beauté qui m'aveuglait et m'empêchait de voir la vérité ?

L'incertitude de la situation me terrifiait, mais concernant Conner, je n'étais pas sûre de savoir ce que je pensais. Il me troublait profondément, je ne pouvais le nier. À un tel point qu'il était difficile de décrire exactement ce que je ressentais pour lui.

Mais il était mon futur fiancé, alors je serais condamnée à le découvrir bien assez tôt.

# 4

## Conner



ELLE AGISSAIT DIFFÉREMMENT EN PRÉSENCE DE SON PÈRE qu'au café. Ou adoptait-elle simplement un autre comportement maintenant qu'elle savait qui j'étais ? Il était impossible de le dire, mais le changement était évident.

Une semaine plus tôt, elle avait été plus audacieuse, même dans son silence. Je m'étais presque attendu à une coquille vide, fragile et éplorée, quand je l'avais rencontrée la première fois. Noemi était loin d'être brisée. Je ne savais même pas comment elle avait pu être qualifiée de traumatisée, pour commencer. Il ne m'avait fallu qu'une interaction fugace avec elle pour comprendre que la perte dont elle avait souffert ne serait pas un problème.

Plus que ça, j'avais instantanément ressenti une envie d'en apprendre plus sur elle. Ma curiosité était telle qu'elle me troublait. Suite à notre bref échange, un désir insatiable d'en savoir plus me mordillait les tripes. C'était si perturbant que j'avais perdu mon calme avec son salopard de garde du corps. Je n'aurais jamais dû frapper cet homme, mais j'étais tellement tendu que je m'étais déchaîné. Il ne l'avait pas volé, car il m'avait gonflé.

Je m'étais légèrement inquiété, ensuite, à l'idée que mes actes puissent encourager son père à retirer son consentement, mais ce ne fut pas le cas. J'avais appelé Jimmy à la minute où j'étais retourné dans ma voiture et je lui avais dit de poursuivre l'arrangement. À la fin de la journée, il m'avait confirmé que le marché était conclu.

À partir de ce moment, je m'étais demandé quelle serait sa réaction quand elle apprendrait mon identité. Je savais qu'elle serait surprise, mais je ne m'étais pas attendu à ce qu'elle soit si secouée. Était-elle nerveuse parce qu'elle était stupéfaite de me revoir ou parce que son père était présent ?

Compte tenu de la tendance de ces foutus Italiens à être excessivement protecteurs envers leurs filles, je ne devrais pas être étonné qu'elle ait des soucis paternels. Bon sang, c'était peut-être la raison pour laquelle elle avait accepté ce mariage. C'était l'occasion de ne plus être sous sa coupe.

J'aimais l'idée qu'elle soit silencieuse, mais la voir crispée et mal à l'aise m'exaspérait. Je me surpris à espérer qu'elle redeviendrait fougueuse une fois que nous serions seuls. Je n'aurais pas dû. Tout l'intérêt de l'avoir choisie avait été de minimiser son intervention dans ma vie. Ça, et sa beauté. Je mentirais si je disais que son incroyable allure n'avait pas joué un rôle dans ma décision. Lorsqu'elle entra dans la salle à manger, dans cette robe qui moulait ses courbes élégantes, quelque chose au fond de moi s'éveilla. Quelque chose de primitif et de brut.

Ses yeux étaient verts comme de la mousse et ils contrastaient de manière encore plus éblouissante avec le tissu vert de sa robe. Ses cheveux bruns étaient lisses et épais, tombant juste sous ses épaules, et ses lèvres pulpeuses étaient un putain de rêve érotique.

En y repensant, si j'avais une telle fille sous mon toit, moi aussi je la garderais sûrement sous clé.

Ma main se posa sur son genou moins de vingt secondes, pourtant, je sentis tout de même la texture soyeuse de sa peau contre mes doigts pendant tout le dîner. À deux reprises, je dus saisir ma serviette afin de les empêcher de vagabonder vers elle pour en avoir plus.

La sentir se figer sous mes doigts aurait été bien plus appréciable que la conversation ennuyeuse que j'étais obligé d'endurer avec son père. Ce salopard ne l'intégra pas une seule fois dans la discussion, même s'il ne semblait pas avoir la même réserve en ce qui concernait son fils. Comme si je m'intéressais un tant soit peu à l'année de terminale de ce gamin. Cet homme était un crétin s'il pensait que j'étais là pour lui. Mais ce n'était pas mon premier rodéo. Assis à sa table, j'étais condamné à suivre ses pas. S'il ne s'adressait pas à elle, je ne le ferais pas non plus.

Du moins, c'était ce que j'avais prévu de faire.

À la fin de notre repas, il était clair que Fausto n'avait aucune intention d'impliquer sa fille dans notre conversation. N'importe quoi. Je ne quitterais pas cette maison sans avoir parlé à Noemi. Elle allait devenir ma femme, nom de Dieu. Je voulais qu'elle soit discrète, pas invisible.

— C'était un honneur, Fausto. Vous avez une belle maison et votre cuisinier est phénoménal.

L'homme baissa le menton et agita exagérément la main.

— Nous serons bientôt de la même famille. Vous serez toujours le bienvenu à ma table.

— Merci. Et je resterais volontiers plus longtemps, mais je crains de devoir m'occuper de certaines affaires. Avant de partir, serait-il possible de m'entretenir en privé avec Noemi ?

Je gardai les yeux rivés sur Fausto, curieux de savoir quelle serait sa réaction.

— Bien sûr, répondit-il avec un petit sourire. Sante et moi allons vous laisser un moment tous les deux.

Son regard se braqua brièvement sur sa fille avant qu'il suive son fils hors de la pièce. Était-ce un avertissement ? Pensait-il que j'allais la baiser sur sa table de salle à manger ? Ces Italiens étaient vraiment tarés.

Je repoussai ma chaise et l'inclinai pour être face à Noemi.

Enfin, nous étions seuls.

# 5

Mon cœur battait aussi vite et fébrilement que les ailes d'un papillon.

Conner me dévisageait. Il m'étudiait. Il attendait. Je devais repousser ma chaise et croiser son regard comme un être humain normal et rationnel, mais mon corps ne coopérait pas. Je ne savais pas vraiment ce que cet homme voulait de moi et j'avais peur de le découvrir.

— Tu ne dois pas être une romantique invétérée si tu as accepté cet accord.

Son commentaire toucha une corde sensible,

transperçant le brouillard dans lequel m'avait plongée ma surprise.

Je sortis le bloc-notes dont je ne m'étais pas servi pendant tout le dîner et griffonnai ma réponse. Parfois, j'utilisais mon téléphone pour taper des messages, mais je préférais le bloc-notes. C'était comme lire un livre. J'aimais la sensation du papier sous mes doigts, plutôt que celle d'un appareil.

Repoussant ma chaise, je tendis mon message et lui fis enfin face.

**On ne m'a pas parlé de l'arrangement jusqu'à ton arrivée.**

Son masque stoïque vacilla une seconde.

— Vraiment ? Et pourtant, tu es restée assise pendant tout le dîner sans te plaindre.

Deux étendues azur tourmentées m'étudiaient avec une insistance qui me poussait à me tortiller sur ma chaise.

Tournant la page, j'écrivis à nouveau.

**Avais-je le choix ?**

J'ignorais à quoi je pensais en étant si franche. S'il disait à mon père que j'étais en train de remettre les fiançailles en question, j'allais au-devant de gros ennuis. Je devais être plus prudente, mais il faisait manifestement ressortir mon côté impétueux. Il me rendait téméraire et sentimentale.

Conner haussa les épaules, attirant mon attention sur son costume qui convenait parfaitement à son imposante stature. Il était grand et sa carrure, athlétique. Lorsqu'il avait tiré ma chaise, j'avais remarqué qu'il devait facilement me dépasser d'une trentaine de centimètres. Faisant un mètre cinquante-huit, ce n'était pas inhabituel pour moi, mais sa présence intimidante magnifiait encore curieusement sa taille.

— Et si je te disais que tu avais le choix, maintenant ? Tu n'aurais qu'à le demander et je mettrais fin à tout ça.

Sa réponse m'assomma. Je ne m'étais pas attendue à ce

qu'il m'offre une porte de sortie, mais je n'étais pas certaine que ce soit parfaitement sincère. Ses mots m'indiquaient une chose, tandis que l'éclat colérique dans son regard m'en disait une autre. Pour un homme qui manifestait normalement un calme naturel, j'avais l'impression qu'il était en colère.

Pourquoi sa suggestion d'échappatoire l'avait-elle rendu si furieux ? Et pourquoi ma première réaction avait-elle été de me quereller ? Avais-je *envie* d'épouser cet homme ? Je ne pouvais répondre à cette question. Je ne le connaissais pas assez pour avoir une opinion, mais je savais qu'il était un criminel. Un homme forgé dans les mêmes brasiers que mon père. Je n'avais pas voulu de cette vie, mais ce serait peut-être ce pour quoi j'avais prié et ce qui me permettrait d'échapper à mon père.

J'étais tellement confuse. Je ne savais pas quoi penser, alors je ne pensai à rien. Je fis confiance à mon instinct et secouai lentement la tête d'un côté, puis de l'autre.

— Non ? Es-tu en train de me dire que tu es prête à supporter tout ça ?

J'acquiesçai, d'un air déterminé.

Je n'étais pas sûre qu'il en avait conscience, mais son corps entier se détendit l'espace d'un instant. Il était ravi. Mon cœur effectua une danse joyeuse lorsque je m'en rendis compte.

— Voilà ce que je te propose, alors. Aucun de nous ne s'attendait à être dans cette position, mais rien ne nous empêche d'en tirer le meilleur parti. Ce serait une sorte d'arrangement professionnel. Nos familles obtiennent leur alliance. Tu auras le statut et la sécurité, tout en intervenant un minimum dans ma vie.

Un arrangement professionnel ? Qu'est-ce que cela signifiait ? Que penserais-je d'un mariage qui n'en aurait que le nom ? S'attendrait-il à ce qu'on couche ensemble ? À ce qu'on ait des enfants ? À quel point ce mariage pouvait-il rester *professionnel* ?

Il avait dû remarquer la méfiance dans mon regard, car ses yeux s'assombrirent.

— Je n'ai pas l'intention de te baiser contre ta volonté, Noemi. Je n'ai pas besoin de contraindre une femme quand bon nombre d'autres me donnent librement ce que je veux.

Je tressaillis en entendant la brutalité de son commentaire. Sa voix n'avait pas été sèche, mais la réalité de ce qu'il suggérait était assez repoussante pour que je ne puisse contenir ma réaction viscérale. Je détestais l'idée d'un mariage sans amour. D'un mari qui coucherait avec tout le monde sauf moi. Me donnerait-on la même liberté ? Peut-être que si nous restions séparés et que j'avais mes propres relations, ce ne serait pas si difficile à supporter.

Je plongeai mes yeux dans les siens et tentai de deviner sa réponse à ma prochaine question avant de lever le bloc-notes d'une main hésitante.

**Et si je voulais un amant ?**

Je savais comment fonctionnaient ces hommes de la mafia, qu'ils soient Irlandais ou Italiens. Ils n'aimaient pas partager et ne voulaient certainement pas autoriser leurs femmes à s'écarter du droit chemin. Toutefois, si j'étais embarrassée par mon mari adultère, je devrais au moins m'amuser un peu de mon côté.

Les muscles de sa mâchoire se contractèrent.

— J'imagine que ce serait équitable de jouer œil pour œil, mais…

Il s'inclina vers l'avant jusqu'à être suffisamment proche pour que je puisse le humer – son eau de Cologne de luxe, le vin et sa virilité étaient si intenses que je sentais tout cela entre mes jambes.

— As-tu déjà envisagé que tu n'aurais pas besoin d'en avoir un ?

J'avais du mal à respirer quand il était si près. Et, en même temps, j'avais envie d'enfouir mon visage contre son torse et d'inhaler son parfum jusqu'à ce qu'il me donne le vertige.

Fichues hormones. Je repris mes esprits et me concentrai sur ce qu'il avait dit.

Qu'avait-il voulu dire ? Que je pouvais être l'une de ses nombreuses conquêtes ? Que je pouvais me servir de lui pour satisfaire mes envies et ne pas me sentir dévastée quand il allait voir d'autres femmes ? J'étais insultée par ce sous-entendu. Je voulais être avec un homme qui me désirait et ne m'utilisait pas simplement pour ses ébats. Mais si j'étais mariée avec Conner, serait-ce une possibilité ? Quel homme aimant et honorable fréquenterait une femme mariée ? Comment pouvais-je consciemment m'impliquer avec un homme au-delà du plan physique quand je savais que j'étais liée à un autre ?

Toute cette situation me paraissait invraisemblable. La frustration se muait en irritation.

Je me redressai sur ma chaise et écrivis.

**J'en doute**.

Ses paupières se refermèrent à moitié.

— De quoi doutes-tu ? Que tu auras envie de t'envoyer en l'air ou que je pourrais satisfaire tes besoins ? Parce que je serais ravi de démentir ces deux idées-là.

Je sentis son regard dévier sur ma poitrine et le long de mon corps, telle une véritable caresse. Je me sentis alors vulnérable. Comme si cet homme pouvait obtenir tout ce qu'il voulait de moi et m'abandonner, telle une coquille vide. Je devais être forte. Je ne pouvais lui faire croire que je me laissais marcher dessus. Mon père contrôlait déjà chaque aspect de ma vie. Je n'avais pas envie de poursuivre cette même tradition avec mon futur époux.

***T'envoyer en l'air avec ta femme ? Comment pourrais-je refuser une proposition si romantique ?***

Son regard étincela avant de s'assombrir.

— Tu as demandé si tu pouvais avoir un amant. J'ai pensé que nous parlions de *baiser*, Noemi, pas d'amour.

Ce mot franchissant ses lèvres avant mon nom réchauffa le sang qui coulait dans mes veines. Cet homme était le péché incarné. La tentation et le danger étaient si entrelacés qu'il était impossible de les séparer. Qu'impliquerait un mariage avec un homme tel que lui ? Un cœur brisé. La folie.

Et si je refusais les fiançailles ? Comment mon père réagirait-il ?

Une peur incomparable empoigna ma gorge.

J'allais peut-être finir avec le cœur brisé, mais au moins, avec Conner, je serais en vie. Pour ce que j'en savais, ma meilleure option serait de l'épouser, mais de garder mon cœur verrouillé et en sécurité. Je serais libérée de mon père et je pouvais également œuvrer à sauver Sante.

Je domptai le tremblement de ma main et écrivis :

***Je vais accepter le mariage, mais ne m'en demande pas plus.***

À nouveau, la tension dans la pièce fut palpable.

— Tu as un autre homme dans ta vie ? s'enquit Conner avec un calme menaçant.

Je n'étais pas certaine de savoir pourquoi il posait la question. Il m'avait clairement fait comprendre que nous ne devions pas attendre de la fidélité, l'un de l'autre.

Je secouai la tête.

Son torse gonfla alors qu'il s'asseyait lentement au fond de sa chaise, me laissant enfin assez d'espace pour respirer.

— Marché conclu, alors.

Il se leva et tendit sa main pour que je la saisisse.

Pour ne pas être malpolie alors que je venais tout juste d'accepter sa demande en mariage, je plaçai mes doigts dans les siens, ravalant un cri quand je ressentis le coup de jus qui enflamma mes nerfs, de ma main jusqu'à mon ventre. À la seconde où je fus debout, je rompis le contact. Il était trop. Trop dévorant et déconcertant.

J'aperçus un sourire narquois du coin de l'œil.

*Salaud.* Il savait à quel point il me troublait, tout comme l'entièreté des autres femmes au sang chaud sur cette planète, probablement. Pire encore, il s'en était servi pour me manipuler. Pour exercer son pouvoir sur ses victimes malchanceuses. Mais pas avec moi. Je le refusais. Je ne serai pas de la pâte à modeler avec laquelle il jouerait avant de l'ignorer.

Je passai devant lui, le guidant vers la salle à manger où mon père et Sante discutaient.

— Je crois que tout est en ordre, annonça Conner derrière moi.

— Merveilleux, chantonna mon père. Demain, nous pouvons commencer à régler les détails.

Conner tendit la main et mon père la serra fermement, comme s'il concluait un marché pour la vente de bétail. Voilà tout ce dont il s'agissait. Mes espoirs et mes rêves se rapportaient à la capacité de reproduction de ruminants. C'était affligeant, mais lorsque papa ferma la porte derrière Conner, je me retrouvai une fois de plus coincée par son regard meurtrier et sus que le mariage était mon unique option.

# 6

## Conner

Je n'étais pas du genre à reculer devant un péché. À vrai dire, j'adorais les plus mortels d'entre eux, mais la jalousie n'avait jamais été un problème. Jusqu'à maintenant. L'idée que Noemi se tape un autre homme m'avait retourné les entrailles et mon visage était devenu aussi vert que ses yeux piquetés de jade.

*Et si je voulais un amant ?*

Seigneur. Me rappeler sa question suffisait à me provoquer des picotements, tant j'avais envie de me déchaîner. Je lui avais dit qu'elle pourrait faire ce qu'elle voulait, mais ce n'était que des conneries. Pas une fois qu'elle serait mienne. Pas si je ressentais toujours ce désir écœurant dont je ne pouvais me débarrasser. Cela faisait deux satanés jours que j'avais dîné chez elle et je ne pouvais me sortir ses lèvres d'allumeuse de la tête.

Pire encore, j'avais commencé à me demander à quoi avait ressemblé sa voix, par le passé, quand elle pouvait parler.

Elle était Italienne, nom de Dieu. Je n'aurais pas dû m'intéresser à elle et encore moins fantasmer sur la sonorité des mots obscènes qui franchiraient ses lèvres. Et la toute dernière chose que j'aurais dû faire était de la suivre comme un putain de chiot. Pourtant, voilà que j'étais assis dans son café habituel et que j'attendais son arrivée comme un golden retriever bien entraîné.

*Merde alors.*

Je m'étais tant trituré le cerveau à propos de notre précédent échange que j'avais simplement eu besoin de la revoir pour m'assurer que j'avais correctement interprété ses réactions. Que je ne m'étais pas convaincu de ce que j'avais voulu voir. Que je la troublais autant qu'elle me troublait.

Lorsqu'elle entra dans le café, elle s'arrêta en m'apercevant. Je contins mon sourire et me concentrai plutôt pour fixer son pitoyable baby-sitter . Ce bouffeur de bitume me fusilla du regard, mais il ne pouvait me toucher, maintenant que le contrat de mariage était en place. Quoi qu'il en soit, il mourait d'envie de remettre ça, comme je l'avais mis au tapis sans même transpirer. C'était écrit sur son visage pathétique et boudeur.

Finalement, il battit en retraite pour s'asseoir comme un bon petit chien devant le café et Noemi me rejoignit à la table. Elle était de nouveau habillée avec ses vêtements de ville, mais elle n'en était pas moins séduisante pour autant.

Quelque chose dans sa manière de se tenir faisait que sa garde-robe n'avait aucune importance. Elle pourrait être follement sexy dans un costume de clown.

Elle sortit son bloc-notes de son sac à main et je me demandai une nouvelle fois à quoi sa voix avait ressemblé. Était-elle délicate, comme le cliquetis distant d'un carillon, ou chaude et étouffante comme une brise d'été ?

En y réfléchissant, il valait mieux que je ne le sache pas.

Je baissai les yeux de son visage pour lire le message qu'elle glissa sur la table.

***M'attendre avec mon petit déjeuner habituel se rapproche dangereusement d'un geste romantique.***

Je détestais l'idée qu'elle ait raison, mais je ne l'admettrais jamais.

— Je t'assure qu'il n'y a rien de romantique dans mes motivations.

Elle haussa un sourcil.

***Alors pourquoi es-tu là ?***

Je me penchai en avant, agrippant l'assise de sa chaise et la faisant glisser près de moi afin de sentir son souffle tremblant sur mes lèvres. J'étais dans ce monde depuis assez longtemps pour reconnaître de la peur quand j'en voyais. Elle était imposante, poisseuse et polluait d'amertume l'atmosphère autour de nous. Quand Noemi était à côté de moi, la peur ne se ressentait pas dans l'air. C'était quelque chose de tout aussi primitif, mais de bien plus intrigant. Du désir. Du *besoin*.

Je passai lentement le dos de ma main le long de son bras et me délectai de ses frissons à mon contact.

— Ça, juste là, c'est la raison pour laquelle je suis ici. J'ai senti la manière dont tu as réagi, chez toi, et j'en ai voulu plus à la minute où je suis parti. Tu peux parler de romance, si tu veux. Je me moque du qualificatif que tu donnes, tant que ces jolies lèvres finissent par haleter quand tu prononceras mon nom.

Je m'enfonçai sur ma chaise, soulageant la tension entre nous. Si je ne l'avais pas fait, mon sexe aurait été si dur que tout le monde dans ce fichu café aurait aperçu le renflement dans mon pantalon.

L'espace d'une brève seconde, son corps suivit le mien et elle se pencha avant de reprendre ses esprits.

Venir ici avait été la bonne décision. Je n'avais aucune raison de douter de mes instincts. La jeune Mancini me voulait, bien que ses refus par écrit soient catégoriques.

***Ce n'est pas parce que mon cœur réagit devant toi que je te désire.***

— Crois-moi, chérie. Je ne te désire pas non plus, mais nous sommes sur le point d'être liés. Rien ne nous empêche d'en profiter.

C'était plus ou moins la vérité, mais alors que les mots franchissaient mes lèvres, je me rendis compte que ça n'avait peut-être pas été la chose à dire.

Noemi inclina la tête et un sourire félin s'étira sur ses lèvres. Elle plongea ensuite un doigt dans le fromage frais sur son bagel et l'essuya sur toute la longueur de ma cravate en soie Brunello Cucinelli. Elle me regarda droit dans les yeux et suçota ce qui restait sur son doigt.

*Merde. Alors.*

J'étais si terriblement excité que je n'arrivais pas à me mettre en colère. Me penchant, je lui chuchotai à l'oreille :

— Continue de sucer ce doigt. Tu auras besoin d'entraînement.

Un sourire obscène fendit mon visage quand je m'éloignai.

— SI JE TE provoque un traumatisme crânien, ta mère va *m'*en provoquer un.

Bishop dansa sur ses orteils dans le ring, ses mains gantées relevées devant son visage.

— Tu as la tête ailleurs, mec.

Je feignis une petite frappe, avant de glisser un uppercut qui atteignit sa cible et fit tituber mon meilleur ami en arrière.

— Et toi, tu as la tête à côté de mon poing.

Je souris malgré mon protège-dents, amusé par ma réplique ridicule.

— Ohhhh, le gros dur croit qu'il a le sens de l'humour, hein ?

Il arriva à ma hauteur avec une série de coups horriblement rapides qui faillit me faire tomber par terre.

— Merde, mec. C'est un entraînement, pas un championnat de boxe.

Bishop gloussa, retirant son protège-dents.

— Gagner, c'est gagner.

Je secouai la tête et enlevai mes gants.

— Tu t'entraînes trop avec Torin. Ce mec est un psychopathe.

— Il est dynamique. J'admire ça. Tu le serais aussi si tu n'étais pas distrait.

Il projeta un filet d'eau dans sa bouche avant de s'appuyer contre les cordes.

— Tu penses toujours à cette fille ? C'est une petite chose toute mignonne. Moi aussi, je penserais probablement à elle.

Je me renfrognai.

— Fais attention, enfoiré. Tu parles de ma future femme.

Il leva les mains, comme pour battre en retraite.

— Désolé, mec.

— En plus, ce n'est pas vraiment ça. Quelque chose me dérange.

— Comme quoi ?

— C'est bizarre, c'est tout, répondis-je en secouant la tête. Elle n'est pas du tout comme on me l'avait dit. Et il n'y a pas une seule cicatrice sur son cou, à cause de l'accident, rien qui n'expliquerait sa perte de voix permanente. Ça semble peut-être fou, mais j'ai l'impression de passer à côté de quelque chose.

— Vois ce que tu peux trouver. Autant le faire maintenant, tant que tu n'es pas coincé avec elle.

Je grognai. J'avais déjà décidé qu'il était temps de faire quelques recherches, mais pas parce que j'avais l'intention de me défiler. J'avais fait une promesse à Jimmy et je tenais toujours parole. Et je ne choisirais pas une autre femme, car durant ces quelques jours, j'avais décidé que Noemi était faite pour moi.

J'avais peut-être écouté pendant trop d'années des vieillards parler du destin. Je ne croyais pas en ces conneries, mais je ne savais pas non plus comment expliquer autrement cette étrange obsession qui grandissait en moi. Une attirance innée bloquait mes pensées et mes désirs sur une seule femme. Rien ne me déconcentrait de mon désir singulier envers Noemi Mancini. Elle était à moi. Et j'allais le lui prouver.

Il voulait coucher avec moi. Le mariage était une chose, le sexe en était une bien différente. L'intimité était synonyme de vulnérabilité et de confiance – deux éléments qui ajouteraient des émotions au mélange. La dernière chose que je souhaitais, c'était de développer des sentiments pour Conner Reid. Être mariée à cet homme était déjà bien assez horrible. Si je tenais à lui, mon cœur ne survivrait jamais.

Les hommes comme lui – comme mon père – n'aimaient pas. Pas comme je souhaitais être aimée.

Je voulais un homme qui ferait passer sa femme et ses enfants en priorité. Je voulais de la dévotion et de l'engagement. Conner ne m'offrirait jamais ça. Tomber amoureuse de lui ne rendrait ma déception que plus douloureuse.

Les quatre jours suivants, je me concentrai sur la construction de murs robustes autour de mon cœur, et sur ma protection contre son physique de tombeur. Je savais qu'il s'en servait pour saper ma résolution, mais je ne pouvais le laisser gagner.

Je passai un temps ridicule à débattre de ma tenue pour la soirée et optai en fin de compte pour une robe qui était plus sexy que ce que j'avais porté précédemment. J'avais également décidé de ne pas examiner de trop près les raisons de cette sélection. Parfois, une femme avait besoin d'être particulièrement canon. D'un regain de confiance.

C'était mon histoire et je m'y tenais.

Je bouclai mes cheveux en de petites vagues et fouillai un peu plus dans ma trousse à maquillage que lors de ma routine quotidienne. Pour couronner le tout, je furetai dans la boîte à bijoux de ma mère et mis son collier préféré. La petite cloche en or blanc avait appartenu à sa mère, auparavant. La porter me donnait l'impression d'être proche d'elle. C'était la cerise sur le gâteau de ma confiance.

Lorsque mon père remarqua mon choix de bijoux, un éclair apparut derrière ses yeux couleur acajou, promettant des représailles si je sortais du rang. Le reste de ma famille eut une réaction bien différente. Pippa et sa mère eurent immédiatement les larmes aux yeux et m'étreignirent.

Tante Etta et maman étaient des jumelles hétérozygotes et elles avaient été incroyablement proches. Quand elles avaient eu deux petites filles à quelques semaines d'écart, Pip et moi étions naturellement devenues comme des sœurs, également. Pippa avait deux sœurs et un frère cadets, mais je n'avais jamais été aussi proche d'eux. C'était la raison pour laquelle notre séparation, ces six derniers mois, avait été excessivement difficile. Je n'avais eu le droit qu'à quelques visites supervisées et je n'avais donc jamais eu l'occasion de lui dire la vérité. Je ne l'aurais pas fait, dans tous les cas. C'était d'ailleurs presque une bénédiction que papa nous ait tenues éloignées, car elle était la seule personne qui aurait réussi à déterrer mes secrets. Elle m'aurait fait parler. Littéralement.

Les premiers jours, j'avais infiniment débattu de l'idée de lui cracher le morceau, mais c'était trop dangereux. Elle ne gardait jamais les secrets. Je ne pouvais pas prendre le risque.

Lorsque je la vis, une avalanche de mots s'accumula dans ma gorge, exigeant d'être libérée. Non seulement ça, mais une vague d'émotions me submergea. Je m'étais sentie si seule, dans ma maison. Le soulagement de la voir enfin, après des visites épisodiques en quelques mois, me faisait mal au cœur.

Je luttai contre cet assaut. Je ne pouvais m'effondrer maintenant.

— Tu es incroyablement belle, Em, chuchota Pip avant de reculer et de me lancer un sourire radieux, malgré ses yeux larmoyants.

— Tout comme Nora, ajouta Tante Etta d'une voix rauque et débordante d'émotions.

Je secouai la tête et les étreignis à nouveau avant de me diriger vers l'arrière du restaurant que nous avions réservé. Lorsque nous entrâmes, mon cœur vacilla à la vue de ma famille. Pip et son père. Mon oncle Gino avec le frère de ma mère, oncle Agostino, qui était le boss de la famille du crime, les Moretti. Il était avec sa femme, tante Azzurra. C'était la première fois depuis la mort de maman que j'avais le droit de m'approcher de mon oncle, par peur que je lui avoue ce que je savais.

Si je le faisais, mon père serait un homme mort.

Ce serait une solution facile, si mon père n'avait pas menacé mon frère comme un dommage collatéral et ne l'avait pas utilisé contre moi. Comme ce soir. Papa avait trouvé une excuse pour ne pas amener Sante. J'avais vu la surprise dans les yeux des autres quand mon père avait expliqué que Sante ne pouvait se joindre à nous. Ils se demandaient ce qui avait pu le tenir éloigné d'une soirée si importante, mais ils ne manqueraient pas de respect à mon père en lui posant la question.

J'aurais pu leur dire. Il ne m'aurait fallu qu'une seconde pour prononcer les mots qui démoliraient mon père. Mais qu'arriverait-il à mon frère ? Les Donati seraient-ils capables de le sauver des hommes de main de mon paternel ? Peut-être. Peut-être pas. Je ne pouvais prendre le risque.

Une opportunité se présenterait. Je n'avais qu'à me montrer patiente.

Tout le monde me salua avec des sourires chaleureux et une pitié détectable dans le regard. J'ignorais ce que mon père leur avait raconté pour expliquer mon absence lors des dîners familiaux, mais ça n'avait clairement pas été bon.

Une fois que j'eus fait le tour, je me tournai vers la moitié irlandaise de la pièce. Les deux groupes étaient restés nettement séparés – une alliance dans les affaires ne signifiait pas pour autant qu'ils partiraient ensemble en vacances à l'avenir. À la seconde où mon regard se posa sur leur clan, les yeux de Conner se rivèrent sur moi. Comme s'il avait attendu. Et je sus pourquoi lorsque je vis des souvenirs se refléter dans son regard, ceux de mes lèvres autour de mon doigt.

La chaleur se propagea sur mes joues.

Un petit sourire victorieux se dessina à travers sa barbe de trois jours tandis qu'il réduisait la distance entre nous.

— Tu es appétissante, ce soir, me murmura-t-il quand il arriva à ma hauteur et posa une main dans le creux de mes reins.

Était-ce un soupçon d'amusement que je percevais dans son ton ?

Je n'en étais pas certaine, mais je n'allais pas non plus le laisser me troubler impunément. Lui lançant un sourire mielleux, je glissai discrètement ma main sous sa veste de costume et le pinçai. Violemment.

Il ne recula pas et ne réagit d'aucune manière. Il se contenta de glousser. Ce rire ressemblait à du whisky chaud que l'on versait sur des glaçons – ces deux choses pouvaient réchauffer mon ventre d'une manière à la fois étrange et charmante.

— Conner, il est temps que tu me présentes à ton adorable future femme.

Un homme plus âgé se joignit à nous en souriant et ses yeux bleu-gris étaient si perçants que j'eus l'impression qu'ils pourraient s'enfoncer dans les parties les plus sombres de mon être et déterrer tous mes secrets.

— Bien sûr, Jimmy. Cette beauté est Noemi Mancini, dit Conner en me regardant. Noemi, voici Jimmy Byrne, mon oncle et mon parrain.

Ah, le célèbre chef de la mafia irlandaise. Il n'était pas étonnant qu'il se soit élevé jusqu'à un poste si honorable. Avec l'intelligence affûtée que je voyais briller dans ses yeux, je me demandai si quelque chose pouvait lui échapper.

Je souris et inclinai la tête, puisque c'était mon seul moyen de communiquer le respect qui convenait.

Il se pencha et m'embrassa sur une joue, puis sur l'autre.

— C'est un honneur, jeune femme.

Il recula et fit un signe de la main vers la femme aux cheveux gris, derrière lui.

— Et voici ma charmante épouse, Brenna.

Je lui serrai la main et lui souris aimablement, bien que son regard soit à la fois gentil et méfiant.

— À mon tour ! chantonna une autre femme d'une voix frivole et enthousiaste tandis qu'elle se frayait un chemin jusqu'à nous. Je suis désolée, Jimmy, mais j'ai attendu ce jour si longtemps.

Jimmy haussa les sourcils, exaspéré, mais elle l'ignora comme seules une femme ou une sœur auraient pu le faire. Il devait s'agir de la mère de Conner, la petite sœur des trois frères Byrne.

— Noemi, c'est un véritable plaisir, dit cette belle femme en me prenant la main. Je suis Mirren Reid, la mère de Conner. Et voici mon mari, Seamus.

Elle fit un signe, désignant, derrière elle, un homme austère qui hocha la tête pour me saluer modestement.

Je m'obligeai à les gratifier d'un large sourire, espérant m'attirer les bonnes grâces de ces gens qui composeraient ma nouvelle famille.

— Ne vous inquiétez pas, si vous ne parlez pas. Conner nous a tout expliqué. Nous sommes tellement enchantés de voir qu'il se met en ménage et que vous rejoigniez la famille.

Étonnamment, j'eus la sensation qu'elle était sincère. Un coup d'œil en direction de son mari m'indiqua que la situation ne l'enthousiasmait pas autant, mais heureusement, il demeura silencieux.

— Très bien, Ma. Inutile de l'étouffer, pour l'instant, dit

Conner avec un soupçon d'agacement en réponse à la bonne humeur de sa mère. Allons nous asseoir.

— Bien sûr. Nous aurons tout le temps d'apprendre à nous connaître, bien assez vite.

Elle me lança un sourire radieux et rejoignit sa place autour de la longue table.

Il y avait seize sièges. Onze étaient occupés par mon contingent italien et il en restait donc cinq pour Conner qui n'avait que quatre invités. C'était légèrement déséquilibré, mais uniquement parce que ma tante Etta était venue avec Pip et ses autres enfants. J'étais ravie qu'elle l'ait fait. J'avais besoin de leur familiarité quand je naviguais dans ces eaux inexplorées.

Conner me guida vers nos chaises au centre de la table et tout le monde s'assit. Mon père et Jimmy étaient l'un à côté de l'autre, face à nous. Umberto était à côté de papa et la femme de Jimmy près de ce dernier. Pip s'était assurée de s'installer à mes côtés, ce que j'appréciais, mais la présence et la proximité de Conner étaient une distraction constante et je ne pus donc me concentrer sur aucune discussion. Heureusement, peu d'invités tentèrent d'entamer la conversation avec moi, en dehors des personnes assises directement à mes côtés. Et, de manière générale, les discussions se poursuivirent sans que j'y contribue. Aucun problème. Je fus ravie de profiter de l'occasion pour prendre une pause afin de me réfugier aux toilettes.

À la seconde où je me levai, Umberto me suivit. Nos mouvements soudains attirèrent l'attention de tout le monde et les conversations cessèrent.

— Tu vas aux toilettes, ma chérie ? demanda mon père avec une douceur inventée de toutes pièces qui me donna la nausée.

Je hochai la tête et saisis ma pochette sur la table.

Conner se leva. Ce qui devait être un simple aller-retour aux toilettes se transformait subitement en drame et je me dis que j'aurais aimé garder mes fesses sur ma chaise.

— Je serai ravi de l'accompagner, proposa Conner en jetant un coup d'œil à Umberto.

Je n'étais pas encore à lui. Ce n'était pas à lui d'intervenir, ce qui provoqua une grande vague de panique dans mes veines. Je fixai mon père, alors que je craignais sa réponse. Cependant, je fus soulagée quand il s'efforça de lui sourire d'un air faussement aimable.

— Bien sûr. J'ai bien peur d'avoir été un tantinet trop protecteur, ces derniers mois. Je suis sûr que vous pouvez le comprendre, étant donné les circonstances. J'ai déjà perdu un membre précieux de ma famille, je ne supporterais pas d'en perdre un autre.

Son regard glissa brièvement vers le mien et il s'assura que j'avais perçu sa menace ô si subtile.

Je baissai les yeux, afin que personne ne remarque la haine qui débordait sous mes paupières, et je quittai la table. Je devais m'inquiéter de choses beaucoup plus pressantes que mon salopard de père. J'avais passé des journées entières à me préparer à résister aux charmes de Conner et il m'avait déjà fait rougir avec un simple regard. Je devais être forte, car à chaque pas que je faisais, je m'éloignais de la protection des témoins. Les toilettes étaient au sous-sol. Lorsque nous arriverions en bas de ces marches, nous serions totalement seuls.

# 8

CONNER PLAÇA BRUSQUEMENT SON BRAS DEVANT LA PORTE DES toilettes, telle une barre de fer m'empêchant de sortir.

C'était précisément ce que j'avais craint. Je savais qu'il ne manquerait jamais cette occasion d'exercer sa domination et de me faire honte.

Je n'avais jamais ressenti le genre de chaleur qu'il faisait monter en moi. Elle se propageait sous ma peau jusqu'à ce qu'une rivière de picotements jaillisse de mes veines. J'avais eu des coups de cœur, par le passé, mais c'était différent. Viscéral. Incontrôlable. J'avais beau ne pas vouloir en être affectée, c'était impossible. Mon corps lui répondait comme s'il avait déjà le droit de le commander.

*Ton corps et ton esprit ne sont pas la même chose. Tu dois te souvenir de ton but, Em.*

Le défiant, je relevai le menton, mes narines se dilatant à cause de son parfum enivrant.

Son regard froid me captiva et ses yeux restèrent à quelques centimètres des miens.

— Ton père sera-t-il un problème ?

Mes lèvres s'entrouvrirent sous l'effet de la surprise.

Je m'étais attendu à des sous-entendus et à de la manipulation. Une question si directe frappait le cœur même de mes inquiétudes et me déstabilisait.

Je secouai la tête et tentai de me glisser sous son bras. Conner cala son corps devant la porte, me bloquant totalement le passage et collant son torse à ma poitrine. Je pris une brusque inspiration, puis, sur la défensive, je plissai les paupières.

Il n'était nullement perturbé par mon air irrité. À vrai dire, l'intensité de son regard ne put que s'amplifier davantage dans ce couloir au sous-sol faiblement éclairé, telle une tempête infâme qui menaçait de me détruire jusqu'à mes fondations.

— Être protecteur, c'est une chose. Mais j'ai l'impression qu'il y a plus et je crois que j'ai le droit de savoir si ce sera un problème.

Il plissa légèrement les yeux, la différence entre la tension et une férocité sauvage se lisant dans l'infime tressaillement d'un muscle.

— T'a-t-il déjà fait du mal ? demanda-t-il d'une voix horriblement calme.

Oh, mon *Dieu*. Pourquoi faisait-il ça ?

Il devait arrêter de poser des questions et je devais cesser de penser que celles-ci signifiaient qu'il s'intéressait à moi. Il ne s'agissait probablement que de contrôle et de pouvoir, ça ne me concernait pas. Je devais arrêter ça. *Maintenant.* La meilleure manière d'y arriver était de ne pas ressembler à une petite fille effrayée.

Reculant d'un petit pas, j'ouvris ma pochette et en sortis un stylo. Je pris ensuite sa main dans la mienne, paume vers le haut. Elle était bien plus large que je ne m'y attendais. Elle était rêche et solidement musclée. Ses mains connaissaient le dur labeur, comme lorsqu'il étranglait un ennemi à mort.

Je me réprimandai mentalement afin de me concentrer et écrivis trois lettres sur toute la surface de sa paume.

***NON.***

Le relâchant, je levai les yeux d'un air de défi. Conner fit un pas en avant et plaça sa jambe entre mes cuisses nous faisant pivoter jusqu'à ce que mon dos soit collé contre le mur à côté de la porte. Je ne me tortillai nullement et ne réagis pas non plus, sachant que je ne pouvais trahir mes doutes ou mes faiblesses si je voulais mettre fin à ses questionnements.

— Tu n'es pas aussi fragile qu'ils l'ont laissé croire, n'est-ce pas ? susurra-t-il au-dessus de moi.

Je pris sa cravate entre mes mains, l'abaissant légèrement jusqu'à ce que nos nez se touchent presque, et je secouai lentement la tête d'un côté et de l'autre. Il posa les mains de chaque côté de ma tête tandis qu'il amenait sa joue vers la mienne. Son soupçon de barbe provoqua une délicieuse friction contre ma peau.

— Tant mieux, parce que je suis loin d'être doux.

Ses mots étaient une promesse macabre, exigeante, parfaitement enivrante et sans ambages.

Des pas résonnèrent dans l'escalier au-dessus de nous, m'obligeant à reprendre mes esprits.

Je me raidis et écarquillai les yeux. Conner ne bougea nullement. J'appuyai mes paumes contre son torse de marbre, mon regard frénétique se rivant sur les pieds qui s'apprêtaient à entrer dans notre champ de vision. Me retournant vers lui, j'écrasai mes mains contre son buste, haïssant le sourire ignoble qui fendait son visage.

Finalement, avec quelques secondes d'avance, il recula et me permit de fuir dans les toilettes. Respirant lourdement, je m'approchai des lavabos et me penchai contre la vieille vasque.

*Merde, c'était moins une.*

Si mon père ou Umberto avait vu Conner si proche de moi, j'ignorais ce qu'il se serait vraiment passé. Papa savait que j'épousais cet homme, mais il croyait que c'était un fardeau. Réévaluerait-il l'arrangement s'il avait une quelconque idée de l'alchimie qui étincelait entre Conner et moi ? Si Umberto s'en prenait à Conner pour défendre mon honneur, les Irlandais se retireraient-ils de l'accord ?

Sans Conner, je redeviendrais une prisonnière dans la maison de mon père. Je ne pouvais le permettre. Il me tuerait si je ne lui étais d'aucune utilité ou s'il décidait que je présentais trop de risques. Je devais m'assurer que rien ne ferait capoter les fiançailles.

Les épaules affaissées, je laissai échapper un long soupir alors que la porte des toilettes s'ouvrait. Je fis volte-face, m'attendant sincèrement à trouver Conner devant la porte, mais je fus accueillie par le visage radieux de Pippa.

Je passai hâtivement les bras autour d'elle, reconnaissante.

— C'est plus difficile de te rejoindre toi que le président, tu le sais, ça ?

Un rire silencieux monta de ma poitrine.

Pip recula et me scruta.

— Mais que se passe-t-il, Em ? Pourquoi es-tu enfermée et comment as-tu fini par te *fiancer* ? Enfin, ne te méprends pas, ce mec est sérieusement canon, mais bon sang ! C'est sorti de nulle part, dit-elle avant d'écarquiller les yeux. Tu n'es pas enceinte, n'est-ce pas ?

Je secouai catégoriquement la tête, un sourire étirant mes lèvres. Je lui avais donné quelques informations par SMS, mais sans pouvoir lui expliquer en personne, j'étais restée vague.

J'extirpai mon bloc-notes de ma pochette.

***Papa m'a précisé que cette alliance lui a été proposée. J'imagine que Conner aime l'idée d'avoir une femme muette.***

Si Pip avait plissé les yeux encore davantage, elle n'aurait plus rien vu du tout.

— *Excuse-moi ?*

À nouveau, je dus retenir un rire. Je n'aurais pas dû la provoquer ainsi.

***En fait, il n'est pas si terrible. Et, comme tu l'as mentionné, il est agréable à regarder.*** C'était l'euphémisme du siècle.

— Le physique, ça ne fait pas tout, répondit Pip en me lançant un regard noir. Je ne sais pas, Em. J'ai un mauvais pressentiment, quelque chose ne va pas. La manière dont ces mecs ont failli te tomber dessus et ton père qui t'a cachée. Quelque chose m'a paru… bizarre.

Elle haussa un sourcil et me gratifia d'un petit sourire.

— Cligne une fois des yeux si tu as besoin d'aide.

Elle se pencha et s'esclaffa.

Je laissai échapper un rire tremblant, luttant contre le

picotement soudain des larmes. Je baissai les yeux vers mon bloc-notes pour qu'elle ne le remarque pas.

***Tout va bien, je te le promets. Mais tu pourrais chercher des informations sur lui. Pour que je sache dans quoi je m'engage.***

Inspirant profondément, je croisai à nouveau son regard et découvris que je n'étais pas la seule à être balayée par les émotions. Les yeux couleur miel de Pip étaient vitreux.

— Je n'arrive pas à croire que tu te maries et que tante Nora ne sera pas là pour le voir.

Elle effleura mon collier avant de m'étreindre brièvement.

— Bien, il vaudrait mieux qu'on se dépêche de sortir de là avant qu'ils envoient une équipe de recherche.

J'opinai du chef et souris, remerciant Dieu d'avoir encore Pip. Mon monde s'apprêtait à changer, mais savoir qu'elle était là me permettait de garder la tête hors de l'eau.

# 9

## Conner

*Fais toujours confiance à ton instinct*. C'était le crédo de ma vie et il m'avait bien servi. Il m'avait sauvé la vie à de nombreuses reprises et je n'allais donc pas l'abandonner maintenant. Mon instinct m'indiquait que quelque chose n'allait pas entre Noemi et son père et je n'allais pas ignorer cette impression, bien que Noemi tente de me convaincre que je me trompais.

Lors du dîner, je me concentrai sur Fausto. Umberto était un emmerdeur, mais il n'était qu'un homme de main. S'il y avait un problème avec les Italiens, Fausto serait au centre de tout.

Je me dis que peu importait ce qu'il se passait, je ne devais pas m'impliquer. Si je m'intéressais aux affaires familiales italiennes, ce ne serait pas bien perçu. Toutefois, l'idée que quiconque à part moi pose un doigt sur Noemi me donnait envie de peindre tout son arbre généalogique dans diverses teintes de rouge. Ils étaient sa famille. C'était leur boulot de la protéger et s'ils échouaient, ma colère serait impitoyable.

Je n'aurais pas dû m'en préoccuper. Je l'avais spécifiquement prise pour femme dans l'espoir que son silence me permettrait d'oublier son existence même. Comme si je pouvais ignorer sa féroce détermination. Sa présence dans une pièce était plus imposante que celle de la plupart des hommes que je connaissais. Elle attirait l'attention à chaque mouvement gracieux de ses hanches et chaque éclat perspicace de ses yeux émeraude.

Chaque mot qu'elle écrivait valait mille conversations avec son père fanfaronnant.

À chaque nouvel aperçu de sa personnalité audacieuse, je voulais savoir d'où lui venait sa force et pourquoi on m'avait laissé croire qu'elle était autrement qu'extraordinaire. Si on m'avait avoué la vérité, je n'aurais jamais fini dans cette pagaille. J'étais distrait la plupart du temps et je commençais à être obsédé, pour être honnête. C'était un miracle que je n'aie pas pressé mes lèvres contre les siennes dans le couloir au sous-sol afin de goûter sa bouche brillante. Ça, ainsi que l'approche d'un témoin, avait été la raison pour laquelle j'avais gardé mes mains contre le mur. Si j'avais autorisé mes doigts à s'enrouler autour de sa taille pour attirer son corps contre le mien, toute la maîtrise que je possédais encore aurait été réduite en lambeaux.

Et sa manière de rougir jusqu'aux orteils quand elle avait posé les yeux sur moi la première fois ? *Seigneur.*

Elle était douce *et* impertinente. Ce mélange était follement mortel et mes journées défilaient devant mes yeux.

Plus elle résistait à notre connexion, plus j'étais déterminé à l'avoir. Même si son corps était facile à persuader, j'ignorais totalement quelle était la source de son blocage mental. Je la croyais quand elle me disait qu'il n'y avait personne d'autre. Dans ce cas, je ne voyais pas quel était le problème. Nous allions nous marier et la chaleur entre nous crevait le plafond. Alors pourquoi cette opposition ? Pourquoi ne pas céder au désir ?

C'était bien ma veine. Ou le karma. Jimmy et sa croyance dans le destin me diraient que c'était uniquement ma faute parce que j'avais essayé de choper une femme que je pourrais ignorer. Je m'étais condamné à me languir d'une femme qui ne me supportait pas.

— Il y a quelque chose de drôle ? s'enquit Jimmy en me rejoignant sur le trottoir quand nous quittâmes le restaurant.

Tout le monde était déjà parti ou montait dans sa voiture. J'avais attendu pour regarder Noemi s'en aller avec son père avant de me perdre dans mes pensées quand ils s'étaient éloignés.

— Je me moque seulement de moi-même.

— Il n'y a aucune raison de te moquer, pour ce que j'en sais. Tu t'en es bien sorti, ce soir, Conner, dit-il en posant une main sur mon épaule. Je vois de belles choses à l'avenir pour nous tous. Mes frères et moi, ainsi que ton père, nous avons fait renaître l'organisation de ses cendres, à New York et, désormais, la prochaine génération et toi, vous consoliderez notre futur. Nous montrerons au monde que nous sommes une force à craindre et à respecter.

— L'alliance va clairement nous aider, mais nous devrons tout de même faire nos preuves.

Les Albanais et les autres n'allaient pas s'évanouir discrètement dans la nuit sans une démonstration du nouveau pouvoir que nous possédions.

— Bien sûr, mais te mettre au niveau des Italiens est la première étape avant de nous redéfinir, ajouta Jimmy d'un air de conspirateur en chuchotant.

— Ah oui ? Tu vas me raconter le reste de ce plan ?

Il haussa les épaules.

— On a déjà les flics dans la poche – la moitié des effectifs est irlandaise –, mais si nous pouvons avoir la main sur le haut de la chaîne… disons… sur le bureau du gouverneur… alors, nous serons vraiment en bonne position.

— Evan Alexander est un homme respectable. Peu d'hommes politiques méritent cette distinction, mais le gouverneur en fait partie. Tu auras du mal à attraper ce poisson.

Je jetai un coup d'œil à mon oncle, curieux à cause de son sourire suffisant.

— Les choses se déroulent d'une drôle de façon, parfois.

Il me jeta également un coup d'œil.

— Comme toi et cette fille, au restaurant. J'ai vu ta manière de la regarder.

— Il est dans mon intérêt d'être observateur avec eux.

Le sourire de Jimmy s'élargit, comme s'il savait que mon excuse était bidon.

— Écoute, poursuivis-je doucement. Je veux simplement m'assurer que tu sais que je suis un Byrne, quoi qu'il arrive. Je serai toujours un Byrne en priorité.

J'avais clandestinement craint, depuis que cette alliance avait été évoquée, que Jimmy et les autres commencent à me considérer comme moins fiable, en raison de mes liens avec les Italiens. Je voulais être certain qu'il savait que mes racines irlandaises l'emporteraient toujours.

Mon parrain posa les mains de chaque côté de mon visage et me scruta.

— Tu es un bon garçon, Conner. Je n'aurais jamais envisagé ce scénario si j'avais de quelconques doutes à ton sujet. Compris ?

— Merci, Jimmy.

Une étrange chaleur se propagea dans mon torse, mais elle se glaça quand il poursuivit :

— Alors, est-ce la raison pour laquelle Mia Genovese n'était pas là, ce soir ? Manifestement, elle et son mari avaient un rôle clé dans cette alliance.

Je grimaçai, sachant qu'il avait raison.

— J'avais simplement l'impression que c'était trop, trop tôt. Elle n'est pas ma mère, Jimmy, et je ne suis pas prêt à prétendre le contraire.

Il retroussa ses lèvres avant d'acquiescer.

— J'imagine que je peux le respecter. Très bien, Brenna est probablement en train de s'agacer dans la voiture. Il vaudrait mieux que j'y aille.

— Bonne nuit, oncle Jimmy.

— Vas-y doucement, Conner.

Il me fit un signe de la main et me laissa déambuler vers la rue où je m'étais garé des heures auparavant.

Une fois assis du côté conducteur, je sortis mon portable de ma poche et découvris que j'avais un appel manqué de Mia Genovese. Je soupirai lourdement avant de cliquer sur le message afin d'écouter la voix de ma mère biologique.

— Bonjour, Conner. C'est Mia. Mia Genovese. Euh... Je me demandais si, peut-être, nous pourrions aller boire un café, un jour. J'aimerais vraiment avoir l'occasion de discuter avec toi, si tu as le temps. Tu sais… Rien que nous deux. Si ça ne te dérange pas, bien sûr. Bref, je divague. Tiens-moi au courant. Très bien. Au revoir.

C'était exactement la raison pour laquelle je n'avais pas voulu la rencontrer, initialement. J'avais une famille. Une famille qui m'avait désiré dès le début. Je n'avais pas eu besoin de subir des confrontations gênantes pour combler un trou béant en moi. Faire sa connaissance n'avait rien changé. Et je ne ressentais aucune obligation de lui donner satisfaction pour qu'elle soulage sa culpabilité. Son traumatisme émotionnel n'était pas mon problème.

Je verrouillai le portable et jetai cet appareil agaçant dans le porte-gobelet à côté de moi. J'avais des questions plus urgentes à régler. Comment me sortir une certaine tentatrice aux yeux verts de la tête, par exemple.

Il serait malin de contacter l'une de mes habituées et de me rappeler que tout ce dont j'avais besoin, c'était d'un bon coup, mais j'avais le sentiment qu'il n'y aurait qu'une douche froide pour moi. J'étais un véritable idiot.

Et je ne pouvais en vouloir qu'à moi-même.

# 10

ÉCOUTER AUX PORTES EST PARFAITEMENT ACCEPTABLE SI VOTRE vie est en jeu. Du moins, c'était ce que je me disais en restant devant le bureau de mon père, à me pencher aussi près que j'osais le faire sans faire trembler le battant. J'avais entendu Conner arriver quelques minutes plus tôt et je m'étais précipitée dans l'escalier à la seconde où la porte du bureau s'était refermée. Ils discutaient tous les deux de l'alliance et de la planification du mariage – je ne pouvais pas *ne pas* écouter.

— L'approbation n'a pas été un problème, mais je pense

qu'il serait plus sage de choisir un endroit neutre pour la cérémonie.

La mélodie profonde de la voix de Conner coulait comme de la soie. Comme toujours, il semblait parfaitement à l'aise.

— Je suis d'accord, répondit mon père. Je suggère l'église Saint-François-Xavier dans le centre-ville. C'est l'une des seules églises assez grandes pour accueillir nos deux familles et elle n'est affiliée à aucun des deux groupes. De plus, le centre-ville nous offre les meilleures options pour la réception. Je ne veux pas être obligé de limiter notre liste d'invités.

— J'ai du mal à croire qu'elle sera disponible dans un délai si court.

— Laisse-moi m'occuper de ça, répondit mon père dont la voix était teintée de ruse et d'hilarité. Nous nous sommes mis d'accord pour le 1ᵉʳ août et je ne vois aucune raison de changer la date.

*Le 1ᵉʳ août ? Merde alors !*

Ce n'était que dans deux petites semaines. Je savais que les choses avanceraient vite, maintenant que les fiançailles avaient été annoncées officiellement, mais deux semaines, ce n'était rien du tout.

Malgré mon désir d'échapper à l'influence de mon père, la perspective qu'un événement qui bouleverserait autant ma vie arrive si rapidement me fit paniquer au point de me donner le vertige. Je fus si distraite que je fus prise de court lorsque la porte s'ouvrit et que je me retrouvai face à face avec Umberto.

Une nouvelle vague de terreur déferlante me submergea.

Comment avais-je pu l'oublier ? Papa le gardait toujours près de lui et bien que la discussion se soit confortablement déroulée à l'autre bout de la pièce, je n'avais pas compté sur les autres variables. J'étais trop étonnée pour improviser une excuse.

Bouche bée et les yeux écarquillés, je pédalai dans la semoule alors que les trois hommes me dévisageaient.

— Toutes mes excuses, Conner. Il semble que ma fille ait oublié ses bonnes manières.

Mon père se leva lentement de sa chaise de bureau et son regard lança des éclairs dans ma direction.

Les yeux de Conner glissèrent brièvement de mon père à moi avant qu'il agite la main d'un air dédaigneux.

— Il est naturel qu'elle soit curieuse, répondit-il d'une voix suintant d'indifférence. Vous savez comment sont les femmes quand il s'agit de mariage. Je suis ravi qu'elle soit là, à vrai dire. J'avais besoin de lui parler. Autant le faire maintenant, avant que j'oublie.

Il se leva sans attendre de réponse.

— J'imagine que j'ai une minute, répliqua sèchement mon père sans tenter de dissimuler sa désapprobation.

Conner continua d'avancer vers moi, comme s'il était totalement sourd à l'avertissement décelable dans le ton de mon père. Je n'y croyais pas une seconde. L'Irlandais savait exactement qu'il marchait sur la corde raide et pourtant, il s'en moquait.

Je reculai jusqu'à la porte, mon cœur tambourinant de façon insistante dans mes oreilles.

Une fois que Conner fut passé devant un Umberto renfrogné, il me guida vers le salon puis sortit sur notre patio à l'arrière de la maison. Il faisait chaud, en cette matinée estivale, mais la chair de poule apparut tout de même sur mes bras quand Conner me transperça de son regard glacial et pénétrant.

— Je te croyais plus intelligente que ça, Noemi, déclara-t-il doucement.

Chacune de mes vertèbres se fusionna solidement à ses voisines et ma mâchoire se crispa fermement.

Comment osait-il me condamner alors qu'il ignorait totalement la position dans laquelle j'étais ? Oui, je devais être plus prudente, mais ce n'était pas à lui de me réprimander. Pas encore, en tout cas.

J'avais désespérément envie de me déchaîner et de lui cracher les mots venimeux qui me mordillaient la langue, mais je n'avais pas apporté mon carnet. J'étais menottée par mon silence.

Conner soupira lourdement et sortit son portable de la poche de sa veste, avant d'ouvrir l'application de prises de notes et de me le tendre.

Il m'offrait la chance de lui répondre, même s'il était clair qu'il n'en était pas ravi. Ce geste apaisa ma colère. Rien qu'un peu. Il restait tout de même un crétin.

**Tu ne sais rien de moi.**

Il lut les mots que j'avais tapés, avant de river ses yeux bleus tempétueux vers mon visage.

— Je sais que tu as vécu sous le toit de cet homme toute ta vie et que tu devrais savoir qu'il ne faut pas te montrer aussi imprudente.

Il inclina un peu la tête, comme si quelque chose venait de lui traverser l'esprit.

— À moins que… La désobéissance, c'est nouveau pour toi.

Il avança légèrement, comme s'il souhaitait m'acculer, mais qu'il savait que nous étions surveillés.

— À quel point es-tu couvée ?

Comment cette conversation s'était-elle égarée si

rapidement ? Elle était passée de l'inquiétude à la colère puis à l'embarras furieux en quelques battements de cœur. Conner avait la capacité naturelle de me déséquilibrer.

Je croisai les bras et le regardai, ne voulant pas répondre.

Ses yeux tourmentés s'embrasèrent, devenant affamés et aussi sombres que de l'ardoise.

— As-tu déjà été embrassée, au moins ? demanda-t-il d'une voix qui était si grave qu'on aurait dit du gravier crissant sur l'asphalte.

Elle était assez profonde pour faire trembler mes tripes.

La réponse était oui, mais je ressentais un besoin pressant de maintenir mes positions. Je n'avais pas envie de préparer le terrain pour que cet homme me perçoive comme une chiffe molle naïve. Et, de plus, savoir si j'avais déjà été embrassée ne le regardait nullement.

Je lui arrachai le téléphone de la main et commençai à taper.

*As-tu déjà brûlé un homme vivant ?*

Le sourire narquois dont il me gratifia pour me répondre me glaça jusqu'à la moelle.

*Pourquoi ?*

Je lui redonnai brusquement le portable.

Conner tapa sa réponse plutôt que de l'exprimer à haute voix.

*Parce qu'il le méritait.*

— Maintenant, réponds à ma question, Noemi.

Il leva son pouce pour caresser ma lèvre inférieure. Ce contact déclencha un feu dans une partie beaucoup plus intime de mon corps.

— Un autre homme a-t-il déjà posé sa bouche sur la tienne ?

Je refusais de répondre. J'avais même du mal à respirer.

Il baissa les yeux vers mes lèvres et mon corps traître se pencha vers le sien comme si j'étais un roseau impuissant face à la brise estivale. À cet instant, je me rendis compte qu'il allait peut-être m'embrasser ici, à la vue de tous. C'était incroyablement dangereux. Je n'avais aucun moyen d'estimer la réaction de mon père et pourtant, j'étais consumée par le besoin de savoir ce que j'éprouverais si quelqu'un d'aussi puissant et écrasant me revendiquait.

Oui, j'avais été embrassée par deux garçons différents, au lycée, mais je doutais que ces gestes dociles puissent être comparés à ce que Conner me ferait ressentir. Rien que son regard me promettait de piéger mes sens et de me transporter vers un endroit dépourvu de raison.

Heureusement, Conner se maîtrisait mieux que moi. Il s'éloigna, me laissant honteusement froide et à la dérive.

— Il vaudrait mieux qu'on rentre, murmura-t-il distraitement.

La tension dans sa voix était l'unique preuve qu'il avait été affecté.

Tandis que je le suivais à l'intérieur, je me rendis compte que son subterfuge pour me parler en privé n'avait été qu'une manière de désamorcer la fureur de mon père. Conner m'avait protégée, à sa façon, bien qu'elle soit agressive. Je devrais m'en souvenir, la prochaine fois qu'il me tapera sur les nerfs, ce qui arrivera indubitablement.

Je montai précipitamment à l'étage sans regarder dans la direction de mon père. Il m'avait laissé passer avec une simple réprimande, ce qui était indulgent, mais c'était uniquement parce qu'il avait décidé d'attendre que nous soyons seuls, plus tard, afin de pouvoir cracher son venin sans être observé.

Je lisais tranquillement dans ma chambre quand je sentis sa présence malveillante dans l'embrasure de ma porte.

— Tu es exactement comme ta mère, tu fourres ton nez dans des affaires qui ne te regardent pas.

Papa se rapprocha et souleva la délicate cloche attachée à mon collier qui pendait sur ma poitrine. Je priais pour qu'il ne me l'arrache pas, mais il se contenta de ricaner.

— Tu vas peut-être quitter cette maison dans deux semaines, mais Sante sera toujours ici, avec moi, alors ne te mets pas des idées stupides en tête.

Il laissa retomber le pendentif et me lança un regard noir.

— Oublie encore où est ta place et je me ficherai de savoir qui est témoin de la situation. Je t'*inculquerai* le respect.

Mon Dieu, j'avais envie de lui balancer mon livre à l'arrière du crâne lorsqu'il sortit de ma chambre. J'aurais aimé, rien qu'une fois, pouvoir lui tenir tête et lui dire à quel point il était lâche et pathétique, pour libérer la méchanceté acide qui me brûlait la langue chaque fois que j'étais la cible de son narcissisme égoïste. Mieux encore, j'aurais aimé pouvoir lui faire payer ce qu'il avait fait. Pour *lui* donner une bonne leçon.

Le fait d'épouser Conner allait-il me mener vers une vie entière de ce même désespoir frustré ?

Mon fiancé était intervenu pour désamorcer la situation avec mon père, mais ça ne faisait pas nécessairement de lui un homme bon. C'était un criminel. Une brute, d'une certaine façon, même si je ne ressentais pas la même impression de mort imminente quand j'étais avec lui que quand j'étais avec mon père. D'une horrible manière, j'appréciais presque les tiraillements avec lui. Quelque chose chez lui m'attirait et me donnait l'impression d'être vivante. Étais-je naïve de croire qu'il était différent ?

*Il a brûlé un homme vivant, Em. Comment peut-il être différent ?*

Oh. Quel bordel !

Je pris mon téléphone, ayant besoin d'une distraction et me souvenant que j'avais demandé des informations sur Conner à Pip.

**Moi : Tu as trouvé quelque chose ?**

Elle saurait ce que je voulais dire.

**Pippa : Je m'apprêtais à t'envoyer un e-mail.**

**Pippa : OK, c'est fait !**

J'ouvris ma messagerie et cliquai sur l'e-mail dès qu'il apparut. Papa avait accès à mon compte, mais à mon avis, il se moquerait de savoir que Pip m'envoyait des renseignements sur Conner.

*VOILÀ ce que j'ai pu trouver. Il y a encore peu de temps, la famille Byrne était dirigée par Jimmy, Brody et Tully Byrne, avec l'aide du père de Conner, Seamus Reid. Il y a deux semaines, Brody a été tué par balle devant l'un de leurs clubs, par des Albanais. Tully a toujours eu un rôle plus passif, alors maintenant, c'est surtout Jimmy qui gère la famille. La rumeur dit que la génération suivante commence à prendre le dessus – Oran, le fils de Brody, et Keir, l'aîné de Jimmy. Conner est à leurs côtés et revendique sa part. Le groupe dirige des clubs de paris illégaux et de combats clandestins. Ils ont lutté et repris le pouvoir. Je ne vais pas te mentir, ils ont l'air assez impitoyables.*

*Je n'ai pas pu trouver grand-chose sur Conner, particulièrement. Il a presque la trentaine. Il est fils unique. Il n'a pas de casier judiciaire, ce qui semble assez surprenant. Il s'occupe des paris et gère un club qui s'appelle Le Bastion. C'est plus ou moins tout.*

. . .

Je n'étais pas au courant pour l'oncle de Conner. Avaient-ils été proches ? Mon fiancé avait beau être agaçant, je me sentais mal pour la perte qu'avait subie sa famille. Je savais ce que c'était de perdre quelqu'un de proche. Mon instinct me disait qu'il n'était pas insensible au point de ne pas être affecté par ce genre de retournement cruel du destin.

**Moi : Merci, ma belle.**

**Pippa : Je ne sais pas ce que je pense de tout ça.**

*Moi non plus, Pip. Mais ça ne change rien.*

**Moi : C'est le monde dans lequel on vit.**

**Pippa : J'imagine.**

**Pippa : J'avais simplement espéré qu'après tout ce qu'il s'est passé, tu trouverais ta fin heureuse. Pas ça.**

Ma cousine était courageuse et, parfois, elle semblait même intrépide, mais je savais qu'intérieurement, elle s'inquiétait comme nous tous. Au lieu d'ajouter un poids à son fardeau, ce qui n'aurait aidé personne, je tentai d'être optimiste.

**Moi : On ne sait jamais, Pip** 😊

Si j'avais appris quoi que ce soit, lors de l'année qui s'était écoulée, c'était que la vie pouvait changer en un clin d'œil.

Des gens mouraient. La roue tournait.

Je préférais avoir un semblant de contrôle sur ma vie, mais si je devais me fier à une petite chance, qu'il en soit ainsi.

JAMAIS DE LA VIE JE N'AURAIS IMAGINÉ ME RETROUVER ASSISE À côté de mon père lors d'un rendez-vous avec mon organisatrice de mariage. Il n'avait assisté à aucun de mes spectacles d'école et n'avait été présent pour aucun des événements les plus mémorables de ma vie. Planifier mon mariage à ses côtés paraissait insensé.

Mais, après tout, il en était de même pour qui concernait le fait que mon père avait tué ma mère.

Maman était morte, papa était fautif, et j'étais coincée à côté de lui dans un enfer matrimonial. Le seul bon côté des choses était ma future belle-mère. Mirren Reid était remarquablement gracieuse et amicale. Je me montrais peut-être un peu trop optimiste, mais j'avais le sentiment qu'elle pouvait être une alliée précieuse pour moi. Peut-être même une amie.

Nous passâmes près de deux heures à régler les détails. Nous avions surtout guidé l'organisatrice autant que nous le pouvions et elle s'occuperait de la logistique pour faire en sorte que tout se produise comme nous le désirions. Lorsque nous eûmes fini, papa annonça qu'il devait se rendre à une réunion et qu'il avait ordonné à Umberto de me conduire à la maison une fois que nous aurions fait un saut pour déposer des papiers au bureau de Conner.

Toute trace de l'épuisement que j'avais ressenti quelques secondes plus tôt s'évanouit.

Irions-nous dans l'un des clubs de paris irlandais ? Allais-je le voir lors de notre brève visite ?

Un enthousiasme indéniable m'assaillit lors de notre traversée de la ville. Était-ce simplement la curiosité qui stimulait mon sang ou quelque chose de plus destructeur ? Avais-je réellement hâte de le voir ? Je me disais que si la réponse était oui, c'était uniquement parce que j'avais rarement le droit de sortir de la maison. Toute interaction sociale était un changement de vie revigorant pour moi. Cela n'avait rien à voir avec l'homme en lui-même.

*Oui...*

Umberto se gara devant un bâtiment de trois étages qui ne ressemblait pas à grand-chose, de l'extérieur. Après m'avoir rabâché de ne pas m'éloigner et de bien me conduire, il nous guida à l'intérieur. Il est vrai que le hall était plus moderne que l'extérieur, mais il n'y avait pas de quoi en faire toute une histoire non plus. Les murs étaient peints en noir et une réception, construite avec les briques originelles, se trouvait au centre de la pièce. De grandes photos artistiques de la ville parsemaient les murs, éclairées par des dizaines de petites lueurs pendues au plafond.

— Puis-je vous aider ?

Une belle femme avec des cheveux bruns et courts nous accueillit. Elle portait une tenue en satin noir – un pantalon moulant qui sculptait parfaitement sa carrure athlétique et un *crop top* assorti avec une unique bretelle sur son épaule droite. Ce look était à la fois plein d'assurance et osé, et je l'admirais.

Umberto grogna.

— Oh que oui.

Il marmonna dans sa barbe, suffisamment fort pour savoir que nous l'avions toutes les deux entendu.

Je ressentis l'envie pressante de lui asséner un coup de pied à l'arrière du genou et de l'envoyer au tapis. Je me pinçai plutôt les lèvres et lançai un regard désolé à la femme.

Celle-ci me gratifia d'un sourire félin et amusé.

— Vous êtes venue pour Reid ?

— Oui. Est-il dans le coin ?

— Allons voir ça. Suivez-moi.

Elle nous guida vers des portes doubles, puis dans un couloir donnant sur une série de bureaux.

Nous la suivîmes jusque dans le dernier, qui contenait un équipement luxueux et moderne complété par des écrans et une cheminée élégante. Mais aucune trace de Conner.

— J'imagine qu'il est à l'étage, dit-elle joyeusement. Si vous le souhaitez, nous pouvons attendre ici toutes les deux pendant que vous allez le chercher.

Umberto me dévisagea comme s'il était tiraillé. Je lui jetai donc un coup d'œil exaspéré qui indiquait : *quels ennuis pourrais-je m'attirer ici ?*

— Ne bouge pas, cracha-t-il avant de disparaître dans le couloir.

La femme, dont le regard était un mélange frappant de turquoise et de doré, éclata de rire.

— Quel bouffon ! Je suis désolée. J'imagine que ça pourrait être l'un de tes amis.

Je secouai catégoriquement la tête.

— Bien, répondit-elle en me tendant la main. Je m'appelle Shae.

Une fois qu'elle m'eut relâchée, je sortis mon bloc-notes et écrivis mon nom.

Elle sourit.

— Je sais qui tu es, Noemi. Tout le monde dans la famille te connaît.

*Super.*

Soulagée, je levai le papier, quand elle s'esclaffa.

— Ce n'est pas si horrible que ça.

*Tu es de la famille de Conner ?*

— Je suis sa cousine, mais je travaille également avec lui, au club. Mon père était Brody Byrne.

Mon visage se ferma quand je me rappelai ce que j'avais appris grâce à Pippa.

*Toutes mes condoléances.*

Elle haussa les épaules et me fit un signe de la main vers un canapé en cuir rouge, face à la cheminée.

— J'imagine que ça fait partie de la vie.

Elle s'assit en biais vers moi, un bras posé sur le dossier.

— On essaie de se protéger contre ce genre de choses, mais c'est quand même la merde.

J'eus l'impression distincte que Shae était une dure à cuire. Je ne connaissais pas beaucoup de femmes qui travaillaient aux côtés des hommes, dans notre famille, et j'avais supposé que les Irlandais étaient probablement pareils.

— Je n'étais pas censée venir, ce soir, continua-t-elle. Mais je suis ravie d'être là. J'étais curieuse de rencontrer la Mancini muette.

Elle inclina la tête, ses yeux kaléidoscopiques me scrutant.

— Ce n'est pas exactement ce à quoi je m'attendais.

Je haussai un sourcil, l'encourageant à s'expliquer.

Shae gloussa.

— J'imagine que je m'attendais à quelqu'un de timide et de réservé, mais tu n'es pas comme ça, n'est-ce pas ?

J'écrivis nettement ma réponse sur mon bloc-notes.

**Pas de voix ne veut pas dire pas d'opinion.**

Son regard pétilla, amusé.

— Non, c'est certain. Et c'est exactement la raison pour laquelle je pense que je vais t'apprécier, Noemi.

Ses doigts jouaient avec la longue boucle d'oreille argentée qui pendait de son lobe.

— Alors, dis-moi, qu'est-ce que tu penses de tout ça ? De Conner et du mariage ?

**Ça fait simplement partie de la vie.**

Je lui lançai un sourire narquois en répétant ce qu'elle avait déjà dit.

— Sans déconner.

Elle sourit, mais se reprit rapidement. Il était fascinant de voir comme le bleu et l'or de ses yeux luttaient pour dominer quand son humeur changeait. Lorsqu'elle tendit la main pour la poser sur la mienne, ses iris furent comme de l'ambre fondu.

— Je suis sûr que rien de tout ça n'est facile. Si un jour tu as besoin de quelqu'un à qui parler, je suis là. Quand tu veux.

Je fus surprise par sa franchise et la sincérité de son offre. Je la gratifiai d'un petit sourire et hochai la tête.

La porte s'ouvrit brusquement à cet instant. Toute mon attention fut immédiatement redirigée vers l'embrasure de la porte où se tenait Conner. Un éclat meurtrier brûlait dans ses yeux.

Instinctivement, je libérai ma main coincée sous celle de Shae. Je ne savais même pas pourquoi. Nous ne faisions rien de mal, mais quelque chose me disait que ça n'aurait pas d'importance pour cet homme.

Il entra dans la pièce, Umberto sur ses talons.

— Shae, je ne m'attendais pas à te voir, aujourd'hui.

— On dirait que tu as tout un tas d'invités inopinés, répondit-elle audacieusement. Heureusement, j'ai eu la chance de rencontrer ta future femme. Elle est magnifique, Reid. Tu es un homme chanceux.

Conner fit craquer son cou d'un côté, puis de l'autre.

— Tu es sur une putain de corde raide, Shae. Je te suggère de t'éclipser.

Je tressaillis à cause de la brutalité de sa déclaration. J'étais troublée par la raison pour laquelle il serait si méchant envers sa cousine, qui était gentille avec moi. Il était peut-être habituellement lunatique, car Shae ne sembla nullement surprise. Elle sourit en se levant, dévoilant victorieusement et effrontément ses dents.

*Oui, je l'aimais bien.*

— Toi aussi, *Berto*, aboya Conner à mon garde du corps sans cesser de me fixer. J'aimerais passer un moment seul avec ma fiancée.

— Hein ?

Umberto arracha son regard des fesses de Shae qui était en train de s'éloigner.

— Dehors. *Maintenant*, cracha Conner.

Umberto le fusilla des yeux, avant de se tourner vers moi l'espace d'un bref instant de réflexion.

— Comme tu veux, mec. Mais fais vite, grommela-t-il avant de sortir de la pièce d'un pas lourd.

D'un mouvement du poignet, Conner ferma la porte. Pour la première fois, il ne portait pas sa veste de costume et les manches de sa chemise bleu clair étaient roulées jusqu'à ses coudes, me laissant apercevoir l'encre qui couvrait sa peau. Je fus surprise de remarquer que son autre avant-bras était nu, dépourvu de tatouages. Qu'y avait-il sous le reste de sa chemise ? J'avais la sensation que je le découvrirais dans deux semaines, que je le veuille ou non.

Je me levai du canapé, la tension qui montait dans la pièce m'y obligeant. J'avais le sentiment que Conner était furieux, mais j'ignorais pourquoi. Je tâtonnai à la recherche de mon bloc-notes, espérant le distraire.

**J'ai rencontré l'organisatrice de mariage, ce matin.**

Je tendis mon petit mot, mais ses yeux ne quittèrent pas les miens quand il se rapprocha. Jamais de ma vie quelqu'un ne m'avait regardée avec une intensité si fervente. Elle me coupa le souffle. Je ne savais pas vraiment si c'était une bonne ou une mauvaise chose.

— Je ne veux plus jamais voir quelqu'un te toucher de cette manière.

Je tressaillis et reculai, surprise.

**Elle était simplement gentille.**

— N'importe quoi. Dans tous les cas, je m'en moque. Que ce soit un homme ou une femme, si je vois encore quelqu'un te toucher d'une façon qui ne me plaît pas, je lui couperai ses putains de doigts.

Je le fixai du regard, bouche bée et totalement ébahie.

D'où venait cette attitude d'homme des cavernes ? C'était lui qui m'avait dit que nous pouvions avoir des amants et que tout ce mariage était un arrangement professionnel. Où était parti cet homme ?

Tant de pensées percutantes me bombardèrent. Je ne savais quoi dire et j'optai donc pour la première chose qui remonta à la surface.

*Nous allons danser lors de la réception. Tu vas couper les doigts de tout le monde ?*

J'avais voulu lui lancer un défi. Lui montrer à quel point son comportement était absurde.

Mon intention lui échappa.

— Alors je te suggère d'appeler l'organisatrice de mariage et de rayer la danse du planning, déclara-t-il avec un sérieux absolu.

*C'est ta <u>cousine</u>, Conner. Il ne s'est rien passé.*

— Et pour ça, je la rencontrerai sur le ring, mais avec les autres, tous les coups seront permis. Je la connais mieux que toi et je sais avec certitude qu'elle n'était pas simplement *gentille*.

Je fronçai les sourcils à cause de son insinuation. Shae m'avait-elle draguée ?

— Maintenant, tu comprends, murmura-t-il.

*Ohhh.*

Je tournai la feuille de mon bloc-notes et griffonnai à nouveau.

*Dans tous les cas, tu as dit que nous avions tous les deux le droit d'avoir des amants.*

Je levai la page avec moins de violence, la perplexité atténuant ma détermination. J'avais commencé à voir Conner comme une meilleure alternative que mon père. M'étais-je trompée ? Une vie avec lui serait-elle encore plus oppressive que ces deux derniers mois dans ma maison familiale ?

Mon désamorçage ne sembla que l'agacer davantage. Il se rapprocha encore, ses yeux perçants à quelques centimètres de moi.

— Non, j'ai dit qu'il serait juste de la jouer œil pour œil. Ce qui veut dire que si je m'écarte du droit chemin, tu peux le faire aussi. Mais pour l'instant, je ne veux finir qu'entre une paire de jambes et tant que c'est le cas, je m'attends à la même chose en retour.

Il me prit la main et me fit sortir de son bureau, ne m'offrant aucune chance de répondre.

Titubant derrière lui, j'étais tellement surprise que je raccordais à peine mes pensées et que je n'arrivais donc pas à être hors de moi. Il s'attendait à avoir l'exclusivité ? Et si je ne voulais pas coucher avec lui ? Mon corps le désirait, mais mon esprit n'en était pas si sûr. Il donnait l'impression qu'il pourrait se désintéresser, un jour. C'était exactement le genre de choses que j'avais craintes. Si je développais des sentiments à son égard, une trahison telle que celle-ci me briserait le cœur. Je n'avais pas envie de m'offrir à un homme qui n'était pas engagé envers moi.

Conner me raccompagna jusqu'à Umberto. Je me glissai à l'arrière de sa voiture, mais ne vis presque rien autour de moi. Je songeai au pouce de Conner sur mes lèvres. Sa main sur ma cuisse et ses mots chuchotés près de mon oreille. Il me voulait et avait été particulièrement possessif en réagissant à la main de Shae sur la mienne. Toutefois, cela se traduirait-il en dévotion sur le long terme ? Ou son intérêt pour moi n'était-il qu'un désir insatiable momentané ?

Son intensité indéniable me fit penser que notre relation avait peut-être du potentiel. Qu'elle pouvait être... plus.

Conner ne me donnait pas l'impression d'être volage. Avec lui, c'était plutôt tout ou rien. Et s'il avait jeté son dévolu sur moi… cela signifierait-il qu'il me voulait tout entière ?

Je prenais peut-être mes rêves pour des réalités. Je ne pouvais en être sûre.

L'étrange picotement dans ma poitrine me terrifiait. J'aurais dû avoir peur de Conner lui-même, mais les sentiments qu'il avait évoqués m'effrayaient encore plus. Le fait que j'aie un semblant d'espoir à l'idée qu'il tienne à moi était un signe dangereux. Il avait admis qu'il avait brûlé vif un homme. Quelqu'un comme lui était-il capable d'aimer ? Pourquoi même songeais-je à cette question ?

Si je ne reprenais pas le contrôle de mes émotions rebelles, je finirais dans de beaux draps. Le seul problème était que je ne savais pas comment faire. Conner brisait mes défenses, fissure après fissure. Il n'était pas du genre à abandonner. S'il avait décidé de me conquérir, j'étais fichue.

JE NE M'ATTARDAIS JAMAIS SUR LES « ET SI », SURTOUT QUAND il s'agissait de mon passé. Contrairement à nombre d'enfants adoptés qui passaient leur existence à se demander à quoi leur vie aurait ressemblé s'ils n'avaient pas été abandonnés, je ne m'y intéressais pas parce que c'était inutile. Le passé était le passé. Il fallait aller de l'avant, bordel.

Je n'avais pas remis ma vie en question, autrefois, et connaître l'identité de ma mère biologique ne changeait rien. En fait, cela confirmait que j'étais exactement l'homme que j'étais censé être. Que je sois italien ou irlandais, j'étais supposé m'épanouir du mauvais côté de la loi.

Mon sens moral était défaillant depuis ma naissance et, plus important, j'aimais que cela soit ainsi.

La culpabilité était une émotion inutile dont souffraient les faibles.

Je connaissais mon cerveau et j'étais maître de mes actions, afin de pouvoir avancer dans la vie avec confiance. Quand j'avais accepté la requête de Jimmy, celle d'épouser une Italienne, je m'étais conforté à cette décision. Je n'avais pas su, à ce moment-là, à quel point j'allais m'impliquer dans cet engagement, mais quelque chose avait craqué en moi à la vue de Shae avec Noemi.

Je ne voulais pas simplement baiser ma fiancée. Je la voulais tout entière.

Son corps et sa soumission. Sa confiance et sa complaisance. Même son tempérament féroce et ses sarcasmes.

Tout ça m'appartenait et je ne comptais pas la partager.

Shae n'était pas une véritable menace. Elle n'aurait jamais empiété sur mon territoire si elle avait su ce que je ressentais. Il était clair qu'elle le savait, maintenant. Cela n'allait pourtant pas l'empêcher de me provoquer. Elle l'avait toujours fait. Par exemple, elle m'appelait Reid alors que personne d'autre n'osait. Je lui avais demandé d'arrêter il y a des années – cela insistait sur le fait que je n'étais pas un Byrne. Personne ne m'appelait ainsi impunément, mais Shae était comme une sœur. Une magnifique sœur bisexuelle qui était tout aussi douée pour choper la fille la plus canon que pour nous concurrencer sur le ring de boxe. Oncle Brody l'avait bien élevée.

Bien que mon cerveau sache qu'elle n'oserait pas voler ce qui m'appartenait, l'animal archaïque en moi avait été furieux. J'avais détesté les voir ensemble et j'avais failli commettre un meurtre en observant leurs mains se toucher. C'était intime et ce geste suggérait un degré de proximité entre les deux qui m'avait fait enrager.

La jalousie n'était pas mon truc. Je n'avais jamais suffisamment désiré une femme pour être jaloux.

Cependant, ce qui m'avait le plus dérangé était la manière dont le visage de Noemi s'était froissé lorsque je lui avais dit qu'elle était la seule que je voulais. C'était comme si l'idée que notre mariage soit plus qu'un arrangement professionnel l'avait démolie.

J'avais dû la faire sortir de là rapidement avant de dire ou de faire quelque chose que je regretterais. Comme pour la culpabilité, je n'étais pas un grand fan de regrets, mais j'avais été à deux doigts de me déchaîner et de me détester pour ça, plus tard.

Il était impossible que ce besoin dévorant que je ressentais ne soit pas réciproque. Si j'étais coincé avec cette impression étouffante de toquade, il était clair qu'elle allait la ressentir aussi. Je la mettrais à nu, à la fois physiquement et mentalement, pour lui prouver qu'elle m'appartenait tout entière. Je ferais tout ce qu'il faudrait.

Si je devais progresser sur ce chemin glissant, je ne le ferais pas seul.

Mais Noemi était prudente. J'allais devoir utiliser la bonne dose de force et de séduction pour éviter de l'effrayer. Cela avait été l'unique certitude qui m'avait permis de garder le contrôle. À la seconde où elle fut partie, je montai dans ma voiture et conduisis directement jusqu'à la salle de sport. Si je n'évacuais pas un peu de l'énergie mortelle qui bouillonnait en moi, j'allais exploser.

Comme d'habitude, Bishop était déjà arrivé et déconnait

avec certains des gars. Il mit fin à sa conversation dès qu'il me vit et me rejoignit en trottinant.

— Salut, mec. J'étais sur le point de t'appeler. J'ai eu les infos que tu voulais, grâce à mon gars.

Je glissai mon sac de gym à mon épaule et levai le menton pour qu'il continue.

— J'ai tout passé au peigne fin. Son dossier scolaire et ses activités extrascolaires sont assez ordinaires. Seule une chose m'a sauté aux yeux, dans tout le dossier, mais ce n'est peut-être rien.

— Dis-moi.

— Son dossier médical montre qu'elle a eu la clavicule cassée et d'autres contusions à cause de l'accident de voiture qui a tué sa mère, mais sa gorge n'a subi aucun dégât, concrètement. Elle a eu une ecchymose provoquée par la ceinture, mais il n'y a aucune explication physiologique à la perte de sa voix. Le médecin a même mentionné un possible traumatisme émotionnel, pour l'expliquer. Il a écrit qu'il avait recommandé à son père qu'elle fasse une thérapie, mais qu'il n'était pas entré dans les détails parce qu'elle est techniquement une adulte et que cela aurait enfreint les lois sur la confidentialité. J'ai lu tout le rapport d'accident et tout m'a paru réglo. L'enquêteur n'était pas un de nos gars, mais il n'y a rien de louche. Comme je l'ai dit, ce n'est peut-être rien. J'ai simplement pensé que j'allais te tenir au courant avant de t'envoyer le dossier.

Un traumatisme. L'accident n'avait certainement pas été facile à encaisser, mais la femme que je connaissais était loin d'être traumatisée. Si son silence n'était pas physiologique, quelle en était la raison ? Pourquoi passerait-elle six mois sans prononcer un mot et pourquoi son père accepterait-il son état sans poser de questions ?

Ça ne tenait pas debout et j'étais prêt pour une explication.

— C'est du très bon travail, Bishop, dis-je en lui claquant une main sur l'épaule. Je vais me changer et je te retrouve sur le ring.

— Laisse-moi te malmener un peu et on sera quittes.

Il me lança un sourire étincelant.

— Dans tes rêves, enfoiré.

Je lui donnai un rapide coup de poing dans le ventre et j'esquivai vers les vestiaires quand il riposta.

Ma journée merdique s'améliorait légèrement. J'avais tout de même besoin d'évacuer un peu de ma colère sur le ring, mais je n'étais plus assoiffé de sang. J'étais désormais concentré sur la stratégie plutôt que sur l'annihilation. Il était temps de faire chanter cet oiseau en cage, d'une manière ou d'une autre.

# 13

## Noemi

Sante se trouvait dans la cuisine et regardait à l'intérieur d'un placard vide quand je descendis le lendemain matin. Il était tellement perdu dans ses pensées qu'il ne m'entendit pas approcher jusqu'à ce que je sois à portée de main.

Je touchai son épaule et lui jetai un coup d'œil interrogateur.

Il fixait le placard qui contenait notre collection de tasses à café. Maman avait été une fanatique de cette boisson, et sa routine consistait à élaborer son cappuccino religieusement chaque matin. L'été, quand je n'allais pas à l'école, je passais chaque matin dans la cuisine avec elle, partageant sa manie. Lorsqu'elle était morte, je n'avais pas supporté de boire du café à la maison, sans elle. C'était la raison pour laquelle j'avais pris l'habitude de sortir boire mon café. J'avais besoin de cette dose de caféine, mais sans avoir le cœur brisé.

— C'est bizarre. Parfois, j'oublie presque qu'elle est partie. J'ai commencé à sortir une tasse pour elle comme si j'allais lancer la machine à cappuccino, puis je me suis rendu compte de ce que je faisais. C'était comme un réflexe. Comme si mon corps avait curieusement oublié.

Il ferma la porte et baissa les yeux vers moi. Ses beaux yeux marron étaient tristes et emplis de douleur.

Je savais ce qu'il ressentait. Et je savais qu'aucun mot ne pourrait arranger ça. Je passai donc mes bras autour de sa taille et le serrai contre moi.

Mon Dieu, je l'aimais tellement. Je ne supporterais pas de le perdre, lui aussi.

— Merci, ma petite grande, dit-il doucement.

Lorsque je m'éloignai, j'attrapai mon bloc-notes.

**Tu veux venir boire un café avec moi ?**

Il se pinça les lèvres.

— Tu sais que papa n'aime pas qu'on sorte tous les deux.

Chaque mot était teinté d'un conflit interne. C'était peut-être ma chance de l'aider à revenir à la raison.

**Tu sais que c'est absurde, n'est-ce pas ?**

— Il me l'a expliqué, alors je comprends plus ou moins. Après avoir perdu maman, il ne veut pas prendre le risque que nous sortions ensemble et qu'il nous arrive quelque chose à tous les deux, en même temps. Il serait totalement seul.

Et c'était la raison pour laquelle j'adorais ce pauvre petit garçon. Certes, il avait désespérément envie de faire partie de la famille du crime qu'étaient les Lucciano et d'impressionner notre père, mais son cœur était fait d'or pur. Il passait pour une personne naïve, mais cette innocence dérivait d'une pureté que je ne souhaitais jamais voir ternie.

Je hochai la tête. J'aurais aimé pouvoir l'emmener sans blesser son cœur si gentil.

Trente minutes plus tard, j'étais assise dans mon café et sirotais un cappuccino fumant sans vraiment le goûter. J'étais encore loin de savoir comment sauver mon frère et lorsque j'avais quitté Conner, la veille, il avait été furieux. J'ignorais quoi faire à propos de tout ça. Une part de moi insistait sur le fait que j'avais besoin d'être patiente tandis qu'une autre me hurlait que je manquais de temps.

Dans deux semaines, je serais mariée.

J'aurais échappé au contrôle de mon père, mais cela serait encore moins facile de côtoyer Sante qu'actuellement. Et même si Conner m'offrait probablement plus de liberté physique, je craignais qu'il ait le potentiel de voler mon cœur et de me laisser encore plus vulnérable. J'avais beau évaluer ma situation, elle me paraissait désespérée.

Je m'apitoyai dans une telle mélancolie que je fus prise de court lorsque je quittai les toilettes et que je fus saisie par-derrière et emmenée dans une allée par la porte de service. Une main rêche couvrit ma bouche et mon cœur plongea vers mon ventre alors que mon corps se recouvrait d'une peur poisseuse.

— *Chhut*, calme-toi. C'est moi.

Conner ? Mais que faisait-il ?

J'arrêtai de me battre contre lui, ma respiration irrégulière devenant le seul bruit dans le silence qui nous entourait. Quand l'odeur familière de son après-rasage épicé emplit mes narines, je me détendis davantage dans ses bras.

Une fois qu'il sentit ma panique s'atténuer, il baissa la main et me retourna pour que je sois face à lui. Ses sourcils durement froncés conféraient une teinte bleu nuit et une détermination impitoyable à ses yeux.

Mes muscles se mirent à nouveau en alerte. Ils se contractèrent pour se tenir prêts.

— Nous devons discuter. Seul à seule. Et puisque ton père te colle ce salopard qui te souffle sans arrêt dans la nuque, c'était le meilleur moyen.

Son explication n'apaisa nullement ma tension.

— J'ai lu des choses intéressantes, hier. J'avais l'impression que quelque chose clochait, alors j'ai demandé à un ami de rassembler des informations sur toi et ta famille. Ton dossier scolaire. Tes antécédents familiaux. Ton dossier médical.

Chaque muscle de mon corps devint aussi dur que de l'acier, empêchant mes poumons d'inhaler ne serait-ce qu'un filet d'air.

— Je trouvais cela fascinant que les médecins n'aient aucune explication pour ton silence. Des choses étranges arrivent parfois et je suis prêt à l'admettre. Mais savais-tu que ton médecin traitant avait écrit une note, dans ton dossier, disant que ses impressions tendaient vers une réponse traumatique psychosomatique ?

Conner me fit reculer jusqu'à ce que mon chemisier Ralph Lauren soit appuyé contre le mur sale de l'allée.

— Bien, ma douce et petite Noemi, je t'ai suffisamment observée pour me forger ma propre opinion et quelque chose me dérange. Tu sais ce que je crois ?

Il marqua une pause, ne continuant pas avant que je secoue la tête.

— Je crois que tout va bien avec ta voix.

Et voilà.

Comment cet homme qui ne me connaissait pas du tout avait-il vu clair dans ma ruse, plus vite que quiconque ? Plus mon silence s'était prolongé, plus j'avais craint ce moment, le jour où mes secrets s'effilocheraient comme les fils d'une écharpe en soie dans un vent acharné.

Je gigotai pour libérer mes mains et sortis mon bloc-notes. Conner m'arracha alors les pages froissées de mes doigts et les jeta dans la poubelle la plus proche.

Je secouai la tête pour nier catégoriquement. Je refusais de parler. D'admettre quoi que ce soit.

— On ne joue plus, Noemi. Raconte-moi la vérité, aboya-t-il.

Mon corps entier trembla sous l'effet de la panique, mais l'adrénaline exhorta promptement mon envie de lutter ou de m'enfuir.

*Pour qui se prend cet homme ? Il n'a aucun droit de faire ça. D'exiger quoi que ce soit de ma part.*

Je plissai les yeux quand la fureur prit le dessus. Je poussai son torse à plusieurs reprises, l'obligeant à battre en retraite. Il me lâcha, rien qu'un peu. Je n'aurais pas dû me déchaîner, mais je ne pouvais rien faire d'autre pour retenir les paroles caustiques qui me brûlaient la langue.

Centimètre par centimètre, nous nous éloignâmes du mur alors que j'évacuais toutes mes frustrations sur sa chemise Armani jusqu'à ce qu'il en ait assez et qu'il saisisse mes mains.

— Tu peux piquer une crise autant que tu le voudras, je ne quitterai pas cette allée sans avoir de réponses. Et si tu ne peux m'en donner aucune, peut-être devrions-nous poser la question à ton père.

Chaque molécule de mon corps se glaça et me cloua sur place.

Conner sortit son portable. Cette scène me poussa à me remettre en action, mais désormais, mes mouvements étaient stimulés par le désespoir. J'agrippai son avant-bras de mes deux mains, le suppliant silencieusement d'arrêter.

— Des mots, Noemi, grinça-t-il entre ses dents serrées. J'ai besoin de mots.

Je tentai de taper sur son téléphone pour le faire tomber de sa main. Les larmes me brûlaient les yeux et un sanglot était coincé dans ma gorge. Je donnai tout ce que j'avais, mais Conner m'échappa aisément, enfermant mes deux mains dans l'une des siennes.

Utilisant son pouce, il afficha les coordonnées de mon père et me montra l'écran.

— Ton père est au courant pour les soupçons de ton médecin ?

Papa aurait dû se préoccuper de moi pour poser la question. La cause de mon silence lui importait peu. Le fait qu'il découvre que mon mutisme était délibéré n'était pas la raison pour laquelle la menace de Conner me terrifiait. Je craignais que son interrogation ne pique la curiosité de mon père quant à ce que j'aurais pu dire ou non à mon futur époux. Je n'avais pas besoin d'être mouchardée auprès de mon père pour sentir sa colère. Tout ce qui comptait, c'était qu'il *croie* en ce que j'avais pu dire – qu'il croie que j'avais pu raconter à Conner ce qu'il s'était passé le jour de l'accident de ma mère.

Je frissonnai en songeant à ce que mon père ferait.

La défaite me priva de toute ma force et me laissa épuisée, vidée. Mes mains tombèrent le long de mon corps alors que mes yeux remplis de larmes se rivaient sur le regard sévère de Conner. Une sirène résonna au loin accompagnée de la puanteur rance du désespoir.

Si je faisais ça, il n'y aurait aucun retour en arrière possible. Mais je ne voyais pas d'autre choix. Je devais briser le silence et me convaincre que lui offrir ce lambeau de vérité serait la meilleure option.

Je pris une inspiration tremblante et entrouvris mes lèvres.

— S'il te plaît… ne fais pas ça.

Ces mots furent aussi brusques que la sensation qu'ils provoquèrent. Brusques, vulnérables et désespérés.

Conner écarquilla les yeux sous l'effet d'une fascination déconcertée, comme s'il ne s'était pas vraiment attendu à ce que sa menace fonctionne. Il passa ensuite les mains derrière ma nuque et m'attira contre lui jusqu'à ce que son front se colle au mien. Ses yeux plongèrent si profondément dans mon âme que je craignais qu'il me fende en deux.

— Tu vas m'offrir ta voix, à partir de maintenant ?

La sienne s'était radoucie, mais ses mots étaient toujours plus autoritaires qu'interrogatifs.

Lorsque je hochai la tête pour répondre, sa main se resserra autour de mon cou, tel un avertissement.

— Oui, je le promets.

Je ferais n'importe quoi pour l'empêcher de poser davantage de questions et d'exiger des réponses.

J'étais dévastée qu'il puisse me conquérir si aisément, mais aussi étonnamment surprise d'avoir enfin révélé le premier de mes secrets, bien qu'on m'y ait forcée. Pendant six mois, j'avais porté le poids de cet aveu sans jamais être soulagée un tant soit peu de ce fardeau. Mon corps tangua, après un tel relâchement d'émotions, et m'attira vers la chaleur de Conner. Mon regard se posa sur son torse.

Les émotions avaient peut-être brouillé mon cerveau, ou ce n'était peut-être que pure stupidité, mais une part de moi voulait croire que Conner était la sécurité que j'avais recherchée. Mes doigts s'enroulèrent autour de sa veste de créateur alors que je levais les yeux vers les siens. Ces éclats de saphir étaient presque entièrement consumés par les ombres.

— Tu ne devrais pas me regarder comme ça, Noemi. Je suis loin d'être assez honorable pour résister.

J'ignorais totalement ce que j'étais en train de faire, sauf qu'il était agréable de donner le contrôle à cet homme. De ne pas être responsable, pour une fois, et de laisser simplement le destin me guider. J'avais passé chaque minute de chaque jour, ces six derniers mois, à réfléchir excessivement à tous mes actes. Pour le meilleur ou pour le pire, Conner me privait de mes choix et me permettait tout bonnement... d'exister.

Comment pouvais-je résister à ce genre de tentation ?

— Peut-être... peut-être que je ne veux pas que tu résistes.

Conner empoigna mes cheveux et tira doucement ma tête en arrière.

Il grogna à cause de ce qu'il voyait briller dans mes yeux. Il me mordilla ensuite la lèvre inférieure d'une façon langoureuse et douce.

Je m'exclamai en sentant l'effleurement de ses dents, comme si elles avaient été plus basses. Une autre partie de mon corps mourait d'envie de ressentir ses baisers et se gonfla de désir. J'avais désespérément besoin d'en avoir plus. Me penchant, je tentai d'appuyer mes lèvres sur les siennes, mais il maintint sa bouche hors de ma portée.

— Mon nom. Dis-le, m'ordonna-t-il doucement.

Je ne comprenais pas ce dont il s'agissait, mais pendant

une très brève seconde, je lui aurais donné n'importe quoi pour le garder près de moi.

— Conner, soufflai-je.

— *Putain.*

Ce violent juron lui vint du plus profond de son âme, puis il revendiqua mes lèvres avec une sauvagerie non contenue. Je perdis la tête, incapable de comprendre quoi que ce soit au-delà du goût de cannelle chaude et de faim virile. J'étais incapable de respirer ou de réfléchir. Je ne voulais pas résister.

Il me possédait avec son désir insatiable et avait assiégé mon cœur d'une manière que je n'aurais jamais cru possible, même dans mes rêves. Chaque mouvement de sa langue enjôleuse était une autre lettre de son nom qui se gravait sur la surface de mon âme. En très peu de temps, toutes mes pensées et mes émotions seraient focalisées sur lui.

Il était trop addictif. Trop dévorant.

Un soupçon de son attention ne serait jamais suffisant. Je mourrais d'envie de connaître tout ça et il deviendrait le centre de mon orbite. Mon but dans la vie.

Je m'éloignai de ce baiser, mon esprit rationnel hurlant, paniqué.

— Je ne peux pas faire ça, laissai-je échapper d'une voix rauque avant de me dégager de sa poigne.

— Dis-moi pourquoi.

La douleur sous-jacente dans sa réplique brutale me détruisit.

Je secouai la tête.

— C'est trop… Je…

— Alors, au moins, dis-moi pourquoi tu es restée silencieuse si longtemps.

Mes lèvres se scellèrent et mon corps se raidit grâce à ma détermination d'acier.

Conner avait dû voir le rideau de fer tomber devant mes yeux, puisque ses mains se détendirent et m'autorisèrent à me libérer.

Je lui lançai un dernier regard noir avant de partir, exigeant qu'il abandonne.

Il me répondit avec un regard tout aussi catégorique.

*Jamais.*

# 14

*Conner*

DIRE QUE J'ÉTAIS SUR UNE PENTE GLISSANTE, C'ÉTAIT l'euphémisme du siècle. Embrasser Noemi était plus comme marcher tout droit dans un trou noir. J'étais à nouveau impuissant face à sa force de gravité. Je l'avais goûtée une fois et aucune force sur cette Terre ne serait assez puissante pour l'évacuer de mon organisme.

Et sa voix. *Seigneur*, sa voix.

Elle était rauque, mais féminine. Mon nom sur ses lèvres avait manqué de faire céder mes genoux. Et savoir que j'étais le premier à l'entendre parler ? Je me fichais que ces mots lui aient été arrachés. J'aimais croire que j'étais le seul qui avait pu atteindre cette part d'elle, qui avait vu au-delà de ses barrières et qui l'avait amadouée pour qu'elle sorte de sa cachette. J'aurais pu l'écouter parler toute la journée, mais elle m'avait fui, ce qui m'avait envoyé dans une spirale d'un tout autre type.

Cette femme me rendait fou. J'avais envisagé d'enrager contre l'emprise qu'elle exerçait sur moi, mais une plus grande part de moi était préoccupée par le désir qu'elle abandonne. Je n'avais pas envie de lui arracher la vérité par le sang, comme je le ferais avec un ennemi. Je voulais qu'elle la dépose à mes pieds. Librement. Sans condition.

Cela finirait par arriver.

Pour l'instant, je lui offrirais l'espace dont elle avait besoin. Peu importait ce qui motivait son silence, cela la limitait toujours. J'étais agacé qu'elle ne me donne aucune explication. J'obtiendrais mes réponses, un jour, puis je l'aurais, elle aussi.

Lorsque je sentis la folie enfoncer ses griffes au plus profond de moi, je tentai de me convaincre que lui courir après ne ferait que rendre ma vie bien pire. Les parties les plus sombres de mon être répondirent alors, argumentant que cette insistance mordante disparaîtrait une fois que je l'aurais, qu'après avoir gagné sa reddition, ce désir insatiable s'atténuerait enfin.

C'étaient là des mensonges flagrants et je le savais. C'était ce que je me disais pour rationaliser ma compulsion grandissante.

Comme si l'obscurité en moi avait eu besoin de rationalité.

Quand il s'agissait de Noemi, je perdais toute raison. Cette passade m'avait affecté telle une toxine dans mon sang.

— Si tu continues de froncer les sourcils, ton joli minois sera marqué pour toujours.

Shae me fit un clin d'œil en s'asseyant sur mon bureau.

Après mon échange avec Noemi, je m'étais occupé en faisant des courses pour éviter de réfléchir. Une fois que je n'avais plus eu aucune tâche à effectuer, j'étais venu plus tôt que prévu au boulot, mais j'avais découvert que j'étais désespérément distrait.

— C'est mieux que ce que je ferais à ton visage si tu touches encore une fois ma femme, râlai-je.

Shae écarquilla les yeux.

— Vous avez échangé vos vœux sans que je sois au courant ?

— C'est de la sémantique. Tu savais qu'il ne fallait pas poser la main sur elle.

J'étais déjà de mauvaise humeur et la présence de Shae ne m'aidait pas. Je l'avais vu en action avec des femmes et je savais qu'elle pouvait séduire, mieux que n'importe quel homme. J'avais été follement agacé de les voir ensemble. Bon sang, je n'avais même pas encore embrassé Noemi, à ce moment-là. Je la connaissais à peine, pour être honnête, mais rien de tout ça n'avait d'importance. Rien ne semblait diluer la possessivité féroce qui me submergeait quand il s'agissait d'elle.

Shae posa sa main droite au-dessus de son cœur et leva l'autre.

— Je jure que je ne toucherai plus Noemi à partir de maintenant.

Ses lèvres se tordirent malicieusement.

— À moins qu'elle me le demande.

— Je te jure que tu marches sur une putain de corde raide, Shae.

— Détends-toi, Reid. Je ne vais pas empiéter sur ton territoire, mais penses-y. Elle ne connaît personne dans la famille. Nous, les femmes, nous devons nous serrer les coudes et je ne peux qu'imaginer comme je me sentirais isolée si j'étais à sa place, surtout qu'elle ne peut pas parler.

Elle sauta du bureau et partit vers la porte.

— Je crois simplement qu'avoir une amie serait une bonne chose pour elle.

Marquant une pause, elle me lança un coup d'œil condescendant qui m'aurait fait dégainer mon arme s'il s'était agi de quelqu'un d'autre.

*Foutue Shae.*

— Cherche-moi, ma belle, et je te mettrai de corvées de toilettes. À vie ! lui criai-je après en m'appuyant contre le dossier de mon fauteuil avec tout le poids de mes frustrations.

— De corvées de toilettes ? Bon sang ! Qu'a-t-elle fait pour mériter ça ?

Bishop arriva devant ma porte, ses yeux marron bien trop gros scintillant d'un air amusé.

— Ça ne te regarde pas, grommelai-je. Je suis surpris de te voir là. Je commençais à croire que tu avais démissionné et emménagé à la salle de sport.

Bishop pouvait être un emmerdeur, mais je le connaissais depuis toujours. Il était naturellement devenu mon bras droit et savait presque tout ce que je faisais sur le plan des affaires. Je lui aurais confié ma vie. Mais je n'étais tout de même pas intéressé à l'idée de partager avec lui mon dilemme concernant Noemi.

— Quand les mecs ont appelé et ont dit qu'un invité m'attendait au sous-sol, je me suis dit que je pouvais combiner le plaisir et le travail.

Il leva la serviette blanche que je n'avais pas remarquée dans sa main, et je constatai que des taches de sang parsemaient le tissu éponge.

Je me figeai.

— Tu me caches des informations ?

Un prisonnier était exactement ce dont j'avais besoin pour chasser certains de ces démons.

Le sourire de Bishop, en guise de réponse, fut presque dément.

— Un Albanais qu'on a surpris en train de faire du repérage autour du club de la cinquante-huitième rue, ce matin. On s'est occupés de lui au sous-sol.

— Merde, pourquoi tu ne me l'as pas dit ?

Je me levai et enfilai ma veste.

— On l'a simplement détendu pour toi.

Je quittai mon bureau avant même d'avoir fini de relever mes manches. Heureusement que certaines personnes n'apprenaient jamais de leurs erreurs, car j'avais besoin de ça, aujourd'hui.

Notre débarras au sous-sol, qui avait une double fonction, était actuellement désert, si ce n'était un homme d'une cinquantaine d'années attaché à une chaise sous l'unique ampoule accrochée au plafond. Il y avait aussi une petite table en métal sur laquelle étaient posés divers outils utiles pour la persuasion.

Bishop avait eu raison. Ce mec était couvert d'ecchymoses et de sang, mais aucun dégât permanent n'avait été infligé. Il serait bientôt prêt à chanter.

Toute pensée tourbillonnante quant à ce qu'il s'était passé plus tôt s'évanouit et je fus envahi d'un calme apaisant grâce à la certitude du but et la joie de la revanche.

— Je comprends que notre ami ici présent n'a pas encore

été d'humeur à parler ? demandai-je à Bishop en me rapprochant de la table.

— Non, il se prend pour un gros bonnet.

*Excellent.*

Je saisis la perceuse sans fil, appréciant son poids. Lorsque je me retournai vers notre prisonnier, ses yeux trahirent brièvement sa terreur avant que son masque pathétique ne se remette en place. C'était ma partie préférée : voir à quelle vitesse ils craquaient.

— Nous ne sommes pas obligés de faire ça, mon ami. Dis-moi simplement ce que ton boss manigance et ça peut se terminer rapidement.

*S'il te plaît, s'il te plaît, ne le dis pas.*

Il me fusilla du regard avec ses yeux noirs vitreux, avant de me cracher dessus.

*J'adore quand ils jouent les durs.*

Je fis vrombir la perceuse et plongeai l'extrémité dans son genou, la poussant légèrement contre l'os et le cartilage.

Des hurlements hystériques s'élevèrent dans la pièce.

La perceuse était particulièrement efficace. Généralement, je n'avais donc pas besoin d'aller trop profondément avant qu'ils commencent à parler. Une fois que j'entendis ses cris, je reculai et le regardai impatiemment. L'homme avait la tête baissée, ce qui m'empêchait de la voir.

— Je n'ai pas toute la journée, salopard, lançai-je d'un air impassible.

Lorsque l'individu leva son visage vers le mien, ce que j'avais pris pour des sanglots était en fait un rire hystérique.

— J'ai entendu dire que des félicitations étaient de mise, répondit-il avec son léger accent et sa voix éraillée par la douleur. La fille Mancini est un sacré trophée. Ce serait dommage… de perdre… une si jolie petite chatte.

Il arrivait à peine à garder la tête droite, mais il réussit tout de même à me lancer un sourire triomphant, car il savait qu'il avait touché une corde sensible, à en juger par la colère vengeresse qui assombrissait mon visage.

Une rage comme je n'en avais jamais connu s'empara de moi et me priva de toute pensée rationnelle lorsque je me mis en action.

Je sortis l'arme coincée dans la ceinture de mon pantalon et lui tirai une balle dans le ventre. Je n'avais pu m'en empêcher. J'avais dû le punir d'avoir craché tant d'obscénités et d'avoir eu le culot de me parler de ma fiancée.

— Eh merde. Tu n'aurais vraiment pas dû faire ça, dit Bishop d'une voix plus forte que les cris de l'Albanais.

Oui et non. J'avais voulu que sa vie s'achève ici et maintenant, mais je n'allais pas me refuser le plaisir de savoir qu'il avait souffert.

— Tu as une idée du temps qu'il faut pour mourir d'une balle dans le ventre ? On a encore largement le temps. Et peut-être que s'il le demande vraiment, *vraiment* gentiment, je lui mettrai une balle dans le cerveau avant que ce soit terminé.

Bishop gloussa.

— J'imagine qu'il vaudrait mieux que je m'installe.

Je grognai et me sentis légèrement mieux. Non seulement l'Albanais allait mourir, mais il était également probable qu'il nous dise tout ce que nous voulions savoir avant de rendre son dernier souffle. Je pourrais donc le renvoyer chez lui avec une blessure infestée d'asticots et chaque crevasse de son horrible visage marquée par la douleur.

La vie consistait à trouver le bon côté des choses.

# 15

Je reçus un SMS inattendu de la part de Shae, cette après-midi-là. Elle me demandait de me joindre à elle pour le dîner. La perspective de passer du temps hors de la maison avec une amie était si tentante que je pris le risque d'agacer mon père en sollicitant sa permission. Je griffonnai un petit mot expliquant qu'il serait important pour moi de me faire une place parmi les femmes irlandaises, et je le lui montrai en même temps que le SMS. Il accepta, mais seulement après avoir érigé son barrage habituel de menaces à peine voilées et avoir ordonné à Umberto de me chaperonner.

J'avais terriblement besoin de me distraire après le

désastre de ce matin que je me fichais de savoir quelles restrictions il m'imposait. J'avais besoin de sortir de cette fichue maison et de m'éloigner de mes pensées exaspérantes.

Lorsque nous nous retrouvâmes dans un restaurant français pittoresque avec un plafond bas et des bougies vacillantes sur chaque table, Umberto s'assit en face de nous, à l'autre bout de la pièce. Shae lui jeta un coup d'œil curieux et son air me fit songer à la manière dont un enfant scruterait un château de sable juste avant de l'aplatir.

— Tu emmènes ton malabar partout ?

Elle était aussi magnifique que la première fois que nous nous étions rencontrées. Je me demandai si elle avait parfois les cheveux indomptables, si elle portait des pulls à capuche ou si elle était naturellement parfaite. Cela me semblait épuisant, mais j'étais également un tantinet envieuse.

Je sortis mon bloc-notes. Je n'étais pas prête à montrer au reste du monde que je pouvais parler. Avec un peu de chance, Conner avait gardé ce petit secret entre nous.

**Malheureusement.**

Je glissai le calepin dans sa direction.

— C'est bien que ton père veuille te protéger, concéda-t-elle.

J'aurais aimé que cela n'aille pas plus loin. Umberto était passé de protecteur à geôlier le jour où ma mère était morte.

**Merci pour l'invitation. C'est bon de sortir de la maison.**

— Pas de problème ! Nous n'avons pas du tout eu assez de temps ensemble, au club.

Je haussai les sourcils d'un air interrogateur.

**Conner sait que tu es là ?**

Il avait été assez clair sur le fait qu'il n'aimait pas l'idée que Shae et moi devenions amies. Je me foutais totalement de ses ordres ridicules, mais je ne voulais pas attirer d'ennuis à cette jeune femme.

— Non, mais ce n'est pas grave, il s'en remettra.

Elle me lança un sourire malicieux.

Le serveur s'arrêta à notre table et prit nos commandes de boissons. J'optai pour un pinot grigio, soulagée quand le garçon ne me demanda pas ma carte d'identité, puisque j'avais un an de moins que l'âge légal pour boire. Shae était un peu plus âgée, elle avait sans doute presque le même âge que Conner.

— On dirait que tu tiens bien le coup. Une date a été trouvée ?

*1er août*.

Elle siffla.

— Si vite ?

Je hochai la tête.

*Il n'y a pas vraiment de raison d'attendre.*

— Il n'y a pas non plus de raison de se précipiter, à supposer qu'aucun des deux clans ne prévoie de se débiner.

*J'imagine que les deux clans sont stressés à l'idée de conclure le marché.*

— Je suppose que tu as raison, dit-elle avec un éclat curieux dans le regard. Je comprends que tu n'avais pas besoin d'abandonner de petit ami ?

La chaleur brûla mes joues quand je secouai la tête.

— C'est bien, répliqua-t-elle en me lançant un sourire amusé. Il vaut mieux s'engager dans ce marché ainsi plutôt que de te retrouver sous une montagne de chagrin.

Elle n'avait pas tort. Je sirotai mon vin tout juste servi, admettant que les choses pourraient toujours être pires. Toutefois, je me figeai quand mon regard s'accrocha à des yeux saphir furieux. Conner était dans l'ombre d'un couloir, derrière Shae, hors de portée de vue d'Umberto.

Il me fit signe de le rejoindre.

Mon cœur accéléra pour répondre à la montée d'adrénaline. J'ordonnai à mon corps de bien se comporter. Conner m'avait vaincue ce matin et je refusais de lui redonner encore la main.

Reprenant mes esprits, je passai un petit mot à Shae, m'excusant le temps d'aller aux toilettes. Je m'engageais avec confiance dans la bataille. Ou, du moins, je faisais croire que j'étais confiante. Intérieurement, je tremblais.

— Qu'est-ce que tu fais là ? sifflai-je à la seconde où je me rapprochai suffisamment de lui.

Conner me prit la main et me guida plus loin dans le couloir, vers un petit placard à fournitures, ignorant complètement mes questions. Je ne résistai pas, comme je ne voulais pas risquer de causer une scène. Il laissa la porte ouverte, mais la seule lumière était celle qui filtrait depuis le couloir sombre.

— Tu ne lui parles pas.

Son observation prononcée d'une voix douce était teintée de curiosité et d'une autre chose que je ne pouvais nommer. Quelque chose d'intime et de séduisant.

Je secouai la tête.

— Ta voix, Em.

Il chantonna cet ordre avec une autorité mielleuse qui fit faiblir mes genoux. C'était la première fois que j'entendais mon surnom sur sa langue. Le grondement de ce *m* prolongé résonna profondément dans ma poitrine comme le ronronnement d'une voiture de sport luxueuse.

— Je ne suis pas prête à parler à qui que ce soit d'autre.

Il releva le menton.

— Tu n'es pas prête, mais tu es sortie dîner avec Shae en douce.

— Je ne dirais pas vraiment qu'emmener mon garde du corps, c'est sortir en douce. Et de plus, je ne m'étais pas rendu compte que je devais t'en informer quand je prévoyais de dîner avec une amie.

Conner se glissa autour de moi, jusqu'à se placer derrière mon dos. Sa main balaya lentement mes cheveux sur mon épaule, ce qui provoqua des frissons dans tout mon corps. Lorsqu'il prit la parole, ses lèvres étaient à quelques centimètres de mon oreille.

— S'il y a bien une chose à laquelle Shae ne pense pas, c'est à l'amitié, je peux te l'assurer. Et s'il lui reste une once d'instinct de survie dans le cerveau, elle ne posera plus les yeux sur toi.

Je pivotai, réalisant trop tard que j'avais guidé mes lèvres à un souffle des siennes.

— Tu lui… ferais du mal parce qu'elle est gentille avec moi ? demandai-je d'une voix essoufflée.

Le coin de sa bouche se tordit quand il se redressa et me contourna à nouveau pour être devant moi.

— Cette femme veut ce qui m'appartient. Elle devrait être plus maligne.

Avant que je puisse le contredire, il poursuivit dans un grondement :

— Elle est plus douée pour boxer à mains nues que la moitié de mes hommes. Inutile de t'inquiéter pour elle.

— Je me fiche de savoir que c'est une dure à cuire. Elle ne mérite pas ta colère. Si quelqu'un doit être furieux, c'est moi. Comment savais-tu que nous étions ici ?

Ses paupières s'abaissèrent, afin que seule une petite ligne saphir soit visible.

— Quel genre d'homme serais-je si je ne protégeais pas ce qui m'appartient ?

— Je ne suis pas encore à toi.

Je ne pus soutenir son regard en prononçant ces mots. Sa façon de me dévisager était bien trop intense. Ou peut-être que ses mots étaient un challenge, car je n'avais jamais été douée pour mentir. Je sentais donc l'amertume de cette malhonnêteté. J'en étais choquée. Je ne savais pas pourquoi je ressentais une quelconque loyauté envers cet homme, mais elle était bien là, cette pointe de culpabilité grandissant dans mon estomac.

Conner prit mon visage entre ses paumes et rapprocha une nouvelle fois ses lèvres de mon oreille.

— *Menteuse, menteuse,* chuchota-t-il.

Son souffle était chaud sur ma peau et réchauffait mon corps tout entier.

— Devrais-je te le prouver ?

Ses lèvres se retrouvèrent alors sur les miennes, suçotant, goûtant, me dévorant.

Sans la moindre objection, je devins sa victime enthousiaste. Son contact me coupait le souffle. Mon corps entier trembla lorsque le sang s'accumula dans mon entrejambe. Quand mes lèvres s'entrouvrirent dans un gémissement, il suçota ma lèvre inférieure et l'effleura avec ses lèvres en la relâchant, comme il l'avait fait la dernière fois que nous nous étions embrassés. Mais cette fois-ci, il me mordit une ultime fois et ce geste finit par devenir douloureux.

Je reculai brutalement et appuyai mes doigts contre ma bouche. Je constatai qu'ils arboraient des taches cramoisies.

— Tu m'as *mordue* ? lui lançai-je, ébahie.

Son regard scintillait d'un amusement dangereux.

— Pour que personne ne se trompe sur la personne à qui tu appartiens.

Je pris de l'élan avec ma main, sans y réfléchir, prête à frapper. Toutefois, il anticipa ma réaction. Rapide comme l'éclair, il saisit ma main en l'air et me fit pivoter pour coincer mes bras derrière moi.

— Il est temps pour toi d'y retourner, déclara-t-il ironiquement. On ne voudrait pas que cet enfoiré vienne te chercher.

Conner me relâcha, avant de me mettre une fessée généreuse.

Je lui jetai un regard noir qui aurait pu faire cailler du lait frais.

Me hâtant jusqu'à ma table, je léchai toute trace de sang, mais je savais que ma lèvre devait être rouge et gonflée.

Shae me jeta un coup d'œil avant de me lancer un sourire narquois.

— Il est là, n'est-ce pas ?

*Qui ça, il ?*

Je levai mon menton d'un air de défi.

**Commandons. Je meurs de faim**.

J'en avais vraiment assez de laisser des hommes s'immiscer dans ma vie. Conner. Umberto. Mon père. Tous. Ils pouvaient essayer de me manipuler et de jouer avec moi, mais en fin de compte, j'étais mon propre maître. Je choisissais de suivre ou de me battre. Je décidais qui je voulais et ce que je voulais dans cette vie. Et pour l'instant, j'avais besoin d'un satané dîner avec une amie.

Levant mon verre de vin, je trinquai avec elle et bus une bonne gorgée avant de griffonner un toast à la hâte.

**On emmerde le patriarcat**.

Shae éclata de rire. Je n'en pensais pas moins qu'elle.

Je ne me sentis nullement contraint de rester au restaurant après mon tête-à-tête avec Noemi. Je ne m'inquiétais pas réellement à propos de Shae, mais quand j'avais entendu dire qu'elles sortaient ensemble, je m'étais surpris à conduire dans leur direction sans en avoir pris consciemment la décision. J'avais besoin de savoir si Noemi allait se servir de ses nouvelles aptitudes vocales, même si je n'avais pas été certain de ce que je ferais de la réponse.

Des émotions conflictuelles avaient lutté en moi quand je l'avais vue écrire sur son bloc-notes. Une fierté égoïste aimait savoir que sa voix n'appartenait qu'à moi. Je comptais garder chaque part d'elle pour moi, si je le pouvais. Le problème était que plus j'en apprenais sur elle, plus je me posais de questions. Je m'étais déjà demandé à d'innombrables reprises pourquoi elle était restée muette si longtemps. Plusieurs réponses évidentes me venaient à l'esprit, mais aucune n'expliquait pourquoi elle poursuivrait cette ruse après avoir été démasquée.

Pourquoi ressentait-elle le besoin de demeurer silencieuse ?

Mes instincts m'indiquaient qu'il y avait une raison et que je devais la déterrer, mais comment ? L'incertitude me saisissait, ce qui ne faisait que m'agacer davantage. Dernièrement, cela semblait être une habitude, chez moi, et j'avais des choses bien plus importantes à faire que d'amadouer une fille pour qu'elle partage ses putains d'antécédents avec moi.

Accepter cet arrangement n'aurait jamais dû aboutir à ce que les choses se déroulent ainsi. Si j'avais choisi Noemi, c'était pour que les choses restent simples. Ma femme et ma vie auraient été des entités bien séparées. Désormais, je pouvais à peine passer cinq minutes sans penser à elle ou sans échapper à mes responsabilités pour aller l'espionner dans l'ombre, comme un type louche.

Le rire grondant de Shae s'élevait dans les airs quand je quittai le restaurant, ce qui m'offrit l'exutoire parfait pour mes frustrations. J'avançai vers sa BMW i8 d'un rouge éclatant et sortis mon couteau suisse pour enfoncer profondément la lame de titane dans la chape de son pneu, tout en souriant.

*Ça, c'est pour avoir agi derrière mon dos.*

Je ne m'en pris qu'à un unique pneu. Elle avait une roue de secours et savait comment la changer, je ne m'inquiéterais donc pas à l'idée qu'elle se retrouve bloquée. Ce n'était qu'un désagrément. Une leçon espiègle de la part de son cousin aimant. Elle saurait sans aucun doute qui remercier. Le contraire n'aurait pas été marrant.

M'éloignant, je repérai la Cadillac noire conduite par l'homme de main des Mancini et j'envisageai de lui rendre ce même service, pour déconner, mais je décidai de ne pas le faire. Je voulais que Noemi rentre chez elle en toute sécurité et je ne comptais pas déclencher une guerre. Même si, pour elle, j'en serais bien capable.

J'étais tellement foutu.

Je n'avais jamais ressenti ça pour une femme depuis… toujours.

Le fort goût du vin sur ses lèvres et la chaleur de ses courbes délicates appuyées contre moi faisaient agir mon corps comme il ne l'avait pas fait depuis que j'étais un adolescent prépubère. C'était affolant et ridicule. Je détestais sa manière de défier mon contrôle et pourtant, je n'arrivais manifestement pas à m'en lasser.

Si ma verge était parvenue à ses fins, je l'aurais baisée contre le mur de cette réserve. Merci, mon Dieu, j'avais eu un semblant de retenue. Si elle n'avait couché avec aucun homme, par le passé, je n'allais pas lui prendre sa virginité dans un satané placard à balais. Je n'étais pas un monstre.

En revanche, j'étais un hypocrite.

J'avais toujours eu la pire des opinions sur les accros aux paris qui venaient dans nos clubs, soir après soir, dépensant le moindre de leurs centimes pour un tour de roulette supplémentaire et pourtant, Noemi me permettait de comprendre pour la première fois le désespoir derrière cette contrainte. Il n'y avait aucune logique ni rationalité, seulement un besoin et une obsession.

Les dés n'étaient pas mon addiction, mais je craignais qu'une certaine Italienne aux yeux verts le soit.

# 17

Le dîner avec Shae s'était poursuivi sans interruption.

Umberto ne remarqua pas ma lèvre fendue et mon père ne se pointa pas dans ma chambre pour me poser des questions sur ma soirée. Je l'attendis, certaine qu'il apparaîtrait d'une seconde à l'autre. Toutefois, alors que les minutes s'égrenaient et que l'enivrement grâce à deux verres de vin apaisait ma nervosité, je m'allongeai sur mon lit et me délectai de cette brève sensation de bonheur jusqu'à ce que le sommeil m'emporte.

Malgré tout ce qu'il se passait autour de moi, je m'étais amusée avec Shae. J'avais désespérément eu besoin de m'échapper. D'avoir l'occasion de sortir avec une amie et de faire comme si ma vie n'était pas en lambeaux.

Après la mort de ma mère et quand j'avais quitté l'hôpital, j'étais restée des jours au lit à me cacher du monde. De ma réalité et d'un père qui était passé d'absent à un abcès, infectant mon quotidien avec sa cruauté venimeuse. J'avais toujours su qu'il n'était pas quelqu'un de bien – que sa relation avec maman n'était qu'une façade et rien de concret –, mais je ne m'étais pas rendu compte que les choses étaient si mauvaises. Pas jusqu'à ce soir-là.

Je n'étais pas censée être dans la voiture avec elle, mais je remerciais Dieu d'avoir été là. Autrement, je n'aurais jamais connu la vérité. Je savais que mon père avait tout orchestré et pourquoi il avait voulu que ma jolie maman meure. Elle m'avait tout raconté lors des secondes qui avaient précédé son dernier souffle.

Je savais tout et depuis, j'avais songé à ce que j'allais faire de cette information.

Pour l'instant, la réponse était… rien. Je ne pouvais me permettre de faire un tel pari avant d'être certaine que Sante et moi survivrions tous les deux aux conséquences. Et plus le temps passait, plus ma colère et ma détermination étaient fortes. Je trouverais un moyen.

Pour l'instant, je devais gérer un Irlandais entêté. Je n'arrivais pas à croire que Conner se soit incrusté lors de mon dîner et qu'il m'avait ainsi revendiquée. Marquée.

Pourquoi avait-il ressenti le besoin de faire une déclaration si audacieuse ? J'eus beau rester longuement au lit, le lendemain matin, et réfléchir à ses motivations, ça n'avait aucun sens. Je savais qu'il voulait s'envoyer en l'air, mais il m'avait dit au début qu'il ne désirait pas plus ce mariage que moi. Alors pourquoi cette jalousie ? Souhaitait-il simplement s'assurer que les autres sachent que je lui appartenais ? Les hommes défendaient leur territoire. Ça ne signifiait pas nécessairement qu'il me désirait réellement, au-delà de l'aspect physique, n'est-ce pas ?

Je ne le comprenais pas et je n'arrivais pas non plus à chasser son goût délicieux sur ma langue – de la cannelle soulignée par la brûlure du whisky et de la tentation. Je devais me brosser les dents et peut-être même me verser du Listerine dans le cerveau. Je ne pouvais me perdre dans mes pensées le concernant. Dans des lambeaux de souvenirs avec une bonne dose de fantasme.

Inspirant profondément, je m'obligeai enfin à sortir du lit et à prendre une douche. M'attarder sur les mystères infinis de Conner Reid ne me mènerait nulle part et je devais me préparer pour un enterrement de vie de jeune fille. Tante Etta organisait un déjeuner de dernière minute pour moi. Les femmes de ma famille, ainsi que de celle de Conner, avaient été invitées.

Ma tante avait insisté sur le fait qu'une mariée avait besoin d'au moins *un* enterrement de vie de jeune fille. Je savais qu'elle se sentait responsable et devait reprendre le flambeau de ce que ma mère aurait fait, alors je ne l'avais pas contredite. À ses yeux, un enterrement de vie de jeune fille était une célébration. Une démonstration de soutien et une source de joie. Personnellement, j'aurais préféré me raser les aisselles avec un rasoir rouillé, plutôt que de m'asseoir au milieu de cet assortiment gênant de femmes. Mais, comme pour la plupart des choses ces derniers temps, ma préférence n'importait pas.

Umberto me conduisit jusqu'au salon de thé que tante Etta avait réservé pour la fête. Chez nous, quelques instants avant de partir, j'avais cru que Sante aurait le droit de m'accompagner. Cela nous aurait offert un rare moment ensemble, sans supervision et dehors, mais mon père m'avait ordonné de ne pas bouger jusqu'à ce qu'Umberto revienne pour m'emmener. Mon père nous tenait méticuleusement éloignés. Et si je n'avais pas été si certaine qu'il avait disposé des micros et des caméras dans la maison, j'aurais essayé de dire la vérité à Sante chez nous. Bon sang, même les voitures étaient suspectes. Rien ne m'étonnerait, avec mon père.

Vêtue de ma plus belle robe fourreau de créateur et emmaillotée de confiance en moi, j'entrai dans le restaurant avec les épaules droites et un sourire dessiné sur mes lèvres colorées.

Aucun soldat ne se lançait dans une bataille sans porter d'armure et ce ne serait rien de moins qu'une heure dans les tranchées. La folle muette monterait sur scène sous des lumières aveuglantes pour que tout le monde l'observe bouche bée. Avec un peu de chance, les invitées seraient au moins trop distraites par ma présence et par ma condition pour se disputer. D'après ce que je savais, personne n'avait jamais tenté une telle alliance.

Les Italiens et les Irlandais allaient aussi bien ensemble que de l'essence et un Zippo. Ils ne pouvaient même pas se rendre dans les mêmes églises catholiques. Tout le monde savait que la vieille basilique Saint-Patrick était la propriété des Irlandais, tandis que l'église du Saint-Sacrement était sur le territoire italien. Même les prêtres ne daignaient pas franchir ces limites. Je m'étais demandé si quiconque se pointerait à un événement aussi dangereux que mon enterrement de vie de jeune fille, mais j'aurais dû deviner que ce serait le cas.

La curiosité était encore plus puissante que la peur.

Les femmes et les filles de la pègre new-yorkaise

n'allaient pas passer à côté de la perspective si alléchante d'entendre des ragots croustillants. Un bon nombre d'invitées arriva, s'entassant dans tout le salon de thé. Une montagne de cadeaux s'élevait sur les deux tables près de l'entrée et toutes les paires d'yeux dans le bâtiment me regardaient tour à tour. Tout cet événement était écrasant, mais je savais qu'il valait mieux ne trahir aucune peur. Pas au milieu de ces gens. C'était exactement ce qu'elles étaient venues voir.

Je gardais plutôt la tête haute, malgré mon silence, et fis semblant d'être une reine qui n'avait aucune obligation de s'adresser aux prolétaires. Des femmes me félicitèrent, m'expliquèrent qui elles étaient et combien elles étaient enchantées par le futur mariage. Je souriais, hochais la tête et leur serrais la main, puis les congédiais en jetant un œil à la prochaine invitée.

— Salut, ma chérie. Tu tiens le coup ?

Tante Etta m'étreignit rapidement lors d'une brève accalmie.

J'acquiesçai et esquissai un sourire malgré la douleur dans mes joues, qui étaient engourdies tant j'avais souri.

— Bien, bien. Tu n'auras peut-être plus de pause avant un long moment, alors je te suggère de passer aux toilettes pendant que tu le peux.

Inutile de me le dire deux fois.

J'attrapai ma pochette et me hâtai dans la direction qu'elle m'indiquait, lui soufflant un baiser pour la remercier. Une fois dans le cabinet pour soulager ma vessie soudainement pleine, mon adrénaline redescendit, ce qui me rendait réticente à l'idée d'abandonner le répit offert par ma solitude.

Prenant ma tête entre mes mains, je posai mes coudes sur mes genoux et tentai de me motiver à rejoindre les invitées de ma fête. Avant que je puisse réunir suffisamment d'énergie, quelques femmes entrèrent dans les toilettes. Elles gloussaient en murmurant des confidences.

— C'est vraiment dommage. Un tel dieu qui se retrouve menotté à une muette si pudique, mais au moins, ça signifie qu'il sera toujours disponible. Il est impossible qu'elle le satisfasse. J'en sais quelque chose.

La voix féminine était teintée d'un sourire malveillant. Je ne savais pas exactement qui parlait, mais je connaissais assez bien ce type de personnes. Magnifiques. Impitoyables. Et parfaitement égoïstes.

— C'est franchement dégueu, Ivy, lui répondit une autre. N'est-il pas ton cousin ?

— Par alliance, répliqua la première en ricanant. Et en plus, il a été adopté, espèce de prude. Ce n'est pas comme si on avait *vraiment* un lien familial.

Adopté ? Pippa ne l'avait pas mentionné. Je me demandai comment cette information avait pu passer sous son radar.

— *Quand même*, réagit la prude. Ça me semble répugnant.

Elle marqua une pause.

— Vous croyez que tous les gens adoptés doivent s'inquiéter de savoir s'ils sortent avec un membre de leur famille ?

Les femmes réfléchirent silencieusement à cette question, tout en se pomponnant devant les miroirs. Quant à moi, je continuai de me tracasser à l'idée que je ne satisferais jamais Conner.

Pourquoi cette déclaration me démangeait-elle et s'insinuait-elle sous ma peau ?

Je n'avais jamais eu l'intention de le *satisfaire*. Je n'étais pas un objet marchandé qu'on consommait. Si mon mari était infidèle, c'était un reflet de sa personne, pas de la mienne.

Rien de ce que ces femmes insipides disaient n'aurait dû avoir d'importance, mais je ne pouvais m'empêcher de ressentir le besoin de me défendre, moi, ainsi que ma relation. Étonnamment, quelqu'un me devança.

Une troisième voix intervint alors que le cabinet à côté de moi s'ouvrait subitement.

— Ce qui est répugnant, c'est entendre une femme en descendre une autre alors qu'elle se retrouve déjà évidemment dans une position délicate. À notre époque, on devrait se serrer les coudes, pas se poignarder dans le dos.

Mon moment était arrivé. Je me servis de cette pause créée par sa réprimande pour sortir du cabinet avec les épaules droites. Les regards se posèrent instantanément sur moi, mais je n'en rendis aucun. J'appliquai plutôt une couche parfaite de rouge à lèvres carmin, de la manière la plus séduisante possible, et fis claquer mes lèvres. J'adressai un coup d'œil à mon public dans le miroir avant de m'en aller.

Je ne m'étais jamais sentie à la fois aussi triomphante et brisée.

Tout avait été irréprochable, dans ma démonstration. Je n'avais jamais paru si confiante. Mais intérieurement, j'étais ébranlée.

Lorsque le moment serait venu, que souhaiterait Conner de la part de sa femme, exactement ? La nuit de noces et les semaines suivantes étaient déjà assez intimidantes, mais que se passerait-il dans cinq ou dix ans ? Aurions-nous un jour une véritable connexion ? M'en préoccupais-je ?

Je m'imaginai en train de voir Conner rentrer à la maison, tard le soir, avec un soupçon de rouge à lèvres inconnu tachant la peau de son cou.

Une colère brûlante s'éleva depuis mon décolleté asymétrique.

Je ne voulais pas que mon mari se tape d'autres femmes. Pourquoi ? À cause de l'embarras que cela me causerait, bien sûr. Mon estomac bouillonna sous l'effet de l'incertitude. L'embarras était en partie la raison, mais ce n'était pas tout le tableau. Je détestais l'admettre, mais je n'avais pas envie qu'il s'écarte du droit chemin, parce que j'avais envie qu'il me désire.

*Bon sang, je suis dans de beaux draps.*

J'aurais simplement dû souhaiter que Conner me laisse tranquille. Que nous vivions nos vies en paix, dans des mondes parallèles qui se croisaient rarement. Mais ce n'était pas le cas. J'en voulais plus de lui, ce qui signifiait que je me rendais vulnérable au chagrin.

— Hé, attends une seconde, m'appela la femme qui m'avait soutenue dans les toilettes.

Elle m'avait suivie précipitamment et se dépêchait de me rattraper. Lorsque je me retournai, elle me lança un large sourire avec des lèvres carmin encore plus éclatantes que les miennes et des yeux si verts que les miens paraissaient pâles, en comparaison. Elle était absolument magnifique.

Elle tendit la main pour que je la serre.

— Désolée. Je me suis un peu emportée. Je m'appelle Giada. Giada Genovese. Je suis la demi-sœur de Conner. Et ne t'inquiète pas pour ces mégères. Elles sont juste jalouses. Mes sœurs sont là-bas et elles adoreraient te rencontrer, si tu as une minute.

Si je n'étais pas déjà muette, j'aurais été sans voix. Demi-sœur ? J'ignorai si j'étais plus dépassée par sa personnalité indisciplinée ou par ce qu'elle était. Les Genovese étaient italiens. Comment Conner avait-il une demi-sœur italienne ?

Étourdie, j'opinai du chef et lui emboîtai faiblement le pas quand elle me prit le bras et me guida vers une table au fond de la pièce.

— Cam, Val, regardez qui j'ai trouvé, lança Giada en souriant. Noemi, voici Camilla et Valentina, mes deux sœurs cadettes.

Je gratifiai chacune d'elles d'un signe de tête et souris. Plus réservées que leur aînée, les deux jeunes femmes me saluèrent avec un doux regard et un petit geste de la main.

— Nous n'avons découvert qu'il y a peu de temps que nous avions un frère et maintenant, on a une belle-sœur, aussi ! C'est fou, hein ? divagua Giada. On va devoir apprendre à se connaître. Je ne connais pas beaucoup de monde, dans la famille Moretti, alors tu vas devoir nous présenter, même si je ne suis pas certaine que Conner ait vraiment envie de nous voir dans le coin. C'est assez nouveau. Maman est par ici, quelque part. Je suis sûre qu'elle adorerait te rencontrer, également.

Mon regard vacilla vers chacune d'elles alors que je tentais de comprendre de quoi elle parlait, exactement. Avant que je puisse sortir mon bloc-notes pour poser des questions, la sœur blonde prit la parole.

— On aura le temps pour ça plus tard, G. Pour l'instant, je parie que Noemi doit aller retrouver ses invitées. On ne voudrait pas monopoliser son temps.

— Bien sûr, désolée. Je me laisse emporter. C'était très sympa de te rencontrer, et félicitations !

Elle m'attira dans une brève étreinte, me surprenant encore une fois.

J'adressai un signe de la main à ces trois femmes avant de me détourner pour trouver ma table. J'étais si désorientée que je me souvenais à peine d'avoir marché en direction de ma famille.

— Em, tu tiens le coup ? me demanda joyeusement Pip.

Quand je me retournai pour croiser son regard, je ne pus neutraliser le désarroi qui écarquillait mes yeux.

— Oh, ma puce. Tout ira bien. Tout ça, dit-elle avant de marquer une pause et de me scruter. C'est la fête… ou lui, qui t'inquiète ?

Je me contentai de la fixer, incapable de démêler mes propres pensées chaotiques.

Elle grimaça et sembla comprendre.

— Ça fait beaucoup de choses à encaisser. Et je n'aurais jamais dû te raconter l'histoire de l'homme brûlé vif. C'est simplement cette vie, tu le sais, n'est-ce pas ? Ce n'est pas parce qu'il crame des mecs qu'il va te faire du mal.

Pip n'imaginait pas à quel point elle avait raison, sauf que c'était *moi*, qu'il enflammait chaque fois qu'il était dans les parages, et c'était exactement la raison pour laquelle je serais blessée.

*Oh, l'ironie.*

Je laissai échapper un gloussement silencieux.

Pip sourit, soulagée.

— Viens. Allons chercher des mimosas. Ça nous réconfortera toutes les deux.

Je hochai la tête, la laissant me guider vers la table centrale. Elle disparut ensuite en quête de boissons. Mes émotions devaient encore flotter en surface, car tante Etta me demanda également si j'allais bien à la seconde où elle me vit.

Je sortis mon bloc-notes.

**Conner a des demi-sœurs italiennes ?**

Je lui jetai un coup d'œil inquisiteur.

— Personne ne te l'a dit ? s'enquit-elle en fronçant les sourcils.

Je secouai la tête.

— Il a été adopté. Toute cette histoire a été révélée récemment. Je ne connais pas les détails, à vrai dire, mais je sais que Mia Genovese est sa mère biologique.

J'inclinai la tête en arrière pour lui montrer que j'avais compris avant de griffonner à nouveau.

*Je viens de rencontrer ses trois sœurs. J'étais troublée.*

Elle rit.

— J'imagine que c'est compréhensible, fit-elle en me prenant les mains. Je me suis rendu compte que nous n'avions jamais parlé de l'achat de ta robe. J'ignore comment nous avons pu omettre ça. Tu veux y aller demain ?

Je lui souris chaleureusement et hochai la tête. Le sourire qu'elle me lança en guise de réponse me réchauffa tant le cœur qu'il aurait pu ressusciter un mort.

— Parfait. Je prendrai rendez-vous dès que nous en aurons fini ici pour aujourd'hui.

J'acquiesçai et l'étreignis. J'avais perdu ma mère, mais il n'y avait pas de meilleur substitut que sa sœur jumelle. Être auprès de ma tante, ces derniers jours, m'avait aidée à réaliser à quel point il avait été cruel pour mon père de nous tenir éloignées si longtemps. J'avais besoin de ça. J'avais besoin d'elle et de toute la force que me procurait son amour.

Encore une heure plus tard, je remarquai des yeux marron familiers à l'autre bout de la pièce quand la fête tirait à sa fin. Souriant, je me hâtai vers l'endroit où Sante était appuyé contre le mur et l'écrasai dans une étreinte.

— Waouh, ma petite grande. Doucement.

À la seconde où il était devenu plus grand que moi, il avait commencé à m'appeler sa « petite grande sœur ». J'aimais ce surnom et entendre l'affection dans sa voix ne m'encouragea qu'à l'étreindre davantage.

Il gloussa et se libéra de ma poigne mortelle.

— Je ne pouvais pas laisser mon unique sœur se marier sans lui offrir moi-même un cadeau. Je me disais que c'était le bon moment.

Papa savait-il qu'il était ici ? Sante était-il venu de son propre chef ?

Je repris soudain mon sérieux. Je me demandai si cela pouvait être ma chance de lui dire la vérité à propos de notre mère. Ou peut-être même de m'enfuir avec lui.

Mes mains tremblèrent quand j'acceptai le petit cadeau emballé.

— Ce n'est pas grisant. Inutile de trembler, me taquina-t-il sans savoir que mes frissons n'avaient rien à voir avec son présent.

Je retirai l'emballage et découvris un bracelet en or blanc. Une chaîne délicate s'étirait de chaque côté d'une plaque gravée du nom *Mancini*.

— Pour que tu ne nous oublies pas, dit-il doucement.

Son cadeau était incroyablement attentionné. Je l'enlaçai à nouveau, cette fois-ci avec les larmes aux yeux, puis je fis un signe en direction de la porte d'un air interrogateur.

— Oui, nous sommes venus te chercher.

Nous ? Un seau entier d'eau glacée me trempa de la tête aux pieds.

Il avait dû lire la question écrite sur mon visage.

— Oui, papa attend dehors. Tu es prête ?

Je tentai de ravaler la boule qui s'était subitement formée dans ma gorge. Acquiesçant, je levai le doigt pour qu'il patiente, puis j'allai dire au revoir et merci à Pip et tante Etta. Elles m'assurèrent que les cadeaux seraient livrés chez moi. Je m'en moquais totalement, mais j'opinai poliment.

En montant dans ma voiture, je me glissai sur la

banquette arrière comme une criminelle que l'on envoyait en garde à vue. Le désespoir était encore un autre cratère dans le grand huit émotionnel que j'avais enduré aujourd'hui. Lorsque je rentrai chez moi, je n'avais qu'une envie : me mettre au lit et dormir pendant une semaine, mais j'aurais dû savoir que c'était impossible. Ma vie ne m'appartenait pas et ma journée était loin d'être terminée.

# 18

— Je reviens dans une minute. Berto a besoin de mon aide dans le garage.

Sante s'extirpa du canapé. Nous regardions ensemble le dernier film de James Bond.

Je montrai la télé et haussai les sourcils.

— Ne t'inquiète pas, tu n'as pas à mettre sur pause. Je ne sais pas combien de temps il me faudra.

Il leva les yeux au ciel avant de quitter la pièce.

Je décidai que je n'étais pas pressée et je mis donc sur pause. J'étais plus intéressée par l'idée de passer un moment avec mon frère que de regarder ce film. La maison paraissait excessivement calme quand toutes les explosions cinématographiques furent réduites au silence. Tout était si paisible que je faillis tomber raide morte quand on frappa à la porte d'entrée.

Agissant par défaut comme lorsque je n'étais pas constamment sous surveillance, je sautai du canapé et me hâtai vers la porte d'entrée, mais je me figeai avant de l'ouvrir. Mon père était sorti pour la soirée. Néanmoins, je savais qu'il piquerait probablement une crise s'il découvrait que j'avais ouvert sans personne dans les parages. Mais après tout, les mecs étaient dans le garage. Étais-je censée ignorer la personne venue jusqu'ici ? Je ne pouvais pas franchement lui crier d'attendre à travers le battant.

J'aurais pu afficher les caméras de sécurité sur mon application, mais on m'avait retiré mon autorisation des mois plus tôt. Je décidai de prendre le risque et de jeter un coup d'œil derrière le rideau qui couvrait la fenêtre à côté de la porte. Je ne distinguais pas grand-chose, en biais, mais ce fut suffisant pour que je remarque une bague ornée d'un nœud celtique sur une main masculine tatouée d'une rose noire. Conner était ici.

Sans trop y réfléchir, je me glissai dehors et lui attrapai le poignet, l'éloignant de l'entrée vers un coin que les caméras n'atteignaient pas très bien.

— Qu'est-ce que tu fais là ? sifflai-je dans l'obscurité en prenant subitement conscience qu'il aurait pu passer pour voir mon père et non moi.

Après son apparition surprise au restaurant, la veille, je m'étais inquiétée qu'il n'ait qu'une chose en tête et que ça n'ait rien de professionnel.

— Je ne m'étais pas rendu compte que je te devais des explications.

Il se pencha en avant d'un air menaçant.

Pas d'humeur à être intimidée, je croisai les bras et réalisai que je ne portais pas de soutien-gorge sous le fin T-shirt qui me servait de pyjama. Je tentai de ne pas trahir mon trouble.

— J'imagine que non, tant que ces petites règles fonctionnent dans les deux sens, lançai-je dédaigneusement.

Ses lèvres se tordirent dans un sourire méchamment vicieux. Il tendit lentement la main vers l'ourlet de mon T-shirt, tournant son doigt jusqu'à ce que le tissu s'enroule, puis il m'attira près de lui.

— Bien essayé, mais non. Ça ne fonctionne pas comme ça. À vrai dire, tu me dois déjà une explication, au moins. Je me fiche que tu ne parles plus jamais à personne, mais ma mère m'a dit que tu étais encore muette à l'enterrement de vie de jeune fille, aujourd'hui. Je veux savoir *pourquoi*.

Avait-il dit à sa mère que je pouvais parler ? La rumeur se propagerait-elle dans ce cas ? Merde. J'avais besoin de plus de temps.

— J'ai simplement besoin de trouver comment expliquer les choses à mon père. Une fois qu'il saura que je peux parler, il voudra savoir pourquoi je ne l'ai pas fait avant. Je ne veux pas qu'il fasse des suppositions.

Plus précisément, il souhaiterait savoir pourquoi j'avais choisi de me remettre à parler *maintenant*. Si j'arrivais à rester muette jusqu'au mariage, je pourrais potentiellement sortir en douce et raconter à oncle Donati tout ce que je savais.

*Oui et qu'arrivera-t-il à Sante ?*

Bon sang ! Je devais trouver un plan. Papa devait payer pour ce qu'il avait fait, mais je ne pouvais prendre le risque de perdre mon frère par la même occasion. Je me retrouvais toujours confrontée au même satané problème. Et si je ne pouvais protéger Sante ? Et si l'unique moyen d'arrêter papa me faisait prendre le risque de perdre mon frère pour toujours ?

Je tolérais à peine cette possibilité.

— Qu'y a-t-il à expliquer ? me demanda Conner en interrompant mon débat interne. Tu digérais la mort de ta mère… à moins que ce soit plus compliqué que ça ?

*Mon Dieu, il doit arrêter ça !*

Je me sentais frustrée et coincée. Aggravant mon besoin grandissant de me déchaîner, les mots de la reine acerbe des toilettes me revinrent en mémoire. *Muette pudique. Ne le satisfera jamais.*

Je me rapprochai légèrement et levai mon menton d'un air de défi.

— Parfois, les gens sont compliqués. Comme un homme qui choisit une épouse muette, sûrement pour ne pas avoir à reconnaître son existence, et qui ne cesse pourtant de se pointer partout où elle est.

Je fis un autre petit pas. La chaleur de son torse attirait mes tétons durcis. Le tissu de mon haut l'effleurait suffisamment pour envoyer de minuscules éclairs au fond de mon ventre.

Lorsque je lui tins tête, la sensation provoquée me coupa le souffle et m'étourdit de la meilleure des manières. Je n'aurais jamais pu tenir ainsi tête à mon père, mais avec Conner, je me sentais audacieuse. Puissante.

Si j'avais disséqué mon comportement, j'aurais peut-être découvert que les racines de ma confiance s'ancraient dans un sentiment de sécurité, mais je me fichais de m'engager sur ce terrain. Traiter Conner comme l'ennemi était l'unique manière de protéger mon cœur contre lui.

Tout soupçon de bleu disparut de ses yeux alors qu'il poussait mon dos contre le mur, son corps solide sur le mien.

— Pour quelqu'un qui ne voulait pas parler, tu as une opinion sur beaucoup de choses.

Sa voix rocailleuse éraflait ma peau.

— Pour un homme, tu es horriblement observateur.

C'était un coup bas, mais j'étais à court de répliques.

— Et pour une femme qui veut qu'on la laisse tranquille, tu portes un short minuscule.

Ma bouche s'ouvrit et se referma comme celle d'un poisson hors de l'eau tandis que ses doigts rêches remontaient lentement le long de ma cuisse gauche, sous le tissu de mon short de pyjama jusqu'à la dentelle de ma culotte près de ma hanche. Je ne pouvais inspirer que d'infimes filets d'air. Mes poumons, tout comme le reste de mon corps, étaient figés par la concentration, consumés par l'endroit où ses doigts se poseraient ensuite.

Il souleva l'élastique de ma culotte pour y insinuer le bout d'un doigt, ses yeux brillant à cause de mon halètement. Avec le calme serein d'un tacticien entraîné, il glissa lentement son doigt le long du tissu étiré. Mon esprit s'enflamma et hésita, car je ne savais pas avec certitude jusqu'où il irait, mais alors qu'il passait la main devant moi, à quelques centimètres de mon intimité, il se retira de la dentelle bleue et laissa une traînée de braises, telle la queue d'une comète, sur ma cuisse. Il mit fin à notre connexion.

— Tu ne devrais pas être seule, dans le noir, avec un homme que tu connais à peine.

Sa voix était devenue gutturale, rauque et pleine de désir. Ce bruit stimula la douleur profonde qu'il avait causée entre mes jambes.

— Tu m'en avertiras encore lors de notre nuit de noces ? Je doute que nous nous connaissions mieux, à ce moment-là.

J'avais eu envie de paraître redoutable, mais chaque mot était plus essoufflé que le précédent.

Le regard qu'il me lança en guise de réponse fut sauvage.

— Quand je peux te sentir suinter d'envie ? Je ne crois pas. Maintenant, rentre avant que je décide de prendre ce qui m'appartient déjà.

Ses paroles obscènes m'irritèrent la peau et me réchauffèrent de l'intérieur. Je n'avais jamais entendu quelqu'un me parler avec une irrévérence si grossière. J'avais honte d'en vouloir désespérément plus.

Je m'écartai subitement du mur et m'éloignai en direction de la porte d'entrée. Quand j'ouvris le gigantesque battant en métal, mon esprit tel un cyclone émotionnel, je m'arrêtai en voyant Sante. Il était dans l'entrée, sa foulée interrompue. Ses yeux plissés glissèrent sur moi pour se poser au-dessus de mon épaule. Un rapide coup d'œil me confirma qu'il s'agissait de la silhouette de Conner, en train de partir, qui avait enflammé l'humeur de mon frère. Je claquai la porte et me précipitai vers mon frangin, l'attirant dans le salon où j'avais un stylo et une feuille.

***Il voulait juste me poser une petite question et tu étais occupé avec Umberto.***

Je lui expliquai la situation, mais mes mots étaient presque illisibles tant je me hâtais de les coucher sur papier.

— Tu n'aurais pas dû être seule, dehors, avec lui, Noemi. Surtout quand on voit comment tu es habillée. Seigneur, et s'il t'avait fait du mal ?

Ses émotions d'adolescent et son instinct protecteur provoquèrent rapidement une tempête en lui.

***Il sera mon <u>mari</u> dans un peu plus d'une semaine***, lui fis-je remarquer dans un élan de colère avant de me réprimander mentalement. Je devais désamorcer la situation plutôt que de chercher la bagarre.

— Oui, et s'il profitait de toi et qu'il rompait ensuite l'arrangement… que se passerait-il ?

Je voulais m'emporter contre lui. S'il pensait que Conner était un sale type, il ne devrait pas attendre calmement pendant que papa donnait ma main à cet homme. Mais je savais que Sante n'avait pas plus son mot à dire que moi, dans cette histoire.

**Il ne s'est rien passé. Tu n'as aucune raison de te mettre en colère, d'accord ? Je vais bien.**

Je lui jetai un coup d'œil suppliant, avant de faire un signe de la main vers le salon. Alors qu'il restait planté là, les sourcils froncés, je lui pris la main et l'attirai vers le canapé. Il me laissa l'entraîner, mais à contrecœur.

Nous reprîmes le visionnage de notre film, bien qu'il ne se détende pas totalement à côté de moi. Une heure plus tard, nous fûmes interrompus en entendant mon père rentrer à la maison. Je m'assis et me tournai lentement pour jeter un coup d'œil à mon frère, me méfiant de ce que je lirais sur son visage. Comme je l'avais soupçonné, sa mâchoire crispée et ses sourcils sévèrement froncés m'indiquaient tout ce que j'avais besoin de savoir. Il avait prévu de mettre mon père au courant de la visite de Conner.

Je secouai la tête, dans de petits mouvements secs, le suppliant sans un mot.

Il se pinça les lèvres, signe d'une détermination résignée, lorsqu'il se leva. Le claquement des chaussures de ville de mon père égrena les secondes comme le compte à rebours d'une bombe.

— Vous deux et vos films d'action. Vous ne vous en lassez

jamais ? grommela papa en soulevant le bouchon du décanteur en cristal avant de se verser deux doigts de scotch.

— On tue le temps, répondit Sante d'une voix qui perdait ce côté enfantin qui m'était familier. Nous avons eu un visiteur, ce soir.

Mon père riva son regard sur mon frère, avant de le glisser vers moi. Je restai immobile sur le canapé, espérant vainement que j'avais enfin appris à devenir invisible.

— Reid est passé. J'étais allé dans le garage pour aider Umberto avec l'installation du nouveau thermostat.

Il marqua une pause, son regard déviant brièvement vers le mien, avec un éclat désolé qui se mua rapidement en détermination criarde.

— Noemi a ouvert la porte et lui a parlé, dehors.

Mon père devint sinistrement statique. Lorsqu'il me toisa, la fureur dans ses yeux le priva de toute humanité. Ma nausée tourbillonnait furieusement, à présent, et remontait dangereusement dans ma gorge.

Oubliant totalement son verre d'alcool, papa avança lentement vers moi.

— Il ne s'est rien passé, mais je me suis dit que tu devrais le savoir. C'est tout, ajouta Sante comme si une soudaine prise de conscience l'avait poussé à faire machine arrière.

Papa l'ignora complètement. Lorsqu'il fut assez proche pour se pencher au-dessus de moi, il attaqua aussi rapidement qu'un serpent, m'attrapant le poignet et me relevant brutalement.

— L'as-tu laissé te toucher ?

Des postillons furieux atterrirent sur mon visage et les veines gonflaient sur le front de mon père. Il était plus en colère que jamais et cela me terrifiait.

Je secouai frénétiquement la tête, les os dans mon poignet hurlant d'agonie alors qu'il les écrasait l'un contre l'autre.

— Il ne manquerait plus que tu gâches tout en le laissant te baiser avant le mariage, ce qui lui donnerait une raison de se débiner.

À nouveau, je ne pus que secouer la tête et prier pour qu'il me croie.

— Ne recommence pas une telle connerie, tu m'entends ?

Il approcha sa joue de la mienne et prononça les mots suivants pour que je sois la seule à les entendre.

— Si tu gâches tout, ce ne sera pas aussi rapide qu'avec ta mère. Tu regretteras d'être née.

Il recula et la rage démente dans ses yeux noirs scella sa promesse meurtrière.

Je hochai la tête, les larmes aux yeux, et m'éloignai de lui. Le besoin de lui échapper saisissait chaque fibre de mon être. Il se calma enfin.

Je partis précipitamment dans ma chambre, passant devant Sante sans pouvoir le regarder en face. Je savais que ma déception et ma rancœur transparaîtraient, mais je savais également que rien de tout ça n'était entièrement sa faute. Il n'était qu'un garçon, bien qu'il ait l'air viril. Il n'était qu'un pion pour les jeux sadiques de mon père.

J'avais cru détester cet homme quand j'étais plus jeune parce qu'il n'était jamais présent, mais je n'avais pas vraiment su ce qu'était la haine. Désormais, je connaissais intimement cette émotion. La haine décrivait un chemin brûlant dans mes veines et m'ouvrait de l'intérieur. Fausto Mancini était un poison, déterminé à me détruire, d'une manière ou d'une autre.

# 19

Je posai un gant mouillé sur mon poignet, comme je ne souhaitais pas redescendre pour aller chercher de la glace. Le lendemain matin, un horrible anneau violet s'était formé sous la surface de ma peau.

Je détestais l'idée que ma vie soit devenue ainsi.

Je n'avais jamais eu à cacher des ecchymoses, par le passé, mais je me demandais si ma mère l'avait fait. Était-ce la vie qu'elle avait menée avant qu'elle me soit arrachée ? Aurait-il pu se montrer aussi cruel envers elle sans que je le sache ?

Je ne connaissais peut-être pas la réponse, mais elle me hanterait pour toujours. Maman était l'arc-en-ciel dans un ciel tempétueux. Elle était le sucre dans la limonade et le pansement rose qui arrangeait tout. J'adorais tout ce qu'elle était et je détestais penser qu'elle aurait pu souffrir juste sous mon nez.

Un nuage suffocant assombrit mon humeur lorsque je me préparai pour la journée. Cependant, je fis de mon mieux pour le balayer en sachant que je passerais la matinée à acheter une robe avec tante Etta et Pip. Savoir que j'allais les voir suffit à alléger mon cœur. J'envisageai brièvement de demander à ma tante si elle avait déjà soupçonné mon père de violenter maman, mais la question n'aurait fait que susciter d'autres interrogations. Ma curiosité réprimée ne valait pas la peine d'ouvrir ce sac de nœuds. Pas encore, en tout cas.

J'optai pour une tenue qui me permettait de mettre le seul large bracelet en or que j'avais, et je me servis de l'accessoire pour dissimuler mon ecchymose. Les cheveux attachés en queue de cheval et le cœur empli d'espoir, je descendis l'escalier et trouvai Umberto. Il était temps de choisir une robe de mariage.

La boutique de robes ne semblait pas très impressionnante, de l'extérieur, coincée entre deux bâtiments à l'architecture contemporaine près de Lenox Hill et de Midtown East. En revanche, l'intérieur était d'une élégance moderne avec un parquet sombre et des lustres en cristal. Pippa et sa mère étaient déjà à l'intérieur, avec les deux cadettes de Pip, quand j'entrai. Je laissai Umberto à la porte et rejoignis le groupe sur un canapé en velours vert.

— Oh, mon Dieu, je n'arrive pas à croire que c'est en train d'arriver, lança Pip en sautant et en m'étreignant à la seconde où elle me vit.

Il était si tentant de partager ma propre incrédulité en

exprimant toute la folie que j'avais connue ces dernières semaines, mais j'obligeai mes lèvres à rester scellées.

— Je sais, ajouta tante Etta. J'ai juré que je ne le dirais pas, parce que je ne veux pas que ce soit une triste occasion, mais j'aurais vraiment aimé que Nora soit là.

Ma tante m'enlaça, puis recula rapidement et agita les mains.

— Très bien, ça suffit. On ne pense qu'à des choses joyeuses, aujourd'hui !

Je ris en même temps que Pip. Les autres filles étaient sur leurs téléphones, ignorant le monde autour d'elles.

— Ça doit être notre jolie mariée !

Une femme très grande et très mince nous rejoignit dans le salon en souriant.

— Je m'appelle Stella. Je vais travailler avec vous jusqu'à ce que vous trouviez la robe *parfaite*.

Je lui serrai la main, laissant tante Etta nous présenter.

— J'ai expliqué quand j'ai pris le rendez-vous que nous avons affaire à un timing inhabituel, précisa-t-elle.

— Noemi n'est pas la première et ne sera pas la dernière. Ça ne devrait pas être un problème. Nous allons peut-être simplement devoir être ouvertes d'esprit et un tantinet créatives.

Stella haussa les sourcils en me regardant, comme pour m'assurer que j'étais sur la même longueur d'onde.

J'acquiesçai volontiers.

— Merveilleux ! Bien, dites-moi ce que vous visualisiez.

◊

DEUX HEURES PLUS TARD, j'avais une robe de mariée. Encore plus stupéfiant, je l'aimais vraiment. La robe était simple, mais élégante. Elle n'avait pas de nœuds, de fioritures ou de jupons volants. Le bustier en dentelle délicate était accentué par une bonne dose de broderie perlée pour scintiller sans me faire passer pour une boule à facettes. Les bretelles de ce corset sans manches retombaient sur le bas de mes épaules, tandis que le décolleté plongeait profondément entre mes seins, soulignant joliment ma poitrine menue. Le décolleté dans le dos lui ressemblait, mais il descendait jusqu'à la taille. La jupe trapèze gonflait juste assez pour ne pas me mouler et pour décrire une très courte traîne.

La robe avait été modifiée pour un salon de mariage où elle avait été exposée, quelque temps plus tôt, alors elle m'allait déjà presque parfaitement. J'étais entrée dans le magasin en me disant que je n'allais pas m'intéresser à tout ça et j'avais été entièrement préparée à prendre tout ce qui me semblait un tant soit peu correct, compte tenu de mon timing très serré. Désormais, je n'arrêtais pas de me demander ce que Conner penserait de moi, dans cette robe.

Ce raisonnement était dangereux. Il sous-entendait que je m'en préoccupais et ça n'aurait pas dû être le cas.

Tante Etta se rapprocha, alors que j'étais assise sur le canapé de la boutique, et elle se pencha vers moi pour attirer mon attention.

— Em, chérie. Je doute que ton père en ait discuté avec toi et j'ignore si Nora s'en est occupée avant sa mort, alors je me suis dit que j'allais te poser la question, concernant la contraception.

Elle me jeta un coup d'œil gêné tandis que je l'observais, bouche bée.

Elle m'avait prise de court.

Je ne prenais aucune contraception, à vrai dire, mais uniquement parce que je n'en avais pas eu besoin. Je n'avais jamais spécialement juré de me réserver pour le mariage. L'occasion de m'envoyer en l'air ne s'était pas présentée. Je n'avais pas eu beaucoup de rencards, au lycée, et maman était morte seulement sept mois après la remise de diplôme. Ma vie s'était déroulée ainsi.

Désormais, j'étais une vierge de vingt ans sur le point de se marier et, non, je n'avais pas pensé à la contraception. Après ma première rencontre officielle avec Conner, j'aurais dit que ce ne serait pas un problème. Toutefois, les choses avaient changé. Il avait formulé clairement qu'il me désirait. J'avais été si inquiète de l'impact émotionnel que cela pourrait provoquer que j'avais complètement oublié toute autre complication.

Je n'étais PAS prête pour les enfants.

— … et peut-être qu'il n'est même pas catholique, dit tante Etta en poursuivant son discours divagant. Enfin, il est irlandais, mais ils ne sont pas tous catholiques et même dans ce cas-là, ça ne le dérangera peut-être pas que tu prennes une contraception. Parfois, nous devons faire ce qui nous semble approprié. Autrement, on nagerait dans une mer d'enfants.

Elle termina en chuchotant comme une conspiratrice.

Un gloussement manqua de franchir mes lèvres. Il était de plus en plus difficile de ne pas parler, maintenant que j'avais commencé à le faire avec Conner.

*Encore un petit peu. Tu peux le faire.*

— Bref, tu auras tout le temps pour le découvrir. Je pensais simplement que j'allais te le mentionner pour que tu t'y prépares mentalement. Et tu sais que je serais ravie de t'aider, si nécessaire.

Elle me tapota la main et hocha la tête, manifestement satisfaite.

Je griffonnai un mot pour la remercier et lui assurer que

j'allais m'en occuper. Je ne savais pas comment, mais je me jurais que c'était un compromis que je n'étais pas prête à concéder.

Une fois notre shopping terminé, tante Etta convainquit Umberto de me laisser me joindre à elles pour le déjeuner. Nous passions un moment si fabuleux ensemble que j'aurais pu me croire à l'ancienne époque, celle avant que ma mère meure et que mon monde s'effondre autour de moi. Avant que mon père ne menace ma vie et que j'aie soudainement un fiancé.

Cette tranche de mon passé suffit à me distraire avec des souvenirs joyeux pour le reste de l'après-midi, une fois que je rentrai chez moi. J'écoutai la musique et regardai une émission de rénovation immobilière. Je ferais n'importe quoi pour penser à des choses heureuses, sans échéance, sans père et sans fiancé.

Parfois, une femme avait besoin de mettre la tête dans le sable une journée.

J'y arrivai remarquablement bien jusqu'à ce que la sonnette de l'entrée fasse écho dans ma chambre, ce soir-là. J'allai me placer en haut de l'escalier, demeurant hors de portée de vue du hall, juste en dessous. Nous n'avions pas souvent de visiteurs. Je me demandais s'il s'agissait de Conner, mais je ne pouvais en être certaine. Le ton voluptueux de cette voix de baryton était trop doux pour que je le reconnaisse.

J'étais désespérément curieuse, mais je craignais de m'attirer à nouveau la foudre de mon père si je me montrais au rez-de-chaussée sans y avoir été invitée. Je n'avais aucune envie de provoquer ce dragon. Heureusement, le destin intervint pour soulager ma curiosité.

— Noemi, descends, j'ai quelqu'un à te présenter.

La voix de mon père fit écho à mes oreilles et résonna dans le creux de ma poitrine.

J'attendis une seconde, pour ne pas donner l'impression que j'avais espionné la conversation, puis je me glissai gracieusement en bas, trébuchant presque sur les marches lorsque mon regard se posa sur l'un des hommes les plus cruellement beaux que j'avais jamais vus. On aurait dit que ses ancêtres venaient tout juste d'abandonner leur drakkar pour dévaliser une salle du conseil plutôt que des villages. Un large front assombrissait ses yeux couleur océan et lui conférait un air menaçant, tandis que ses épais cheveux blonds, coiffés en une banane parfaite, lui permettraient de rentrer dans n'importe quel club chic. Une barbe non rasée sur sa mâchoire carrée contrastait avec son costume taillé sur mesure, tout comme son rictus qui laissait un peu trop apercevoir ses incisives pour que ce soit approprié. On aurait dit le loup qui saluait le Petit Chaperon rouge. Tout chez cet homme était une contradiction. Une énigme. Il était hypnotisant et parfaitement terrifiant.

Je m'obligeai à sourire.

— Noemi, je te présente Keir Byrne, le cousin de Conner. Tu as brièvement rencontré son père lors du dîner de fiançailles, Jimmy Byrne.

J'arrachai mon regard à cet homme, sentant que mon père me communiquait un message silencieux. Je baissai très légèrement le menton pour lui faire savoir que je le comprenais.

Cet individu était important. Un joueur puissant dans l'organisation irlandaise.

— C'est un plaisir, dit-il en me tendant la main. Je m'excuse d'avoir loupé le dîner de fiançailles, mais j'étais retenu ailleurs.

Entendre sa voix de plus près et le pouvoir qu'elle contenait me provoqua un frisson dans la colonne vertébrale. Chaque mot prononcé doucement obligeait ceux qui l'entouraient à l'écouter prudemment. À danser sur sa mélodie. Ce subtil exercice de domination était impressionnant.

— Comme tu le sais, intervint papa, Noemi a perdu sa voix dans un tragique accident. Les conversations ne sont pas faciles pour elle, alors nous pouvons aller dans mon bureau.

Keir ne bougea pas d'un poil.

— Ce n'est pas un souci. Conner ne sera pas là avant quelques minutes. Je me disais que cela me donnerait le temps d'apprendre à connaître le nouveau membre de notre famille. Ce n'est pas tous les jours que nous accueillons une étrangère.

Pendant tout son discours, son regard me prit en otage. M'étudia. Me jugea.

Que cherchait-il ? Que pensait-il trouver ?

Je ne m'inquiétais pas trop, car je n'avais aucune intention malveillante – pas envers lui ou ses proches. Toute la négativité que je ressentais était réservée à ma chair et mon sang.

Mon père accepta, mais à contrecœur. Il avait clairement espéré faire les présentations et se débarrasser de ma présence aussi vite que possible. Mais Keir avait d'autres plans.

Papa se pinça les lèvres.

— Asseyons-nous dans le salon. Noemi, va chercher ton bloc-notes.

Il jeta un coup d'œil en direction de Keir.

— C'est comme ça qu'elle communique, expliqua-t-il

comme si j'étais un singe entraîné. Elle devrait probablement apprendre la langue des signes, un jour, mais ça n'a pas vraiment été une priorité, si peu de temps après la mort de sa mère.

Je grinçai des dents à cause du chagrin fabriqué de toutes pièces qu'il s'obligea à faire transparaître dans sa voix. Comme si mon père avait songé à son décès, ne serait-ce qu'une minute, à part pour couvrir ce qu'il avait fait. Me rendant subitement compte que j'étais surveillée, je reposai les yeux sur Keir. Il avait remarqué le regard noir que j'avais lancé dans le dos de mon père.

Je me demandai s'il était possible de cacher quoi que ce soit à son œil vif. J'ignorais s'il était curieux à propos de ma réaction. Il ne trahit aucune émotion. Cet homme était le dalaï-lama du flegme et du contrôle. C'était troublant. Conner était serein, mais son calme n'était pas absolu, du moins quand j'étais dans le coin. Comme hier soir. J'avais eu l'impression qu'il était à deux doigts du chaos total et je m'en étais plus ou moins délectée en sachant que j'avais cet effet sur lui. Keir tenait si fermement les rênes que rien ne pourrait l'ébranler, selon moi.

M'obligeant à sourire, je tentai de me débarrasser de mes émotions. Si je ne ressentais rien, je ne montrerais rien.

— Il y a deux autres membres de la famille qui adoreraient te rencontrer, m'informa Keir.

Il s'assit au bord du canapé, un bras sur le dossier comme un roi sur son trône. Il me fit signe de m'installer à ses côtés.

— Paddy et Nana Byrne, nos grands-parents et les fondateurs de la famille. Il est difficile pour eux de sortir, ces temps-ci, mais ils ont demandé que tu leur rendes visite. Si ça te convient, Fausto, je pensais pouvoir accompagner

Noemi jusque chez eux, demain, pour qu'elle les rencontre. Ils sortent rarement.

Mon cœur tambourina contre mes côtes et je ne savais pas quoi faire.

Keir et moi, nous nous tournâmes vers mon père dont les yeux noirs se rivèrent sur moi.

— Je ne suis pas sûr qu'il soit approprié pour elle d'être seule avec un autre homme avant le mariage.

Papa gigota, mal à l'aise, alors que Sante entrait dans la pièce et intervenait dans la conversation.

— Je serais ravi d'aller avec Noemi.

Mon frère se pencha pour serrer la main de Keir.

— Sante Mancini, le frère de Noemi. Vous devez être Keir Byrne.

Il avait désespérément envie de devenir un homme et de m'aider. J'en eus le cœur brisé, car il ne savait rien. Papa ne serait jamais d'accord pour que nous sortions sans supervision.

— C'est gentil de ta part de le proposer, Sante, répondit Keir. Mais je suis sûr que ton père ne donnerait pas la main de sa fille s'il pensait que nous ne pouvions pas la protéger.

Le mécontentement approfondit les rides sur le visage de mon père. Tout débat de sa part serait un manque de respect flagrant envers Keir et la famille Byrne. Il n'avait pas d'autre choix que d'accepter et Keir le savait.

— Bien sûr, je vous fais confiance. Toutefois, elle est mon unique fille. Je détesterais que sa réputation soit esquintée si peu de temps avant le mariage. Si nous envoyions l'un de mes hommes avec vous, mon esprit serait plus tranquille, répondit papa en essayant une autre approche.

Keir dévisagea mon père sans broncher.

— Et je comprendrais votre inquiétude si quelqu'un en

dehors de nos deux familles vous l'avait demandé, mais Conner est mon cousin. Il n'est certainement pas inapproprié pour moi de l'accompagner.

Je n'arrivais pas à croire que Keir se disputait avec mon père. La plupart des hommes n'auraient pas pris la peine d'insister, mais il n'était clairement pas *la plupart des hommes*. Il ne comptait pas céder et mon père avait dû le sentir.

— J'imagine qu'une rapide visite chez vos grands-parents ne sera pas un problème.

Le regard de papa se riva sur le mien et je me demandai ce que cela signifierait pour moi. J'allais sans aucun doute le découvrir une fois que notre invité serait parti.

Ma main couvrit distraitement l'épais bracelet que j'avais porté autour de mon poignet droit toute la journée afin de dissimuler l'ecchymose tachetée.

— Dis-moi, Noemi, as-tu des hobbies ou des passions ? s'enquit Keir en mettant fin au débat.

*La musique. Avant, je chantais tout le temps, mais seulement pour moi.*

Je tentai d'écrire très nettement, ressentant un besoin inexplicable de gagner le respect du mafieux irlandais. Quelque chose chez lui provoquait un désir d'impressionner.

— Un genre, en particulier ?

Je lui étais reconnaissante de ne pas m'assurer vainement qu'un jour je retrouverais ma voix. Tromper tout le monde était déjà assez horrible. Je me sentais encore plus mal quand les gens essayaient de me consoler.

*Tous les genres, mais surtout les ballades avec des paroles éloquentes.*

Je ne savais pas vraiment pourquoi j'en partageais plus sur moi que le strict minimum. Encore une fois, il y avait simplement quelque chose chez lui.

Avant qu'il puisse faire un commentaire, la sonnette de la porte d'entrée résonna. Nous vîmes tous Sante se diriger vers l'entrée, puis la voix de baryton de Conner filtra jusqu'au salon et effleura ma peau.

Lorsqu'il arriva au coin du mur, il était l'incarnation de la froide indifférence. Je l'aurais cru si son regard n'avait pas brûlé ma peau lorsqu'il passa de Keir à moi.

— Me suis-je trompé sur l'heure du rendez-vous ? demanda nonchalamment Conner.

— Non, lui assura Keir d'une voix parfaitement calme. Je n'avais pas eu l'occasion de rencontrer ta jolie épouse, précédemment, alors je me suis dit que j'allais venir quelques minutes plus tôt.

Était-ce un défi que je voyais dans les yeux bleus de Keir ?

Très probablement, si j'en croyais le mécontentement qui traversait les épaules de Conner par vagues.

— Si j'avais su que tu voulais être présenté, j'aurais été ravi de t'aider.

Finalement, la plus minuscule des fissures apparut dans le comportement imperturbable de Keir – un sourire vicieusement amusé.

— Tu sais bien que je n'ai pas besoin d'aide pour être présenté.

— En parlant de présentations, intervint mon père. Keir a suggéré qu'il pourrait emmener Noemi rencontrer vos grands-parents, demain.

Keir tourna légèrement la tête afin de fixer mon père du regard. Pour la première fois de ma vie, je crois, je vis mon père blêmir.

— C'est très attentionné de sa part, murmura impassiblement Conner. Messieurs, devrions-nous passer aux choses sérieuses ?

— Bien sûr, confirma Keir. Il est hors de question que des Albanais hostiles nous causent des problèmes lors d'un mariage si important. Noemi, ce fut un plaisir. J'ai hâte de discuter davantage avec toi, demain matin. Disons 10 heures ?

J'opinai, une vague d'incertitude gênante s'immisçant largement dans ma tête.

Keir acquiesça respectueusement avant de faire un geste à mon père pour qu'il ouvre la marche. Les deux hommes et mon frère suivirent papa en dehors de la pièce. Conner me lança un regard furieux et brûlant sur son chemin.

Mes os se dissolurent comme des cubes de sucre dans de l'eau chaude à la seconde où je me retrouvai seule. Je retombai sur le canapé et observai le plafond, ayant besoin d'une minute pour m'en remettre avant de me préparer un sandwich et de me traîner à l'étage. Manifestement, papa allait travailler à l'heure du dîner et j'étais plus qu'heureuse de me cacher pour le reste de la soirée.

Pensant que mes péripéties avec des Irlandais autoritaires étaient terminées pour aujourd'hui, je mangeai mon sandwich à la dinde et au fromage, puis enfilai mon pyjama. Grandir avec un petit frère signifiait qu'il était habituel pour moi de me changer dans la salle de bains. Pourtant Sante entrait rarement dans ma chambre sans s'annoncer. Aussi je fus surprise quand j'ouvris la porte et que je découvris qu'elle était occupée. Seulement, ce n'était pas mon frère qui se tenait à côté de la fenêtre de la pièce.

— Conner, qu'est-ce que tu fais ici ? chuchotai-je en fixant la porte ouverte.

Il se tourna lentement et me lança un regard implacable.

Je m'étais inquiétée à l'idée de devoir confronter mon père après leur réunion, mais je ne m'étais pas mentalement préparée à ce qu'un homme furieux d'un mètre quatre-vingt-huit me dévore.

— Tu dois rester loin de Keir.

Sa voix voluptueuse hérissa les poils sur ma nuque.

— C'est ton *cousin*, sifflai-je doucement en reposant les yeux sur la porte ouverte. À ton avis, qu'est-ce qu'il va se passer ?

J'avais deviné que mon père m'obligerait peut-être à demeurer à la maison, mais je n'avais pas besoin de subir la même chose avec Conner. Je refusais, par principe.

Il se rapprocha de moi jusqu'à ce que chaque centimètre de sa carrure intimidante me surplombe.

— Je te dis de rester loin de lui, sinon tu n'apprécieras pas les conséquences.

— Qu'est-ce que tu vas faire ? Lui couper les doigts ? crachai-je en me rappelant sa menace précédente consistant à mutiler quiconque me touchait.

Il se pencha encore davantage, approchant ses lèvres de mon oreille.

— Cherche-moi et tu verras.

Ses paroles sensuelles et insoutenables me caressèrent avant que ses lèvres tirent sur mon lobe d'oreille avec suffisamment de pression pour provoquer une avalanche de picotements de mon crâne jusqu'au bout de mes doigts, et même plus bas.

Je haletai, les mots m'échappant. L'outrage se mêla au désir écrasant pour former un cocktail entêtant qui me coupait le souffle.

Satisfait de lui-même, Conner me lança un sourire narquois et s'en alla d'un pas léger.

Quand vous croyez que vous commencez à connaître quelqu'un, cette personne-là vous surprend.

J'aurais parié que mon père entrerait brusquement dans ma chambre à la seconde où Conner et Keir partiraient, pour exiger que je fasse semblant d'être malade afin de ne pas sortir le lendemain matin. Je me demandais si je devais mentionner que cela paraîtrait très suspicieux si j'annulais, ou si je devais lui rappeler que nous ne voulions pas vexer la famille Byrne.

J'attendis. Et attendis.

Mon père ne fit jamais son apparition, mais mon énergie

mentale était épuisée parce que j'avais encore une bataille en réserve.

Quelques minutes après avoir éteint la lumière dans ma chambre, j'entendis un portable sonner. J'ouvris les yeux, tentant de percer l'obscurité.

Ce n'était pas mon mobile ou, du moins, ce n'était pas une sonnerie que je connaissais, mais cela venait clairement de ma chambre. Je me levai de mon lit et allumai la lampe sur ma table de nuit avant de me diriger vers ce bruit. Un téléphone bon marché et prépayé que je n'avais jamais vu était posé sur ma commode et vibrait en affichant un numéro inconnu.

D'où venait-il ? Depuis combien de temps se trouvait-il là ?

Je chassai toute confusion et appuyai sur la touche pour répondre. C'était le meilleur moyen de faire taire ce satané truc sans chercher le bouton du volume. Une fois que le calme fut revenu, je regardai cet appareil. Je ne savais pas quoi en faire. Sans savoir qui était à l'autre bout du fil, je ne pouvais parler. C'était trop risqué. Avec précaution, je levai le portable jusqu'à mon oreille.

— Noemi, c'est ton dernier avertissement.

La voix de Conner s'enroula autour de moi comme une brise chaude avant une tempête estivale.

— Ne va *pas* avec Keir, demain matin.

J'aurais dû le savoir. Il n'était pas le type d'homme à rester tranquille et il n'était pas non plus du genre à laisser ses conversations privées être espionnées. Il avait déduit, à juste titre, que mon téléphone n'était pas sûr et m'avait fourni une solution de rechange. S'il l'avait simplement utilisé pour s'assurer de ma sécurité, ce portable aurait été un geste sympathique. Mais compte tenu de son ton menaçant, son intervention ressemblait plus à la pose d'une laisse qu'à une corde de sécurité.

— Qu'est-ce qui te fait croire que je vais quand même y aller ? chuchotai-je, craignant que quelqu'un m'entende.

— Parce que je te connais.

— Tu me connais ? répondis-je en ricanant. Nous nous sommes rencontrés il y a une semaine.

— Alors, dis-moi que je me trompe. Dis-moi que tu ne prévoyais pas d'y aller.

Sa voix me caressa et m'amadoua comme s'il me mettait au défi. Comme s'il voulait que je lui résiste.

L'incertitude me fit taire.

J'étais un oiseau en cage, qui avait désespérément envie de se libérer. Chaque exigence était un autre collier autour de mon cou. Sans mon père ou Conner qui me poussaient dans une direction ou une autre, chaque pas de travers était potentiellement mortel.

Je secouai la tête, même s'il ne pouvait me voir. J'avais besoin d'échapper à mes liens invisibles.

— Non. Je ne ferais rien d'inconvenant avec Keir, dis-je précipitamment. Tu vas juste devoir apprendre à me faire confiance.

Si je laissais cet homme me contrôler et douter de moi, je serais sa prisonnière pour toujours plutôt que d'être sa femme. Je ne pouvais me le permettre. Et, de plus, la résistance impressionnante de Keir face au harcèlement de mon père me faisait espérer que peut-être, il serait prêt à m'aider. En tant que fils de Jimmy Byrne, il serait certainement en position de prendre une telle décision. Je devais le faire pour de multiples raisons, sans tenir compte de l'ego fragile de mon fiancé.

Ne souhaitant pas entendre ses arguments et ses menaces,

je raccrochai et m'effondrai sur le lit. Je n'aimais pas que ce soit si difficile, mais je ne pouvais laisser Conner me contrôler. Si je lui laissais une petite marge de manœuvre, il prendrait tout, y compris mon cœur.

Pendant de longues minutes, je restai crispée, m'attendant à ce qu'il rappelle. Mais pour la deuxième fois de la nuit, un homme me surprenait par son silence. Le portable ne sonna plus. Aucun SMS n'illumina l'écran.

Je me convainquis que j'avais pris la bonne décision et que mon anxiété croissante était injustifiée, avant de placer le téléphone sous mon matelas et d'éteindre la lumière pour dormir. Le sommeil ne viendrait pas facilement, mais je devais au moins essayer. Une longue journée m'attendait le lendemain.

J'avais l'impression que je venais tout juste de fermer les yeux quand une prise de conscience me réveilla. Mon réveil affichait 2 heures du matin et la maison était silencieuse, mais le tambourinement de mon cœur faisait écho dans mes oreilles. Quelque chose clochait.

Je levai les yeux pour observer la pièce et ils se figèrent sur la silhouette d'un homme appuyé contre le mur de ma chambre. La grande silhouette était illuminée par la lumière de la lune filtrant par la fenêtre ouverte. Je n'avais pas besoin de voir son visage pour le reconnaître. Conner était ici. Dans ma chambre.

Avait-il planifié cela toute la nuit ? Il avait dû déverrouiller la fenêtre quand il était venu dans ma chambre, tout à l'heure. Avait-il été si certain que je le contredirais ? Que prévoyait-il de faire à ce sujet, exactement ? M'attacher à mon lit pour m'empêcher d'y aller ?

Je commençai à me relever sur mon lit et à m'éloigner de lui, mais Conner quitta le mur. Ses mouvements me figèrent.

Je l'observai, captivée, alors qu'il réduisait la distance entre nous. Ma poitrine s'éleva et retomba à cause d'inspirations tremblantes. La chair de poule remontait sur mes bras.

— Qu'est-ce que tu fais ici ? demandai-je finalement, sans être certaine de vouloir entendre sa réponse.

— Je t'ai prévenue, Noemi.

Son murmure sinistre me coupa le souffle.

Je frissonnai.

— Mais je n'y suis pas encore allée.

Il souleva mes couvertures, exposant mes jambes. Après s'être délecté de la vue, il posa ses yeux sombres, et impénétrables à la lumière de la lune, sur les miens.

— Il est temps d'affronter les conséquences.

— Qu'est-ce que...

J'eus à peine le temps de paniquer avant que ses bras me piègent et que ses lèvres s'emparent des miennes. Il était un courant féroce et j'avais beau lutter, il m'emportait avec ses eaux montantes. Je ne voulais pas le désirer, mais il était si agréable. Comme la pression de son corps. L'attirance de son désir vorace. Je me sentais impuissante face à lui.

Un bruit de satisfaction virile s'éleva entre nous lorsque son contact autoritaire arracha un gémissement spontané au plus profond de ma gorge.

— Tu es un putain de rêve, déclara-t-il d'une voix rauque.

Ses lèvres dévièrent vers ma mâchoire et le long de ma gorge.

Une pression de plus en plus grande commença à palpiter entre mes jambes. Je roulai des hanches, ayant désespérément besoin d'apaiser la douleur qui montait en moi. Ce besoin puissant était si incroyablement bon. Je ne me souvenais pas de la dernière fois que j'avais ressenti du plaisir – une joie pure ou du bonheur. La dopamine me droguait, effaçant toute pensée, tout instinct de survie et toute stratégie.

Si c'était ma punition, je l'accepterais avec joie.

Rien n'avait de sens, mais je m'en moquais. J'en voulais simplement plus.

Lorsqu'il releva le haut léger de mon pyjama et que sa bouche se referma sur ma poitrine, je crus que le monde allait peut-être arrêter de tourner. Cela aurait expliqué mes vertiges. J'avais l'impression que j'étais en chute libre et que je ne savais pas où était le haut et où était le bas.

Jusqu'où prévoyait-il d'aller ? Était-ce important pour moi ?

Non. Pas vraiment. Il était mon fiancé, n'est-ce pas ? Et c'était si bon. N'avais-je pas le droit de me sentir bien, pour une fois ?

Conner s'allongea à côté de moi, l'une de ses grandes mains dérivant sur mes côtes, sur ma hanche, puis sur ma cuisse où il écarta mes jambes. Je ne luttai nullement contre lui, mais mon cœur commença à tambouriner dans ma poitrine. Une partie de mon corps qu'aucun homme n'avait jamais touchée était désormais ouverte pour lui, protégée uniquement par une fine couche de tissu en coton.

Son regard restait rivé sur l'endroit où il me touchait, sa main caressant lentement l'intérieur de ma cuisse, montant de plus en plus pour s'arrêter juste avant l'endroit où mon corps réclamait son contact.

— Dis-moi que c'est à moi.

Il glissa un doigt sous l'élastique de ma culotte.

— Dis-moi qu'aucun autre homme ne t'a touchée ici.

Sa voix était aussi irrégulière qu'une pente rocheuse. Elle était rauque et vulnérable. Quand son regard dériva enfin vers le mien, je haletai en voyant son ardent besoin. Comme s'il s'agissait des derniers vestiges d'humanité retenus par un fil.

Hypnotisée par l'effet que j'avais sur lui, je hochai la tête.

— Personne d'autre… que toi, chuchotai-je.

La peur envahit subitement mes veines dans un courant glacé.

Je ne m'inquiétais pas à l'idée qu'il me fasse du mal – pas physiquement, en tout cas. Mais mon cœur me préoccupait. Comment pouvais-je garder mes émotions hors de ce mélange quand la présence de Conner était si dévorante ? Rien n'était simple avec lui, encore moins le sexe.

Mes lèvres s'entrouvrirent pour laisser échapper une objection, mais sa main vint se poser sur ma bouche. Sa tête se tourna lentement d'un côté puis de l'autre, tandis qu'un sourire perfide se dessinait sur ses lèvres.

Mon cerveau court-circuita ensuite quand son autre main se glissa entièrement sous ma culotte et saisit mon sexe. Je ne savais plus comment je m'appelais et encore moins ce que j'avais prévu de dire. Pas quand l'un de ses longs doigts brûlants s'enfonçait en moi avant d'étaler mon excitation sur mon clitoris avant de redescendre. Je m'étais déjà tortillée avec un besoin plus électrique que je n'en avais jamais ressenti. Ajouter son contact au reste faillit me faire voir des étoiles.

Une main toujours appuyée contre ma bouche, Conner me doigta avec des caresses généreuses et séduisantes, excitant et taquinant ma chair tourmentée. Mon corps souffrait et le suppliait en même temps que ses mouvements. Lorsque ma poitrine se cambra, soulevant mon dos du lit, il se servit de ses dents pour effleurer mon téton. Ce picotement envoya une décharge directement dans mon clitoris, comme une flamme dévorerait une mèche. Lorsque l'étincelle atteignit mon entrejambe, mon corps s'enflamma dans un plaisir aveuglant.

Alors que cette euphorie liquide me submergeait, Conner retira sa main de ma bouche au moment précis où je laissai un cri primitif de jouissance franchir mes lèvres. C'était comme si l'énergie en moi était trop grande pour être contenue et qu'elle s'était échappée sous la forme d'un bruit. Conner avait provoqué tout cela, sachant exactement ce qui se produirait.

Le cri fit écho dans ma tête, noyant tout, y compris mes respirations irrégulières et mon pouls précipité.

Une prise de conscience et la panique chassèrent le reste de mon orgasme comme des chiens enragés qui auraient repéré un lièvre.

— Qu'est-ce que tu as fait ? soufflai-je en écarquillant les yeux.

La chambre de Sante était juste à côté de la mienne. Y avait-il une chance pour qu'il ait continué de dormir sans entendre mon cri ?

Je demeurai parfaitement immobile, mes poumons n'osant même pas prendre une inspiration.

Une porte grinça dans le couloir. Sante.

Je me mis en mouvement, poussant Conner loin de moi.

— Tu dois sortir. Tu dois *partir* ! lançai-je en succombant à la panique qui envahissait mes tripes.

Mon regard dévia follement vers la porte fermée de ma chambre, avant de se reposer sur Conner quand je me rendis compte qu'il refusait de bouger.

— Promets-moi que tu n'iras pas, demain, exigea-t-il sans aucune trace de remords.

Si je n'avais pas déjà été si écrasée par le désarroi, en pensant que Sante m'avait entendue, j'aurais été furieuse.

Toutefois, mes pensées étaient trop éparpillées pour que l'émotion m'atteigne.

— Tu dois y aller, *maintenant* !

Je claquai mes mains contre son torse, les larmes me brûlant les yeux.

— Em ? C'était toi ? demanda doucement mon frère à travers la porte.

Ma poitrine se comprima à cause d'un sanglot, la frustration tel un étau autour de mon cœur.

— Très bien, tu as gagné. Je n'irai pas. Pars, maintenant. *S'il te plaît.*

Cette fois-ci, il me laissa le pousser vers la fenêtre, ses sourcils se fronçant sous l'effet de la confusion, comme s'il avait voulu me manipuler, mais qu'il n'avait pas escompté une réaction si viscérale de ma part.

Je me fichais de savoir ce qu'il pensait. Je devais simplement le faire sortir de ma maison.

On frappa doucement à ma porte quand je poussai Conner dehors. Tandis que je levais les mains pour fermer la fenêtre, toute trace de victoire dans le regard de cet homme se mua en rage meurtrière. Levant les yeux, je vis ce qu'il avait remarqué. Je me rendis compte que la lumière de la lune s'était inclinée vers mes bras pour illuminer l'horrible anneau violet autour de mon poignet.

Nos regards se croisèrent, mais je n'avais pas le temps pour ça. Je fermai la fenêtre, avant de tirer les rideaux. Je mis de côté toute pensée concernant Conner alors que je me préparais à affronter les conséquences de ses actes.

La porte de ma chambre s'ouvrit violemment et Sante, les yeux écarquillés, croisa mon regard.

— Em ? m'appela-t-il avec une tendresse si déchirante et tant d'espoir que mon cœur se fendit en deux parties égales.

Je posai une main sur ma gorge, sachant que la supercherie était terminée.

— C'était un cauchemar, dis-je d'une voix rocailleuse.

Mon cri avait conféré à ma voix un grésillement qui me permettait de dissimuler mon mensonge et qui donnait l'impression que je n'avais pas parlé depuis des mois.

— Il m'a redonné ma voix, dis-je avec autant d'enthousiasme que possible malgré le pressentiment qui pesait sur moi.

Sante se précipita vers moi, me soulevant et m'attirant contre lui dans une étreinte écrasante. Un sourire sincère étira mes lèvres quand je vis sa joie. Il me fit tourner en rond, comme si nous venions tout juste de nous réunir après des années de séparation.

— C'est incroyable ! J'ai hâte de le dire à tout le monde.

Il me reposa sur mes pieds et m'embrassa affectueusement sur le front.

— Tu n'imagines pas comme je suis soulagé d'entendre ta voix. Elle m'a tellement manqué.

Je souris.

— Tu en es sûr ? Maintenant, je peux recommencer à te donner des ordres.

— J'aimerais bien te voir essayer, ma petite grande.

Son sourire fit passer ma chambre de la nuit au jour, tant il brillait.

— Oh, je le ferai. Comme maintenant. Tu dois retourner te coucher. On est encore au milieu de la nuit.

Sante saisit mon menton entre deux doigts.

— Je vais te laisser faire, cette fois-ci, en souvenir du bon vieux temps.

Il m'étreignit brièvement encore une fois avant de battre en retraite vers la porte.

— Bonne nuit, Em. Je t'aime.

— Moi aussi, je t'aime, Sante, répondis-je alors que les émotions me nouaient la gorge.

Une fois la porte fermée, je me retrouvai à nouveau seule dans l'obscurité de ma chambre, comme lorsque je m'étais couchée, quelques heures plus tôt. Pourtant, plus rien n'était pareil. Demain matin, papa serait au courant de ma guérison miraculeuse et j'ignorais totalement ce que cela signifierait pour moi.

ÉVEILLÉE, JE RESTAI ALLONGÉE PENDANT DES HEURES. AU début, mon cœur vibrait de fureur contre Conner, qui m'avait obligée à révéler mon secret. Il avait été curieux de savoir pourquoi j'étais toujours muette avec tout le monde, mais je n'aurais jamais imaginé qu'il me trahisse ainsi. Je fus ensuite frappée d'une vague de désespoir quand je me rendis compte que malgré ma colère, je ne le détestais pas pour ce qu'il avait fait. Sans doute était-ce à cause de la prise de conscience que j'avais lue dans son regard, lorsqu'il avait vu mon poignet. Auparavant, il ignorait totalement quelles étaient les conséquences de ses actes.

À présent, il était au courant.

Il savait que je n'étais pas simplement puérile. Il avait également la confirmation que mon père n'était pas un homme honorable. Cela l'obligerait-il à réévaluer l'alliance ?

*Mon Dieu, je n'espérais pas.*

J'avais besoin de Conner et de l'échappatoire qu'il m'offrait. Il était peut-être brutal et marié à sa carrière dans le monde de la corruption, mais je savais instinctivement qu'il n'était pas le même que mon père. Et de loin. Conner était de toutes les nuances de gris, ce qui m'empêchait de lui coller une étiquette générale. Il était donc difficile de savoir ce que j'éprouvais pour lui. La seule chose dont j'étais certaine, c'était ce qu'il faisait ressentir à mon corps. Mon entrejambe était resté gonflé et sensible, de la meilleure des manières, pendant une éternité après son départ.

Je n'avais jamais eu d'orgasme, par le passé. J'étais peut-être étrange, mais je ne m'étais jamais vraiment touchée. Je n'avais pas eu ce besoin, quand j'étais plus jeune, et après la mort de ma mère, cette éventualité était bien loin dans mon esprit. J'avais embrassé des petits amis et j'avais été pelotée, mais ça n'avait jamais été plus loin. J'avais ignoré que la jouissance causerait un besoin si explosif de crier. Si je l'avais su… l'aurais-je arrêté ?

Je n'étais pas sûre d'aimer la réponse à cette question.

Mon désir pour lui, à cet instant, avait surpassé tout le reste, plus ou moins. Peut-être qu'au plus profond de moi, j'avais anticipé le soulagement que je ressentirais en sachant que cette supercherie prenait fin. La légèreté de ce soulagement aidait à contrebalancer mon angoisse écrasante.

Encore une semaine.

Je pouvais certainement survivre une semaine jusqu'au mariage.

*Le mariage.*

Un frisson secoua mon corps tout entier.

Le 1er août, je serais unie pour toujours à l'homme qui s'était introduit dans ma chambre, qui m'avait séduite et contrainte. Avais-je une quelconque chance de me défendre contre lui ?

J'avais cru pouvoir épouser Conner et tenir à distance l'amour et le mariage, mais à présent… je n'en étais pas si convaincue. Rien, chez cet Irlandais, n'était assez net et propre pour le faire entrer dans une petite boîte sécurisée comme je l'avais espéré. C'était comme essayer de contenir un tremblement de terre : impossible. J'avais l'impression que je n'avais aucun contrôle sur moi-même ou sur la situation. Ce fut la raison pour laquelle je choisis d'aller avec Keir, malgré les objections de Conner. J'avais besoin de sentir que j'avais un semblant de maîtrise sur ma vie.

L'autre motivation derrière ma décision était plus puérile, mais je m'en moquais totalement. Les actes de Conner empestaient la jalousie. Pour quelle autre raison m'empêcherait-il de passer du temps avec son cousin ? Conner me voulait pour lui tout seul et une part tordue de ma personnalité aimait ça. Un psy mettrait sans doute ça sur le compte de l'absence de mon père pendant des années et de mes problèmes paternels concrets. Je m'en moquais. Savoir que Conner me voulait pour lui tout seul emplissait ma poitrine d'une chaleur étrange.

Et, de plus, j'aimais savoir que je pouvais lui donner l'impression d'être aussi impuissant que moi. On dit que le malheur aime la compagnie, *yada, yada.*

Je provoquais probablement cette bête, mais je ne pouvais m'en empêcher. La manière dont Conner me poussait à bout ne me laissait d'autre choix que de le pousser à bout également.

Plutôt que de disséquer ce dont il s'agissait, je m'obligeai enfin à me rendormir. J'aurais dû être dans le brouillard, le lendemain matin, à cause de mon manque de sommeil, mais l'adrénaline coula dans mes veines à la seconde où j'ouvris les yeux.

C'était le jour du jugement.

Je passai un peu plus de temps à m'occuper de mes cheveux et de mon maquillage. J'aurais fait n'importe quoi pour retarder l'inévitable. Une fois que je me fus pomponnée et bichonnée autant de temps que j'avais osé le faire, je descendis l'escalier à contrecœur. Papa était assis à la table de la salle à manger, avec son journal et son café, comme la plupart des matins. Sante faisait défiler l'écran de son portable et un large sourire apparut sur son visage quand j'entrai dans la pièce.

— Salut, Em !

Il se figea, le souffle coupé par l'attente.

Je lui lançai un timide sourire.

— Salut, Sante.

— Tu vois, papa ! Je te l'avais dit. N'est-ce pas merveilleux ?

Nous jetâmes tous les deux un coup d'œil à notre père. J'étais beaucoup moins enthousiaste que mon frère.

Le regard de papa me piqua au vif alors qu'il abaissait lentement le journal sur ses genoux.

— C'est stupéfiant. Après tout ce temps.

Je baissai les yeux et m'assis à ma place attitrée.

— On devrait organiser une fête pour célébrer ça, suggéra mon frère.

— Je crois que nous en faisons déjà assez pour le mariage, répondis-je en priant pour qu'il laisse tomber.

Je n'avais certainement pas envie d'attirer davantage l'attention sur moi.

— Eh bien, nous pourrions au moins aller dîner, rétorqua-t-il.

— C'est une merveilleuse idée, renchérit papa.

Mes poils se hérissèrent sur ma nuque.

— Pourquoi n'irais-tu pas voir Umberto pour lui demander de libérer mon agenda ? Ensuite, vous pourrez réserver une table au *Carbone*.

Sante me gratifia d'un clin d'œil, ignorant totalement la tension dans la pièce. C'était comme si nous vivions dans deux dimensions parallèles. Dans la sienne, papa était un dur à cuire, mais un père aimant qui faisait de son mieux pour être fort pour sa famille. Dans la mienne, nous n'étions que des marionnettes qui dansaient sur la folle mélodie de notre père.

Bien sûr, en tant qu'héritier mâle, Sante avait toujours reçu plus d'attention de la part de papa. Dans un sens, nous avions effectivement grandi dans deux réalités très différentes. Quand j'aurais l'occasion de lui dire ce que je savais, je nourrissais l'espoir qu'il serait prêt à envisager une vérité alternative.

Je tendis la main vers mon verre d'eau, espérant que mon tremblement était trop léger pour être perceptible. La table servait de barrière entre mon père et moi. C'était déjà bien, mais j'aurais préféré quelques centimètres de béton renforcé.

— Ne va pas imaginer que je ne vois pas la coïncidence entre le retour de ta voix et ton départ imminent de la famille.

Ses mots, prononcés d'une petite voix, s'enroulèrent autour de ma gorge et la serrèrent.

Si je faisais l'idiote ou si je le contredisais, je deviendrais une cible. Je ne pouvais que faire la morte et souhaiter qu'il passe rapidement à autre chose.

— Tu crois peut-être que tu auras un pouvoir quelconque, s'ils te soutiennent.

Je levai légèrement la tête, ayant désespérément envie d'éviter qu'il se mette en colère.

Mon père souleva son portable et jeta un coup d'œil à l'écran.

— J'imagine que ce serait assez facile de régler ça, dans ce cas. Je pourrais toujours te rappeler l'instabilité de ta situation.

Il tapa un bref message avant de poser le téléphone. Son regard sans âme atterrit sur moi.

Je chassai toute terreur de ma gorge avant de prendre la parole.

— J'aime trop ma famille pour la mettre en danger, affirmai-je doucement.

Mes mots semblèrent se glacer dans l'air arctique autour de nous et se fracasser sur le sol. Ils ne signifiaient rien pour un homme qui me faisait si peu confiance.

Un juron tonitruant brisa la tension depuis le couloir, arrachant directement mon cœur de ma poitrine. Je bondis, reconnaissant la voix de Sante. Le murmure de ses jurons continus se rapprochant était la seule chose qui me maintenait à distance d'une crise de panique totale.

— Tu vas bien ? criai-je en entendant mon frère entrer dans la cuisine.

— Oui, ce n'est que ma main, grommela-t-il. Umberto a accidentellement coincé mes doigts dans la porte. Ce n'était qu'un accident, mais ça fait super mal. J'ai peut-être un doigt cassé.

Le bruit de la porte du congélateur et le bruissement de la boîte à glaçons me parvinrent dans la salle à manger. Pendant ce temps, papa ne bougea pas un seul muscle. Je lui jetai un coup d'œil et mon regard dévia vers son portable avant de remonter vers lui, juste à temps pour voir un éclat malveillant étinceler dans ses pupilles.

Il avait fait ça.

Il avait fait du mal à Sante, son fils et héritier, pour m'envoyer un message.

J'avais envie de vomir sur la nappe blanche immaculée. Une part de moi avait espéré qu'il n'était pas aussi impitoyable que je l'avais supposé, mais il avait réussi à anéantir cette illusion. Fausto Mancini était un monstre assoiffé de sang.

Ma mâchoire se crispa pour contenir mon estomac rebelle ainsi qu'un besoin soudain de hurler un flot d'insultes contre mon père pitoyable. Je ne pouvais lui montrer l'attitude de défi qui grandissait en moi. S'il soupçonnait que j'allais agir contre lui, je ne pouvais prédire ce qu'il ferait.

— Il vaudrait peut-être mieux que tu ailles attendre ton chauffeur dans ta chambre. Ça te donnera le temps de réfléchir à la précarité de ta situation actuelle.

Cet ordre n'avait rien de subtil, mais je fus plus qu'heureuse d'obéir. Je ne voulais rien de plus qu'échapper à sa présence toxique pour toujours.

🔥

UNE HEURE PLUS TARD, je me glissai dans la Mercedes grise de Keir Byrne. Je l'avais pratiquement traîné hors de la maison quand Umberto l'avait laissé entrer. Papa avait disparu et je n'avais aucune envie de patienter et de prendre le risque de vivre une rencontre gênante. Heureusement, Umberto n'avait rien dit quand j'avais fui avec notre invité, et Keir avait sagement attendu que nous soyons dans la voiture pour me poser des questions.

— Traite-moi de fou, mais n'étais-tu pas muette encore hier ? demanda-t-il sans même regarder dans ma direction.

Je pris une profonde inspiration, me détendant sur le siège en cuir à chaque coup de volant qui m'emmenait plus loin de chez moi.

— Oui, c'est assez fou, mais hier soir, j'ai fait un cauchemar qui m'a fait crier. Manifestement, ça a libéré ma voix.

Je haussai les épaules.

— On dirait que c'est une raison de faire la fête.

Son regard se riva sur moi et sa vive intelligence se refléta dans ces profondeurs bleues.

J'eus l'impression très étrange qu'il n'était pas surpris le moins du monde, comme s'il avait déjà été au courant. Conner le lui avait-il dit ? Ils ressemblaient plus à des rivaux qu'à des confidents, mais que pouvais-je en savoir ? Ces Irlandais étaient un satané mystère.

— C'était inattendu, c'est certain.

Il glissa ses lunettes noires sur son nez. Elles avaient un rebord sur le côté faisant office de barrière entre nous. Non pas que cela fasse une grande différence. Ses yeux étaient plus comme des miroirs que des fenêtres. Tout, chez lui, avait visiblement été créé pour protéger et troubler, comme ces images 3D devant lesquelles vous deviez loucher pour voir l'image cachée. Il était un mirage et une illusion, dans son jean noir et ses bottes de cuir. Son T-shirt moulant exposait une pléthore de tatouages colorés qui contrastaient vivement avec sa personnalité solidement contrôlée – encore une autre pièce du puzzle viking. Je me demandai si quelqu'un avait déjà vu tout le tableau.

— Tu sais, peu de gens insisteraient auprès de mon père comme tu l'as fait et iraient à l'encontre de sa requête d'envoyer l'un de ses hommes avec nous.

Il me rendait curieuse. Suffisamment pour m'encourager à poser des questions.

Keir me lança un sourire narquois.

— Je ne suis pas allé à son encontre. Simplement, je ne me suis pas écrasé. On n'obtient jamais rien dans ce monde si on ne se bat pas pour l'obtenir.

— Ça sous-entend que tu ne voulais pas qu'Umberto nous accompagne. Pourquoi est-ce important pour toi ?

— N'est-ce pas évident ? demanda-t-il. Je voulais que tu sois seule.

Son regard se riva sur le mien avant de se braquer à nouveau sur la route.

Mon estomac plongea dans mes talons et tangua comme si nous avions pris un virage violent. Keir avait répondu à ma question tout en restant vague. Le malaise s'accumula à la base de ma colonne vertébrale.

— Tu es proche de Conner ? demandai-je en espérant que si je comprenais mieux leur relation, je saisirais la raison pour laquelle Conner avait été si catégoriquement contre l'idée que je parte en balade avec son cousin.

Je priais pour ne pas avoir négligé une menace pour ma sécurité. J'avais été convaincue que l'objection de Conner était enracinée dans la jalousie, mais j'étais dans de beaux draps si la cause était plus profonde.

— Nous avons grandi ensemble, nous tous, les enfants Byrne. Toute la famille est proche.

Il me jeta un nouveau coup d'œil et j'eus l'impression qu'il était en train de tâter le terrain, mais je ne savais pas vraiment pourquoi.

— J'imagine que te séparer de ta famille est une perspective écrasante.

J'époussetai une peluche invisible sur ma robe et haussai les épaules.

— La vie est une question de changements. Et je ne déménage pas à l'autre bout du pays.

— Tout de même, j'ai du mal à imaginer que tu as été élevée dans la haute estime des autres… familles. Des autres organisations. Ça a dû être un sacré choc.

Était-il… en train de remettre ma loyauté en question ? Pensait-il que j'étais une sorte de taupe ?

— Papa n'était pas souvent présent quand j'étais enfant, alors ce genre de choses ne faisait pas vraiment partie de mon monde, lui expliquai-je d'un ton ferme en raidissant ma colonne vertébrale.

— Parfois, il ne faut pas grand-chose. Quelques sous-entendus subtils peuvent teinter ton point de vue sur le monde, insista-t-il.

— Tout comme la cruauté. Elle remet les choses en perspective, plus que tout, et se concentre sur les priorités d'une personne ainsi que sur ses loyautés redéfinies.

Keir me dévisagea assez longtemps pour que je craigne que nous ayons un accident de voiture. J'espérais que s'il percevait où j'en étais, mon message serait bien reçu. Je me fichais de savoir qui travaillait pour qui. Tout ce qui comptait pour moi, c'était de protéger les gens que j'aimais.

Lorsqu'il regarda finalement la route, il grogna.

Je pris cela comme un signe montrant que j'avais réussi le test et nous restâmes tous les deux silencieux pour le reste de ce court trajet.

🔥

— NANA, Paddy, voici Noemi Mancini. C'est la fiancée de Connor.

Keir se décala et me présenta à ses grands-parents.

Je tendis la main en direction de Padrick Byrne, qui ignora mon offre et m'attira dans une étreinte.

— De malheureuse naissance italienne. Mais avec ces yeux verts, tu étais indubitablement faite pour les Irlandais.

Il recula et me fit un clin d'œil. L'accent irlandais de ses mots ajoutait à son allégresse, mais une vivacité dans son regard trahissait une force sous-jacente. Ils devaient avoir au moins quatre-vingts ans, mais j'avais la sensation que Paddy avait été parfaitement féroce à son époque.

Nana le chassa et prit mes deux mains dans les siennes, les écartant largement alors qu'elle me balayait du regard.

— Adorable, de la tête aux pieds, jeune femme. Viens ici.

Elle m'attira dans une étreinte.

— Nous sommes ravis de te rencontrer, ajouta Paddy. Mais pourquoi n'es-tu pas venue avec Conner ?

J'entrouvris les lèvres pour répondre, mais Keir me devança.

— Il était occupé et m'a demandé de l'amener pour qu'on passe vous voir.

— Ah, trop occupé pour nous ? Peut-être, mais sûrement pas pour une épouse si adorable. Je lui dirai ses quatre vérités la prochaine fois que je le verrai.

Nana me regarda en se rasseyant dans son fauteuil à bascule.

— C'est la première chose que tu devras apprendre : ne leur laisse aucune marge de manœuvre, pas à ces hommes Byrne. Ils s'en serviront et la transformeront en kilomètres.

Paddy grogna.

— Tu causes des ennuis au gamin avant même qu'il ait marché jusqu'à l'autel, Aine ? Calme le jeu.

Elle lui lança un regard qui aurait pu réduire en cendres une fleur tout juste éclose. Je dus me mordre les lèvres pour éviter de rire.

— Maintenant, dis-moi si je me trompe, poursuivit Paddy, mais j'aurais pu jurer qu'on m'avait dit que tu étais muette.

Il frotta sa mâchoire barbue avec sa main ridée et me scruta.

— Je l'étais, expliquai-je. Mais par un étrange revirement du destin, ma voix est revenue hier soir, après six mois d'absence.

Nana fit son signe de croix.

— N'est-Il pas toujours ainsi ? Il fait des miracles que nous ne pourrions qu'imaginer. Bon sang, la semaine dernière, Paddy a sorti la poubelle sans même que j'aie eu besoin de le lui demander.

Elle riva son regard ironique sur son mari.

Je souris, décrétant que j'adorais officiellement Nana Byrne.

Nous discutâmes plusieurs minutes avant que quelqu'un frappe à la porte d'entrée.

— Eh bien, qui ça pourrait être ? dit Paddy à personne en particulier en se levant.

Avant qu'il puisse rejoindre l'entrée, la porte s'ouvrit et se referma. Conner se joignit alors à notre petite fête.

— Quelle agréable surprise, Paddy ! s'écria Nana. Tu vois ce que je vois ? Conner est venu nous voir.

— Je suis vieux, pas aveugle, grommela le grand-père. Je suis ravi que tu sois venu, fils. C'est tout naturel.

Conner étreignit ses grands-parents avec un sourire affectueux.

— Je suis d'accord, Paddy. C'est tout naturel que je sois venu vous présenter mon épouse.

Il nous fusilla du regard tour à tour, Keir et moi.

Nana serra ma main avant de sourire.

— Et es-tu déjà au courant de l'incroyable nouvelle ? Notre fille peut à nouveau parler !

— À vrai dire, je le savais. J'ai eu la chance d'être le premier à le savoir, quand elle a *libéré* ses premiers bruits.

Le regard maléfique de Conner me cloua sur mon fauteuil et j'aurais soudainement souhaité pouvoir me fondre dans le tissu floral.

Nana et Paddy passèrent manifestement à côté de ce sous-entendu, mais Keir sourit narquoisement.

Des flammes léchèrent mes joues.

Si j'avais pu lui cogner le bras sans avoir l'air folle, je l'aurais fait.

— Je suis surprise que tu sois là, lui lançai-je plutôt. Je croyais que tu avais prévu autre chose.

— Pas du tout. J'essaie de rendre visite à Nana chaque fois que je le peux.

La vieille femme ricana.

— Ça, c'est une connerie ou je ne m'y connais pas.

Je toussai pour dissimuler vainement mon rire.

— Eh bien, continua Conner. Si je n'avais pas voulu vous

rendre visite, serais-je venu avec ceci ?

Il leva un sachet en papier que je n'avais pas remarqué dans sa main, et le tendit à sa grand-mère.

Le froncement de sourcils de Nana se mua en un sourire ironique.

— Tu es pardonné.

Elle saisit le sachet et jeta un coup d'œil à l'intérieur.

— Des bonbons à l'orange ! Tu sais que je les adore.

Elle sortit un bonbon gélatineux à l'orange et en mordit un côté comme s'il s'agissait de la gourmandise la plus précieuse connue de l'homme. Admettons, c'était le genre de friandises sympathiques qu'on devait acheter dans une boutique spécialisée, ce qui signifiait que Conner *avait* prévu de venir. Je me demandai s'il l'avait fait de sa propre volonté ou s'il avait soupçonné dès le début que je lui tiendrais tête.

— On ne peut pas manger de bonbons sans boire du thé, remarqua Nana. Assieds-toi, Conner. Paddy, va nous chercher du thé.

Le vieil homme fronça les sourcils en la regardant, mais se leva et sortit de la pièce d'un pas traînant.

— Tu dois essayer l'un de ceux-là, jeune fille, dit la vieille dame en me tendant le paquet ouvert. Ce sont mes préférés.

Ravie de lui obéir, je tendis la main et retirai une tranche en demi-cercle avant de croquer dedans. Lorsque je jetai un coup d'œil à Conner, comme je sentais son regard peser sur moi, je fus choquée par la fureur pure qui durcissait ses traits. Je me rendis alors compte que son regard était posé sur mon poignet, où je portais encore le bracelet en or pour couvrir les traces de mon hématome. Il consacrait toute sa maîtrise à se retenir d'agir. Il insisterait pour avoir une explication quand nous serions seuls, mais pour l'instant, j'avais un moment de répit.

# 22

*Conner*

J'avais dû sortir le cul groggy de Bishop de son lit pour qu'il s'entraîne avec moi à la première heure, ce matin-là. Il avait veillé la majeure partie de la nuit pour achever l'Albanais, mais je me fichais qu'il soit fatigué. J'avais désespérément besoin d'évacuer la tempête d'émotions qui assombrissait mes pensées depuis que je m'étais glissé par la fenêtre de la chambre de Noemi.

Dire que je me sentais terriblement mal était un euphémisme. Elle m'avait déclaré qu'elle n'était pas prête pour que son père sache qu'elle pouvait parler. Au lieu de respecter ses souhaits, j'avais été frustré qu'elle ne s'explique pas et lui avais forcé la main. C'était digne d'un salaud, et je n'aurais jamais fait ça si j'avais eu la moindre idée que les choses allaient si mal.

À la seconde où j'avais vu l'anneau sombre marquant sa peau, j'avais eu envie de rentrer à nouveau par effraction et d'exiger des réponses, mais j'en avais déjà suffisamment fait. J'avais eu des difficultés à m'endormir, en me demandant si son père l'avait blessée à cause de ce que j'avais fait. Je n'avais aucune preuve directe indiquant qu'il était responsable de l'ecchymose, mais c'était parfaitement logique. Son silence et l'hématome étaient liés. Bien que je ne sache pas comment.

Pourquoi serait-il furieux de savoir qu'elle pouvait parler ? J'étais loin de deviner la réponse.

L'inquiétude qui me rongeait et la frustration expliquaient en partie pourquoi je m'étais pointé chez mes grands-parents. Je savais qu'elle prévoyait tout de même de me désobéir et j'avais eu besoin de la voir, de m'assurer que son père n'avait pas posé la main sur elle. S'il s'en prenait à elle à cause de moi, je ferais pire que le brûler vif.

Je n'étais pas du genre à avoir des regrets. Je pouvais compter le nombre de fois où j'avais regretté mes actes sur les doigts d'une main, mais la nuit dernière en ajoutait une au décompte. Je ne regrettais pas de l'avoir touchée – ces ébats avaient été une pure perfection. Son corps s'était éveillé pour moi. J'avais adoré chaque seconde quand son corps s'était tortillé sous le mien, mais je n'aurais jamais dû la manipuler ainsi.

Cette culpabilité écœurante s'accrochait à moi comme le sel à l'eau de mer, tel un rappel constant de ce que j'avais fait. Cela avait suffi à maîtriser ma mauvaise humeur quand j'avais vu Noemi avec Keir. Il n'était pas du genre à voler la femme d'un autre. Pas exactement. Mais étant l'un des deux hommes sur le point de reprendre le contrôle de notre famille, il me surclassait dans la hiérarchie. S'il décidait qu'il serait mieux pour la famille qu'il s'engage lui-même dans cette alliance maritale, je ne pourrais pas faire grand-chose.

Cette possibilité persistante ainsi que la culpabilité me poussèrent à sortir une petite boîte bleue de ma poche. Je n'avais pas prévu de lui donner la bague devant tout le monde. Tout en moi était imprévisible en ce qui la concernait. Tout ce que je savais, c'était que je voulais voir ma bague à son putain de doigt afin que tout le monde sache qu'elle m'appartenait.

Elle était à moi, en grande partie.

— Je viens juste de récupérer ça chez le bijoutier, lançai-je. Une mariée ne peut se passer d'une bague.

Noemi écarquilla les yeux.

La satisfaction gonfla dans ma poitrine. J'aimais la surprendre.

Lui prenant la main, je l'aidai à se lever et ouvris l'écrin. Ce n'était pas une bague de fiançailles traditionnelle avec un diamant. Nous n'étions pas un couple standard. J'avais pensé que le saphir rectangle nous correspondait bien et, à en juger par le haussement de ses sourcils, j'avais eu raison. L'anneau en platine lui allait parfaitement.

Je me penchai et embrassai Noemi sur la joue avant de chuchoter :

— Comme ça, tu n'oublies pas à qui tu appartiens.

Elle déglutit et le rouge monta dans son cou.

Il était troublant de réaliser à quel point j'aimais l'intégralité de ce moment – voir ma bague à son doigt et sa manière de réagir face à moi. Je n'arrivais même pas à me préoccuper de la petite fortune que j'avais dépensée pour ce satané truc.

— Eh bien, jeune fille. Laisse-moi voir ! lui dit Nana avec enthousiasme. Oh, Conner. Elle est époustouflante.

Tandis que les deux femmes se rapprochaient, j'attirai l'attention de Keir et fis un signe vers l'entrée de la maison. Il se leva et me suivit dehors, un infime sourire taquinant le coin de ses lèvres. Nous étions une famille, mais parfois, j'avais envie de le frapper au visage pour effacer cette arrogance.

— Dis-moi que nous ne sommes pas sortis pour nous battre à cause d'une femme, déclara-t-il d'une voix insouciante et amusée.

— Non, à moins que tu croies que c'est nécessaire. C'est ma putain de fiancée, après tout.

Il se contenta de me fixer de son regard glacial perturbant. Il releva très légèrement le menton, pour m'indiquer qu'il était surpris que je me sois approprié cette nouvelle étiquette si rapidement. Je refusais de lui donner satisfaction en lui montrant que sa provocation avait fonctionné, alors je laissai couler.

— Quand on en aura fini ici, je la ramènerai chez elle, l'informai-je.

Keir haussa ses sourcils blonds.

— Son père n'était pas prompt à me laisser m'occuper d'elle. Je ne sais pas vraiment ce qu'il pensera si je te la confie.

— Je me fous de ce qu'il pense. C'est avec lui que je veux avoir une discussion, concernant les ecchymoses sur son poignet.

L'aîné de mes cousins se figea comme un morceau de granit taillé.

— Vraiment ?

— Je le soupçonne. C'est pour ça que je dois passer chez lui.

— Tu as besoin d'aide ? me demanda-t-il calmement.

La plupart des gens pensaient que Keir était imperturbable, qu'il était parfaitement impassible, mais je le connaissais mieux que ça. Je l'avais vu, enfant, se faire traîner loin des combats, de la salive sur le menton et la folie régnant dans son regard. La seule raison pour laquelle il se contrôlait autant, à présent, c'était parce qu'une tempête d'émotions bouillonnait constamment sous la surface. Et en de tels moments, je sentais à quel point ces émotions insistaient pour se libérer.

— Non, je gère. Je ne veux pas le mettre en colère avant que le marché soit conclu. Je dois juste imposer quelques règles.

Keir acquiesça.

— Dis-le-moi s'il y a du changement.

Mon cousin avait été ravi de se moquer de moi à cause de mes sentiments pour Noemi, mais lorsqu'il s'agissait de violences faites à une femme, aucun de nous n'avait le sens de l'humour. Je savais qu'il me soutiendrait.

Il était maintenant temps d'obtenir des réponses de la part de ma future épouse. Le trajet du retour promettait d'être intéressant...

# 23

Ni bleu-vert ni turquoise… la pierre parfaite sur ma main était d'un bleu riche et profond.

La teinte exacte des yeux de Conner.

*Comme ça, tu n'oublies pas à qui tu appartiens.*

Alors que je m'installais dans sa voiture, une heure plus tard, les mots se rejouèrent dans mon esprit et mon regard était rivé sur la bague. Ce n'était pas accidentel si la pierre qu'il avait choisie pour moi donnait l'impression d'avoir été faite du même matériau que ses iris remarquables.

J'ignorais ce que je ressentais à ce sujet.

À certains égards, le geste paraissait personnel. Intime. Si un petit ami de longue date avait mis autant de réflexion dans une bague, je me serais pâmée devant le romantisme de son choix. J'aurais un morceau de lui, avec moi, pour toujours. Mais nous n'étions pas dans cette situation. Y avait-il une réelle chance pour qu'il ait vraiment des sentiments pour moi, ou n'étais-je qu'une autre de ses acquisitions et la bague, sa marque ?

Je frottai la douleur étrange qui ondulait dans ma poitrine.

— À quelle fréquence ?

Sa douce voix était comme du chocolat liquide empoisonné à l'arsenic.

— Quoi ? fis-je, confuse.

— À quelle fréquence lève-t-il la main sur toi ?

Évidemment. J'avais su qu'il me le demanderait quand Keir m'avait indiqué que Conner me ramènerait chez moi, mais la bague m'avait distraite. Une pierre précieuse de huit carats avait cet effet-là sur une femme.

Je pris une profonde inspiration purifiante.

— Avant, il ne s'intéressait jamais à moi, expliquai-je en sachant que je devais lui révéler au moins quelque chose. Après la mort de maman, les choses ont changé. Ce n'est pas si terrible. Mais il se met facilement en colère.

Conner garda son regard rivé sur la route, mais sa fureur était flagrante, à en juger par ses articulations blêmes autour du volant.

— Il faisait ce genre de conneries avec ta mère ?

À nouveau, cette douleur brûla ma poitrine.

— S'il le faisait, je n'en ai jamais été témoin. Je me suis posé la même question à maintes reprises, mais je ne crois pas que j'aurai un jour la réponse.

— Ton frère le laisse te faire ça ?

Je tournai brusquement la tête, les yeux écarquillés.

— Non ! Bien sûr que non. Sante n'en a aucune idée. Je t'interdis de rejeter la faute sur lui.

Conner me regarda, comme pour m'avertir silencieusement qu'il rejetterait la faute sur n'importe qui s'il le souhaitait. Je me renfonçai sur mon siège en soufflant et entrouvris les lèvres pour rétorquer quelque chose, mais je n'en eus jamais l'occasion. La voiture se braqua soudain d'un côté et le haut de mon corps heurta la portière.

Conner aboya un juron meurtrier, s'agrippant fermement au volant pour tenter de corriger notre trajectoire.

— Qu'est-ce que c'était ? hurlai-je en essayant de voir ce que nous avions touché.

— Regarde devant toi, Em. Baisse la tête, m'ordonna-t-il. Quelqu'un a envie de mourir.

Il grogna cette dernière phrase, son regard sur le rétroviseur.

Une nouvelle fois, la voiture derrière nous fonça dans notre pare-chocs arrière, faisant zigzaguer la BMW de Conner vers le bord de la route. Les Byrne vivaient en périphérie de la ville, dans l'un de ces rares quartiers avec des arbres ainsi que des routes vallonnées et ponctuées de virages. Encore quelques kilomètres et nous serions de retour sur l'autoroute, mais je n'étais pas certaine que nous irions aussi loin.

Une rivière glaciale jonchée de peur coula sous la surface de ma peau. Lorsqu'un bruyant coup de feu résonna à mes oreilles, mon cœur endiablé loupa toute une poignée de battements.

Rien ne se produisit pendant une seconde. Ce fut suffisant pour que la confusion me submerge. L'arrière de la voiture vibra et rebondit, annonçant qu'un pneu était crevé.

— *Connards*, cracha Conner en s'agrippant au volant du véhicule devenu subitement difficile à manier.

Ils avaient tiré dans l'un de nos pneus. Nous avions accéléré pour nous éloigner de nos poursuivants et, désormais, nous étions au bord du chaos total.

Des souvenirs des voitures à côté desquelles nous roulions à toute allure et des cris affolés de ma mère m'assaillirent. Je visualisai du verre brisé, du sang qui s'accumulait, du métal tordu et plié alors que de la vapeur et de la fumée s'élevaient dans l'air.

La terreur se mêla fermement au chagrin pour brouiller mon champ de vision et catapulter mon pouls à des niveaux dangereux.

— Maman ! criai-je. *Non*, maman !

Un bras s'écrasa contre ma poitrine juste avant que mon corps ne se balance d'un côté puis de l'autre. Des crissements de pneus me parvinrent aux oreilles et noyèrent presque le flot de jurons masculins.

Mon passé et mon présent s'embrouillaient tandis que je ne trouvais aucune logique là-dedans. Lorsque la voiture freina brutalement, j'étais trop désorientée pour réfléchir. Je savais seulement que je devais la sauver.

— Maman, *s'il te plaît*, ne meurs pas.

Je m'agrippai à ma ceinture de sécurité. Les larmes coulaient sur mes joues et ma respiration devenait superficielle et frénétique.

— Accroche-toi, maman. J'arrive. J'arrive.

Je ne réussissais pas à détacher cette satanée ceinture de sécurité. Mes doigts faiblissaient et tremblaient, incapables de trouver le bouton, ce qui ne fit qu'accentuer ma panique.

Je ne pouvais pas respirer.

Je ne pouvais rien voir et je ne pouvais pas respirer. Je ne savais pas ce qu'il se passait.

— Em, chérie. Calme-toi.

Deux grandes mains se posèrent de chaque côté de mon visage et m'obligèrent à pivoter.

— *Chhut*, chérie. Ce n'est rien. Tu es ici, avec moi. Je vais m'occuper de toi.

Des yeux bleus comme des cristaux. Conner.

Ce n'était pas ma maman.

Ma respiration ralentit lorsque je glissai à nouveau vers la réalité. J'étais dans la voiture de Conner et elle avait été heurtée, mais nous allions bien.

Il m'essuya les joues avec ses pouces rêches, son regard brûlant le mien.

— J'ai besoin que tu te calmes, Noemi. Ce n'est pas encore terminé, dit-il d'une voix douce, mais pressée.

Je tentai de regarder l'arrière du véhicule. Cependant, il garda mon visage dirigé vers le sien.

— Regarde-moi, chérie. Maintenant, j'ai besoin que tu t'asseyes par terre et que tu ne fasses pas un bruit. Tu peux faire ça pour moi ?

Je hochai la tête.

— Tu es gentille, chuchota-t-il avant de baisser une main pour libérer ma ceinture de sécurité.

Il ouvrit ensuite la boîte à gants dans un clic pour récupérer un revolver noir. Il jeta un coup d'œil vers le sol, comme pour me donner un ordre silencieux.

Je me faufilai dans l'ombre.

Conner tira sur la glissière de son arme et posa la main sur la poignée de la portière.

Une nouvelle vague de peur me noua soudainement la gorge. Il allait sortir pour les affronter. Pour affronter les hommes qui voulaient nous voir morts. Et s'ils le tuaient ? Pourquoi cette idée engendrait-elle une telle terreur ? Avais-je simplement peur de retourner chez mon père ou y avait-il plus ?

Lorsque j'imaginai le regard vibrant de Conner devenir vide et fixe, comme je l'avais vu chez ma mère, mes paupières se fermèrent brusquement, rejetant violemment cette image. Je ne voulais pas le perdre. Cette pensée même me tourmentait.

Je haletai et tressaillis quand il ouvrit la portière. Il ne sortit pas immédiatement. Il attendit que les coups de feu tirés derrière nous cessent. À la seconde où ils marquèrent une pause, Conner sauta. Une série de coups de feu provenant de son arme résonnèrent bruyamment dans l'air autour de nous.

Je collai mes mains sur mes oreilles et un nouveau flot de larmes coula sur mes joues. Je ne m'étais pas rendu compte que j'avais à nouveau fermé les yeux, jusqu'à ce que le silence me pousse à ouvrir mes paupières scellées.

J'étais seule.

J'écarquillai les yeux, comme si cela allait m'aider à voir ce qu'il se passait, au-delà des confins de ma prison mentale. Je tendis l'oreille pour entendre plus que mon pouls tambourinant, mais aucun bruit ne me vint aux oreilles jusqu'à ce qu'une voiture passe à toute vitesse à côté de nous. Cette distraction provoqua une autre volée de balles.

Était-ce Conner qui tirait ou notre assaillant ? Mon Dieu, je détestais ignorer ce qu'il se passait.

Quelques secondes plus tard, j'entendis un enchaînement de bruits sourds ainsi que des jurons gutturaux. Un combat.

*Conner devait être aux prises avec quelqu'un d'autre.*

Étions-nous poursuivis par plus d'un homme ? Et s'il était

en infériorité numérique ? Je mordillai inlassablement ma lèvre, dépassée par mon impuissance.

Lorsqu'un unique coup de feu résonna, suivi par un silence assourdissant, je fus obligée de jeter un coup d'œil. Me glissant sur le siège passager, je fis de mon mieux pour rester cachée, tout en me rapprochant de la portière toujours ouverte. Une fois en position pour sortir précipitamment si nécessaire, j'inspectai chaque côté afin d'évaluer la situation.

Conner était debout et le revolver était toujours dans sa main tendue. Son torse s'élevait et retombait rapidement, son regard était sur la gauche tandis que son arme demeurait pointée vers ce que je supposais être quelqu'un, par terre.

Je posai un pied au sol, avec précaution, et me levai pour jeter un coup d'œil par-dessus le toit de la voiture. Une cascade d'événements se succéda alors dans un éclair.

Remarquant mon apparition, Conner tourna brusquement la tête dans ma direction alors qu'un coup de feu ricochait sur le toit en métal à quelques centimètres de mon visage. Je me couchai par terre, mais réussis à apercevoir un homme qui s'enfuyait des lieux en courant.

— *Seigneur*, rugit Conner en tirant une salve de coups de feu au loin avant de se hâter vers moi. Est-ce qu'il t'a touchée ? Tu es blessée ?

Son regard parcourut mon corps.

Je secouai la tête.

— Il ne m'a pas touchée. Sont-ils toujours là ?

S'accroupissant à côté de moi, Conner inclina la tête en arrière pour prendre une longue inspiration.

— Pas exactement. L'un d'eux est mort et l'autre s'est enfui.

— Tu sais qui ils étaient ou ce qu'ils voulaient ?

Cette fois-ci, lorsque nos regards se croisèrent, il me dévisageait d'un air vengeur et furieux.

— Les Albanais.

Ces mots furent crachés avec un dédain toxique. Je ne connaissais pas leurs antécédents, mais une chose était certaine : Conner les détestait.

— Remonte dans la voiture. Je vais mettre la roue de secours et te ramener chez toi.

Je m'exécutai.

Tandis que j'attendais qu'il change le pneu, la voiture s'emplit d'une incertitude étouffante qui se mua en gêne. Mes émotions étaient un fatras en vrac. J'avais beau essayer de ne pas y penser, mon esprit ne cessait de retourner vers les mains de Conner posées sur mon visage, vers ses yeux à quelques centimètres des miens et vers ses mots, qui avaient été comme un baume pour mon cœur souffrant. Il avait été si incroyablement mignon.

*Chhut, chérie. Ce n'est rien... Je vais m'occuper de toi.*

Ses mots se répétèrent indéfiniment dans ma tête. J'avais été parfaitement hystérique. Il était tout à fait logique qu'il doive me calmer avant que nous finissions par nous faire tirer dessus, mais mon cœur voulait analyser ses actes. Je voulais qu'il tienne à moi.

Je ne pouvais qu'imaginer ce qu'il pensait de moi, maintenant qu'il m'avait vue perdre totalement la tête. J'étais devenue totalement tarée.

Soupirant, je posai mon coude sur la portière et ma main sur mes yeux, priant pour que la journée s'achève bientôt.

Lorsque Conner se glissa sur le siège conducteur, ses yeux cobalt s'étaient complètement glacés. Peu importait la nature de ses pensées volatiles, je n'allais pas les interrompre. Nous restâmes tous deux silencieux pour le reste du voyage.

Pour la première fois en six mois, j'étais soulagée d'arriver à la maison. Conner me raccompagna jusqu'à la porte. Je m'attendais à ce qu'il parte une fois qu'Umberto eut ouvert, mais il demanda à voir mon père et m'ordonna de monter à l'étage. Je n'avais pas le courage ni le désir de le contredire. Cependant, une fois que j'eus atteint ma chambre, je me rendis compte qu'il y avait plus d'une raison pour que Conner s'entretienne en privé avec mon père. J'avais supposé qu'il souhaiterait lui parler de notre expérience de mort imminente et j'avais oublié ce dont nous avions discuté quelques minutes avant que cela se produise.

Conner confronterait-il mon père à propos des blessures qu'il m'infligeait ?

Une panique écrasante me submergea et elle ne concernait pas ma propre sécurité. Pour la seconde fois en quelques heures, je m'inquiétais pour Conner.

# 24

Conner

— Y A-T-IL UNE RAISON POUR QUE TU SOIS COUVERT DE sang ? demanda nonchalamment Fausto Mancini quand il me rejoignit dans l'entrée de sa maison.

J'avais déjà tué un homme, aujourd'hui, et mes mains me démangeaient d'arracher la vie d'un autre. Voir Fausto, quand je savais qu'il avait maltraité sa fille, fit remonter une rage meurtrière à la surface. Je dus faire appel à toute ma maîtrise pour avoir l'air calme.

— J'ai rencontré quelques problèmes sur le chemin du retour jusqu'ici.

Son regard dévia vers l'escalier.

— Je comprends que ma fille est revenue saine et sauve ?

— Elle n'est pas blessée, mais secouée. Je l'ai envoyée dans sa chambre.

Je me rapprochai lentement. Mon regard se baissa vers mes mains jointes devant moi.

— Les choses auraient pu se passer bien différemment. Noemi aurait pu être blessée et, bien que nous ne soyons pas encore techniquement mariés, je considère qu'elle est sous ma responsabilité.

Je levai les yeux et lui lançai un regard vicieux.

— Si quelqu'un faisait du mal à une femme sous ma protection, je taillerais ce salopard en pièces. J'ai tiré sur l'un de ces hommes, aujourd'hui, et lorsque j'attraperai l'autre, il se dira qu'il aurait aussi préféré ça.

— Et pourquoi me dis-tu cela ? s'enquit Fausto alors que sa lèvre commençait à se retrousser.

— Je me disais simplement que ce serait bien pour toi de le savoir, en tant que futur beau-père. Je protège ce qui est à moi.

Je ne l'avais pas critiqué ouvertement, mais je ne doutais nullement que mon message avait été reçu.

— Si tu veux bien m'excuser, je dois m'occuper de certaines affaires.

Je hochai légèrement la tête et pris congé. La dernière trace de civilité en moi avait expiré.

Il avait été agréable de le confronter. Je voulais que ce salaud sache que je le surveillais. Autrement, je n'aurais pas été à l'aise à l'idée de laisser Noemi sous sa garde. S'il savait que j'en avais après lui, il comprendrait qu'il ne pouvait s'en sortir avec ses conneries.

Néanmoins, par précaution, je me persuadai qu'il valait mieux contacter le chef de famille pour requérir un entretien. Les Italiens fonctionnaient selon une structure et des règles. En tant que simple chef, Fausto n'aurait pas la capacité de prendre de quelconques décisions cruciales à propos de l'alliance. Il serait plus prudent de tenir informé le patron des Moretti de mon point de vue, au cas où Fausto commencerait à répandre des mensonges. Je ne voulais pas que cet accrochage se transforme en guerre.

🔥

DEUX HEURES PLUS TARD, j'avais garé ma voiture dans un garage et emprunté la Mustang jaune détestable de Bishop pour retrouver Renzo Donati dans un bureau, près des docks. Chacune des Cinq Familles était spécialisée dans un domaine particulier. Les Moretti n'étaient composées que de cols bleus – travailleurs dans la sidérurgie, chauffeurs de poids lourds et dockers.

Le père de Renzo, Agostino, était à la tête de l'organisation. Il était le Don, le patron, ou peu importait comment ils aimaient l'appeler. J'aurais aimé discuter avec lui, mais une audience avec le boss était rare. J'allais devoir me contenter de son fils, le lieutenant.

Je n'avais jamais rencontré cet homme par le passé. Toutefois, mes premières impressions m'assurèrent que lui et moi parlions la même langue. À vrai dire, l'éclat perspicace dans son regard me rappelait Keir.

Renzo était futé.

Cela se remarquait clairement depuis la coupe luxueuse de son costume de créateur jusqu'à sa démarche nonchalante et assurée. Il n'était pas pompeux ni tape-à-l'œil, il transpirait simplement d'une autorité confiante.

— C'est assez peu orthodoxe. Vous devez le savoir, me dit Renzo en guise de salutations.

— J'ai conscience qu'habituellement, mon oncle vous contacterait en tant que dirigeant de notre organisation, mais ce sujet était quelque peu délicat. J'ai donc opté pour la discrétion plutôt que la formalité.

Le mafioso lourdement tatoué leva le menton, indiquant que j'avais piqué sa curiosité.

— Je crains que Fausto Mancini tente de retirer sa fille de notre accord, continuai-je.

— Ah oui ?

— C'est une possibilité, oui.

— Et qu'est-ce qui vous fait penser ça ? demanda-t-il.

— C'est là qu'intervient le sujet délicat.

Renzo fit lentement les cent pas devant une grande fenêtre donnant sur la baie.

— J'ai appris que vous aviez été victimes d'une attaque éprouvante, aujourd'hui. Si Fausto craint pour la sécurité de sa fille, cette inquiétude me semble raisonnable.

Le sous-entendu selon lequel j'étais un danger pour Noemi ne me dérangeait pas. Il devait me soutirer la vérité et je savais que mes positions étaient fermes.

— Si un adversaire nous causant des ennuis suffisait à rendre un mariage impossible, aucun de nous n'aurait de femme, dis-je en le fixant du regard. Je vais protéger Noemi, tout comme je l'ai fait aujourd'hui. Je ne vois aucune raison pour que notre alliance échoue à cause des peurs infondées d'un père.

Je poursuivis sur un ton légèrement méfiant :

— Et, de plus, j'ai découvert qu'elle a beaucoup plus de risques d'être blessée sous le toit de son père que sous ma protection.

Je laissai mon insinuation dériver dans l'air entre nous, mon regard inébranlable ne quittant jamais le sien.

Renzo demeura parfaitement immobile.

— C'est une lourde accusation.

— Un sujet délicat, n'est-ce pas ?

Il releva légèrement le menton avant de reporter son attention vers la fenêtre.

— Vos inquiétudes ont bien été notées.

Renzo ne me donna aucune indication sur ce qu'il allait faire de l'information que je lui avais transmise, dans le cas où il ferait quelque chose. Mon intuition me dit tout de même qu'il était un homme honorable. J'avais remarqué un minuscule tressaillement dans son œil droit lorsque j'avais remis en question la sécurité de Noemi. Je me trompais peut-être, mais j'avais l'impression qu'il ne tolérait pas plus les violences domestiques que moi.

Le nœud serré dans mon estomac depuis que j'avais été attaqué se relâcha enfin.

— J'apprécie le temps que vous m'avez consacré, Donati. Transmettez mon amitié à votre père.

Il acquiesça, me signalant que j'étais congédié. Ça me convenait. J'avais dit ce que j'étais venu dire. Désormais, il était temps de passer à ma prochaine affaire.

À la seconde où je retournai dans la Mustang, j'appelai Bishop et lui donnai la plaque d'immatriculation de la voiture qui nous avait pris en chasse.

— Vois ce que tu peux trouver sur le propriétaire. Je doute qu'il soit directement associé à ces salopards qui nous ont poursuivis, mais ça peut être une piste. Je veux qu'on trouve cet enfoiré.

— Oui, monsieur. Tu viens à la salle de sport, aujourd'hui ?

Je n'avais toujours pas nettoyé mes articulations, après m'être ouvert la main quand je m'étais battu contre l'Albanais. Cela avait valu chaque goutte de sang versée, mais j'en avais assez pour la journée.

— Peut-être demain.

Une fois que j'aurais eu toute une journée pour penser à ce qu'il s'était passé et à l'effroi de Noemi, j'aurais besoin d'un exutoire, bien que mes articulations soient encore souillées.

— J'y compte bien, répondit Bishop avant de raccrocher.

Mon Dieu, j'espérais que nous trouverions ce salaud. Je ne pouvais lever la main sur le père de Noemi ou la libérer du traumatisme qu'elle portait en elle, mais je pouvais faire souffrir ce putain d'Albanais et j'en apprécierais chaque minute.

# 25

LE COUP DE FEU AUQUEL JE M'ÉTAIS PRESQUE ATTENDUE NE retentit jamais. Je ne savais pas qui était plus apte à tirer en premier, mais compte tenu de la colère de Conner et de l'instabilité de mon père, je fus surprise du calme remarquable au rez-de-chaussée. Ce calme était menaçant.

Je me souvins du silence qui m'avait poussée à jeter un coup d'œil par-dessus le toit de la voiture. La force implacable de Conner, alors qu'il se tenait là, l'arme toujours brandie, avait été glaçante. Il était capable de tuer, ça n'était pas un secret, mais en témoigner en vrai était une autre histoire, surtout qu'il l'avait fait pour nous sauver. Le regarder tuer un autre homme aurait dû m'horrifier pour plusieurs raisons. Pourtant, je ne pouvais ressentir qu'une bouffée de soulagement. Je serais morte si Conner n'avait pas impitoyablement poursuivi ces hommes.

Se taire pour toujours.

Mon père n'aurait jamais payé pour ce qu'il avait fait, et cela aurait été ma faute parce que je n'avais rien dit. Assise dans la tranquillité de ma chambre, je me rendis compte que j'en avais assez de perdre du temps. Je devais dire la vérité sur la disparition de ma mère à mon oncle Donati.

— Quels putains de *mensonges* leur as-tu racontés ?

Mon père entra furieusement dans ma chambre, les dents serrées par la colère.

— Je *savais que* tu ouvrirais ta putain de gueule.

Je ne l'avais jamais vu si délirant.

Je tentai de me hâter vers mon lit, mais il était trop tard. Il empoigna mon T-shirt et m'attira contre lui. Nos visages n'étaient qu'à quelques centimètres. Il était si proche que je sentais la démence émaner de lui. Je m'obligeai à ne pas lutter, même si j'avais l'impression qu'il avait profondément atteint ma poitrine et qu'il enroulait ses poings autour de mes poumons pour me priver d'air.

— Peu importe ce que tu as fait, tu vas régler ça. Tu m'entends ? Si tu crois qu'une fois que tu seras mariée, tu seras libre de faire ce qu'il te chante, tu devrais y repenser. Nous sommes du même *sang*. Tu es liée à moi, avant les autres, et si tu oublies ça, ton frère paiera. Si tu gâches tout, je te garantis que tu le sentiras passer.

Je n'avais jamais entendu une promesse de violence si claire dans ses paroles. Cet homme était totalement déchaîné.

N'attendant pas de réponse, il me poussa. Je tombai sur le

lit, ma tête se cognant contre le bord de ma table de nuit. Je grimaçai et fermai les yeux. Lorsque je les rouvris, papa était parti.

Je me frottai le crâne avec précaution, espérant que je n'allais pas finir avec un œuf de pigeon.

Pourquoi s'inquiétait-il tant de ce que les Irlandais pensaient de lui ? Pourquoi était-il si investi dans ce mariage et cette alliance ?

Je ne pouvais même pas deviner ce qu'il pensait, car je ne connaissais clairement pas cet homme. Après vingt ans sous le même toit, mon père était toujours un véritable inconnu.

Je rejetai une vague grandissante de remords et m'agrippai fermement à ma détermination. Descendant du lit, je récupérai le téléphone prépayé sous mon matelas et le mis dans ma poche avant de me faufiler hors de ma chambre.

Il me fallait trouver un endroit où papa ne m'entendrait pas. Décrétant que le garage serait ma meilleure option, je descendis au rez-de-chaussée et partis à l'arrière de la maison, en tentant de ne pas me faire remarquer. Je ne voulais pas avoir l'air suspecte, si quelqu'un regardait des caméras secrètes.

*Écoute-toi. Comment ta vie est-elle devenue si folle ?*

Je n'en avais aucune idée. Une minute, j'étais une adolescente normale obtenant son bac, puis ma mère était morte et mon père absent avait commencé à flipper. Quant à moi, je manigançais pour m'enfuir avec mon frère.

Peut-être que je pouvais gagner assez d'argent pour m'échapper en vendant mon histoire à Lifetime TV.

Je secouai la tête, sortant mon portable dans un coin sombre du garage. Je composai le numéro de Pippa, priant pour qu'elle réponde malgré le numéro inconnu.

— Allô ?

Sa voix était teintée d'hésitation et d'un soupçon d'agacement.

— Pip ? C'est moi.

Je ne pus m'empêcher de sourire en imaginant le choc sur son visage.

— Em ? C'est *toi* ?

— Oui ! J'ai retrouvé ma voix hier soir.

— C'est merveilleux ! dit-elle avant que son enthousiasme ne s'atténue. Attends. Pourquoi tu m'appelles avec un numéro inconnu ? Et est-ce que tu chuchotes ?

*OK, quand faut y aller...*

— Il s'est passé beaucoup de choses. Je ne peux pas tout te raconter, mais voilà les grandes lignes. C'est le téléphone que Conner m'a donné pour que je n'aie pas à utiliser mon vieux portable.

— Pouuuurquoi ne peux-tu pas utiliser ton vieux portable ? demanda-t-elle, particulièrement confuse.

— Papa est... différent depuis la mort de maman.

— C'est la raison pour laquelle tu n'as pas quitté la maison pendant tout ce temps ? lança-t-elle.

— Oui.

— Em, ça m'a l'air un peu fou. Il est si protecteur maintenant, que tu ne peux même pas appeler avec ton propre téléphone ? Est-ce qu'il surveille tes appels ?

— Je sais, ça semble un peu dément.

Ne souhaitant pas entrer dans les détails, je détournai la conversation.

— Et comme si ça n'était pas suffisant, Conner et moi, on s'est fait attaquer ce matin en revenant de la maison de ses grands-parents.

— *Attaquer* ? C'est quoi ce délire ? Par qui ?

— Je n'en suis pas sûre, mais ils nous ont fait quitter la

route, en tirant sur l'un des foutus pneus, et ensuite, ils ont essayé de nous tuer avec leurs flingues.

— *Seigneur*, Em. Tu vas bien ?

— Oui, Conner était assez… impressionnant.

Je me mordis la lèvre, mais Pip avait dû percevoir l'admiration dans ma voix.

— Ah oui ? demanda-t-elle d'un ton plein de sous-entendus. On dirait que les choses s'arrangent ?

Je marquai une pause, choisissant prudemment mes mots.

— Disons juste que je pense que les choses vont dans le bon sens.

Si je ne songeais pas aux sentiments troublants que je développais pour mon fiancé, les choses s'arrangeaient.

— Je suis ravie d'avoir retrouvé ma voix. C'est la raison pour laquelle je devais t'appeler. Je veux que tu saches à quel point tu comptes pour moi.

— C'est incroyablement mignon, mais… tu me fais un peu peur. Tu es sûre que tout va bien ? s'enquit-elle.

Une boule d'émotions se coinça dans ma gorge.

— Les récents événements m'ont fait changer de point de vue, c'est tout. Nous ne savons pas combien de temps il nous reste et tu es trop importante pour que je risque de passer encore une minute sans te le dire.

Pip renifla.

— Merde, Em. Maintenant, je suis tout émue. Je t'aime aussi, ma sœur.

— Je t'aime encore plus, chuchotai-je.

— Écoute, dit-elle en paraissant plus normale. J'ignore ce qu'il se passe, mais tu peux m'appeler si tu as besoin de moi. D'accord ?

— Absolument, répondis-je en souriant. À plus tard, Pip.

— J'y compte bien.

♦

LA SEMAINE suivante passa dans un brouillard de dentelle blanche, d'arrangements de fleurs estivales, et d'innombrables appels avec la coordinatrice du mariage. Je ne vis Conner qu'une fois, lors de notre dîner de répétition. Nous fûmes entourés par nos familles toute la soirée, ce qui nous empêcha d'avoir une réelle discussion.

Je me demandais sans cesse ce qui lui passait par la tête pendant la semaine. Il n'avait pas envoyé de SMS ni passé de coup de fil. Il n'était pas censé le faire. Nous n'étions pas amoureux et il serait sage que nous ne l'oubliions pas, mais j'avais l'impression que les choses avaient commencé à changer entre nous. Puis plus rien. Comme une tempête estivale qui s'évapore dans le ciel ensoleillé.

L'incertitude me nouait l'estomac.

Je ne savais pas du tout à quoi m'attendre de sa part, concernant notre mariage. J'avais espéré avoir un aperçu de la direction dans laquelle ses pensées l'avaient mené, lors du dîner de répétition, mais il resta parfaitement stoïque toute la soirée. Le dîner avait été organisé deux jours avant la cérémonie, plutôt que la veille au soir. Notre timing inhabituellement court nous obligeait à faire des compromis avec la tradition. Je m'en moquais totalement. En revanche, ce qui m'importait, c'était que je n'avais pas vu Sante de toute la semaine. Jusqu'aux répétitions, papa s'était assuré que nous ne passions pas plus de cinq minutes ensemble. Il m'envoyait un message. Je le recevais fort et clair, mais plutôt que de me dissuader, il ne me rendait que plus déterminée. Fausto Mancini paierait pour ce qu'il avait fait.

♦

LE 31 JUILLET, un jour avant la date à laquelle j'étais censée me marier, je demandai à Umberto de m'emmener sur la tombe de ma mère. Le ciel était inhabituellement noir pour une journée d'été. On aurait pu dire qu'il était menaçant, si l'on était du genre superstitieux. J'appréciais cette atmosphère sombre. Quelque chose, dans cette immobilité, me donnait l'impression d'être plus connectée avec ma mère que si la journée avait été ensoleillée et légèrement venteuse.

Je retrouvai sa pierre tombale en granit orné comme je le faisais lorsque je lui rendais souvent visite au tout début. Le monument n'était pas mon préféré. Papa avait commandé ce design, pensant probablement qu'un hommage extravagant était un bon moyen de prouver à quel point la femme qu'il avait tuée lui manquait. Je savais que ce n'était pas le cas. Et je savais que maman était trop pragmatique et modeste pour vouloir une pierre tape-à-l'œil au-dessus de sa tombe.

— Salut, maman.

Ma voix était toute fluette, car elle essayait de franchir le nœud dans ma gorge, alors que je m'asseyais en tailleur sur l'herbe. C'était la première fois que je lui parlais à voix haute depuis qu'elle était morte et quelque chose dans l'idée de formuler mes mots fit remonter mon chagrin à la surface.

— Tu me manques tellement, maman.

Je pris lentement quelques inspirations pour me calmer.

— Je vais me marier demain. Je sais, j'aurais dû te le dire avant aujourd'hui. Mais tout s'est passé rapidement. Il s'appelle Conner Reid et il est irlandais. Qui aurait pu le croire ?

Je tirai sur un brin d'herbe et le pliai lentement au milieu.

— En fait, il n'est pas si terrible. J'imagine que c'est un peu étrange que je puisse dire ça d'un homme qui tue d'autres personnes, mais c'est comme ça. Peut-être qu'aucun de nous n'est aussi civilisé que nous aimons le croire.

Je marquai une pause et ma voix s'adoucit lorsque je poursuivis :

— J'aurais aimé connaître la vérité sur papa, plus tôt. J'aurais aimé savoir si tu étais heureuse ou si ce n'était qu'un faux-semblant pour nous.

Ma poitrine se comprima tant que mes épaules s'affaissèrent.

— Je suis vraiment désolée, maman. Je veux que tu saches que je ferai de mon mieux pour aider Sante. Je sais que tu le souhaiterais. Je ne te laisserai pas tomber.

Tendant la main, je l'appuyai sur l'herbe, à l'endroit où je visualisais son cœur.

— Je t'aime pour toujours.

Une unique larme se libéra et coula sur ma joue. Quelque chose, dans l'idée de lui parler, me donnait l'impression que je lui faisais enfin mes adieux et que j'avançais sans elle. J'ignorais dans quoi je m'engageais, mais dans moins de vingt-quatre heures, j'allais le découvrir.

— C'était à ma mère. Ta mère et moi, nous l'avons toutes les deux portée quand nous nous sommes mariées.

Tante Etta me tendit une minuscule et élégante broche.

— Ça peut être ton objet emprunté. Elle est assez petite pour se cacher aisément sous ta jupe et elle nous a porté chance. Tiens, tourne-toi.

— Merci, tante Etta. C'est adorable de ta part.

Je m'exécutai, sans la contredire sur cette histoire de chance. C'était sans doute ce qu'elle avait ressenti à propos de son mariage, mais je doutais que maman eût dit la même chose à propos du sien.

— Avec cette splendide bague saphir, une magnifique robe toute neuve et le vieux collier de ta mère, tu as tous les éléments de base.

Elle finit de coincer la broche sous mon jupon et me donna un coup de coude pour que je pivote.

— Tu es époustouflante, ma petite Emy. Je sais que Leonora est ici et qu'elle te regarde d'en haut. Elle serait si fière de la jeune femme que tu es devenue.

Les larmes me brûlaient le fond de la gorge, car je n'en étais pas si sûre. Serait-elle fière ? Ou détesterait-elle me voir emprunter le même chemin perfide que le sien ?

J'enlaçai tante Etta et la remerciai, malgré ma panique montante. Un sentiment de catastrophe imminente me saisit, me donnant l'impression que les murs se refermaient sur moi.

— Tu crois que tu pourrais aller chercher Conner pour moi ? demandai-je d'une voix stridente.

Elle fronça grandement les sourcils.

— Tu en es sûre, ma puce ? Tu sais que le marié n'est pas censé voir la mariée…

— S'il te plaît, tante Etta. J'ai besoin de lui parler avant de faire ça.

Elle hocha la tête, l'inquiétude marquant le coin de ses yeux lorsqu'elle quitta la pièce. J'avais envie de faire les cent pas. Une énergie nerveuse contractait mes muscles. Il était donc difficile pour moi de demeurer assise tranquillement, mais la traîne de ma robe m'empêchait de faire les cent pas. Je restai plutôt devant une fenêtre et contemplai les feuilles d'un imposant chêne à côté de l'église être balayées par la brise, jusqu'à ce qu'une impression menaçante me traverse, faisant monter la chaleur de ma nuque à la base de ma colonne vertébrale. Quand je me retournai, Conner se tenait dans l'embrasure de la porte, vêtu d'un costume trois-pièces impeccable, son regard impénétrable pesant sur moi.

J'avais envie de rouer son large torse de coups et de lui hurler qu'il était atrocement beau, mais qu'il était pourtant manifestement inatteignable. Je ne le connaissais pas depuis longtemps. Toutefois, je n'étais pas certaine qu'une éternité suffirait pour comprendre totalement cet homme compliqué. Mais j'en avais envie. Je *le* voulais et je me détestais pour ça. Je me détestais d'être assez faible pour désirer ce que je ne pourrais jamais avoir.

Un pas à la fois, il réduisit la distance entre nous.

— Tu as quelque chose à dire ? Parce que je suis sûr que ça enfreint les règles.

Je déglutis, ma gorge soudainement sèche.

— J'ai besoin de savoir pourquoi tu fais ça. Pourquoi as-tu accepté de m'épouser ?

Les Irlandais survivraient très bien sans l'alliance. Cela les aidait, mais ce n'était pas un impératif. Je ne savais pas ce que je cherchais en lui posant la question, mais j'avais besoin d'entendre sa réponse.

Il laissa la question mariner une longue minute avant de répondre.

— Le devoir envers ma famille. L'acquisition de pouvoir. Des yeux d'un vert époustouflant et une férocité. Choisis ce qui te convient et tu l'auras, ta raison. Elle change chaque minute.

Au moins, au fond de son esprit, je faisais partie de sa décision. Une part de lui *me* voulait moi et non pas seulement ce que ma famille représentait. C'était suffisant, pour l'instant.

Je hochai la tête, la vague de panique s'atténuant, remplacée par un léger sentiment d'anxiété. Je voulais lui demander où il avait été toute la semaine et pourquoi il ne m'avait pas contactée, mais j'avais l'impression que ce serait trop. Ce n'était pas une réelle relation, il ne me faisait pas la cour. Je n'aurais pas dû m'attendre à autre chose.

Conner se rapprocha encore davantage pour enrouler une main autour de ma nuque et incliner mon visage vers le sien.

— Contente-toi de me regarder dans les yeux. Ne pense à personne d'autre, d'accord ?

Il avait dû sentir le malaise m'érafler les entrailles.

Une chaleur palpitante envahit ma poitrine lorsque j'acquiesçai.

— Bien. Finissons-en, maintenant.

Avant qu'il s'éloigne, ses yeux se baissèrent vers mes lèvres.

— Tu es appétissante, Noemi, dit-il en rapprochant sa bouche de mon oreille. Et j'ai la dalle.

Une fois qu'il eut aspiré tout l'air de mes poumons avec son commentaire, il se retourna et s'en alla.

Quelques secondes plus tard, ma tante réapparut avec Pippa. Elles débordaient toutes les deux d'une énergie enthousiaste.

— L'église est noire de monde, Em. C'est incroyable.

— Ça ne m'aide pas, Pip, répliquai-je.

Elle grimaça.

— Mais ce n'est rien. Tout ce que tu as à faire, c'est marcher jusqu'à l'autel et y rester. Pas de quoi en faire toute une histoire.

*Puis je me lierais à un mafieux irlandais pour le reste de ma vie et je coucherais peut-être avec un homme pour la première fois de ma vie. Oui, c'était un samedi ordinaire.*

Je pris une profonde inspiration avant d'expirer.

— Tes cheveux et ton maquillage sont parfaits. La robe est ravissante. Tu gères, intervint tante Etta. La cérémonie sera aussi courte qu'un mariage catholique peut l'être, ensuite tu peux rester à la réception aussi longtemps ou aussi peu de temps que tu le souhaites. Au moins, il n'y aura pas de dîner complet. Ces repas-là durent une éternité.

Après un grand débat avec la coordinatrice du mariage, nous avions opté pour une réception dans la salle de bal de l'hôtel à côté de l'église, autour d'un gâteau et de champagne. Il n'y aurait pas de traiteur à superviser. Pas de vœux mémorisés. Pas de lectures ou de spectacles particuliers. Rien qu'une courte marche, quelques mots répétés et un « oui ». Je pouvais y arriver.

Non, je n'avais pas réussi à échapper à la vie dans laquelle j'étais née, mais ça ne signifiait pas que je devais être malheureuse. Je pouvais trouver le bonheur dans d'autres domaines. Avoir un mari parfait ne faisait pas tout. L'unique avertissement pour moi était de ne pas me piéger en espérant plus, en croyant à l'amour. Ce n'était pas au programme, pour moi. Si je laissais mon cœur s'attacher à lui, je n'en serais que dévastée.

J'allais peut-être devenir la femme de Conner, mais il était déjà marié à la mafia avant même de me rencontrer.

— Il est l'heure, ma puce. Tu es prête ?

Tante Etta me lança un regard interrogateur trahissant un air chagriné.

Je ne voulais pas qu'elle s'inquiète, alors je m'obligeai à sourire.

— Plus prête que jamais.

Pippa me tendit mon bouquet et baissa mon voile devant mon visage avant que sa mère nous guide vers le couloir. Les douces notes du quatuor à cordes jouant le *Canon* de

Pachelbel devinrent plus fortes lorsque nous nous rapprochâmes de l'entrée de la cathédrale. Elles étaient presque aussi sonnantes que le tambourinement de mon cœur et égrèneraient les secondes jusqu'à ce que je devienne une femme mariée.

L'église était gigantesque – l'une des plus grandes de la ville – et débordait de centaines d'invités. Ils se tenaient le long des murs, sous d'immenses vitraux aux couleurs vives. Le mariage avait attiré du monde de partout, comme un cirque itinérant, et j'en étais l'attraction principale.

J'avais cru que le voile que je portais était une tradition antique, lorsque j'étais dans la boutique, mais je remerciai Dieu d'avoir laissé tante Etta me convaincre, car il me procurait une illusion de barrière entre le monde et moi, telle une minuscule protection de mon intimité.

Avec un peu de chance, il dissimula la grimace qui étira mes lèvres lorsque je pris le bras de mon père.

L'inconvénient, cependant, était que le voile m'empêchait également de voir Conner correctement. Bien que je ne puisse distinguer ses yeux azur, je n'eus toutefois aucun problème pour identifier sa fière silhouette devant l'autel. Je fis exactement ce qu'il avait dit et me fermai à tout le reste – mon père, le public, les espérances – pour me concentrer uniquement sur l'homme devant moi.

Lorsque nous arrivâmes enfin à la hauteur de Conner, à l'avant de l'église, il fit un pas en avant et leva le voile de mon visage. C'était habituellement au père de la mariée de faire ça. Papa resta là, gêné, comme s'il ne savait pas comment réagir. Les yeux de Conner plongèrent dans les miens et j'aurais aimé savoir à quoi il pensait. Bien qu'il soit un mystère perpétuel, mon père était indubitablement agacé. Conner venait de lui manquer ouvertement de respect en le privant de son rôle devant tout le monde. Je ne pouvais qu'imaginer la fureur qui bouillonnait en lui.

Songer que je n'aurais plus jamais à rentrer chez moi après le mariage, si je n'en avais pas envie, était un immense soulagement. Bien sûr, les heures après la réception seraient pleines d'une différente forme d'angoisse. Ce serait la première fois que je me retrouverais seule avec mon mari dans ma nouvelle maison, et je ne savais pas du tout à quoi m'attendre.

Conner me dévisagea longuement et profondément avant de pivoter enfin vers mon père et de lui serrer la main. Mon fiancé ne lui donna même pas l'occasion de m'embrasser sur la joue ou de prononcer un seul mot. Il resta incliné entre nous, puis me guida vers l'autel, ce qui empêcha mon père de s'approcher de moi.

Une fois ce petit obstacle surmonté, nous passâmes à la cérémonie. Je tendis mon bouquet à Pippa, qui était mon unique demoiselle d'honneur. Nous avions rendu les choses aussi simples que possible avec un témoin chacun. Elle se tenait à mes côtés et Conner avait choisi un ami comme garçon d'honneur, plutôt que d'opter pour l'un de ses nombreux cousins.

Les mots du prêtre me passèrent au-dessus de la tête comme s'ils étaient dans une autre langue. Je n'entendais rien, ne voyais rien et ne réfléchissais pas. Je ne pouvais que me concentrer sur ma respiration et tenter de ne pas m'évanouir.

La nouvelle de mes aptitudes vocales retrouvées avait dû se répandre comme une traînée de poudre, car l'église fut assiégée par un océan de murmures quand il fut l'heure de prononcer mes vœux.

— Noemi, voulez-vous prendre Conner pour époux ?

Promettez-vous de l'aimer, de le réconforter, de l'honorer et de rester à ses côtés pour le meilleur et pour le pire, dans la richesse et dans la pauvreté, dans la santé et dans la maladie. Promettez-vous d'abandonner les autres et de lui être fidèle jusqu'à ce que la mort vous sépare ?

J'inspirai difficilement.

— Oui.

Trois lettres. Un mot. Une vie confisquée pour toujours.

En tant qu'homme, Conner avait des libertés dans ce monde dont une femme pourrait seulement rêver. Il s'engageait, mais pas au même degré que moi, parce qu'il avait déjà accepté une vie dans la pègre et la criminalité. En avançant jusqu'à l'autel, j'avais scellé mon destin de bien des manières. Je me jurai à cet instant-là que ce ne serait pas en vain. Je me servirais de tout le pouvoir que je pouvais acquérir grâce à mon mariage pour faire tomber mon père.

Je ne me focalisai que sur ça quand je dis « oui ».

Ce vœu tacite n'avait peut-être pas été prononcé à voix haute, mais il me paraissait tout aussi monumental que le serment fait à mon mari.

— Vous pouvez embrasser la mariée.

La proclamation joviale du prêtre m'obligea à me reconcentrer sur le présent alors que les lèvres de Conner descendaient vers les miennes. Il m'attira contre lui d'une main et l'autre se posa fermement sur ma nuque, comme s'il pensait que j'allais déguerpir.

Fuir était à des années-lumière de mes inquiétudes. J'étais trop occupée à comprendre comment un baiser chaste devant un public pouvait paraître si érotique. La fermeté de ses lèvres exigeantes… La douceur avec laquelle il me pencha sous lui pour me déséquilibrer légèrement…

Le coup de grâce arriva à la fin du baiser.

Gardant nos lèvres scellées, il chuchota un unique mot.

Le quatuor festif se lança dans une chanson joyeuse et envahit l'église d'une mélodie. Les invités se levèrent et applaudirent tandis que le prêtre nous déclarait mari et femme. Pendant tout ce temps, j'eus le vertige tant j'étais incrédule alors qu'un mot faisait écho dans ma tête.

*Mienne.*

# 27

NOUS SORTÎMES DE LA CATHÉDRALE MAIN DANS LA MAIN. JE plaquai un sourire sur mon visage, espérant qu'il dissimulerait l'anxiété qui déferlait en moi comme un essaim d'abeilles.

Conner et moi étions mariés.

J'étais à présent Mme Noemi Reid.

Les mots qui s'enchaînaient paraissaient incongrus dans ma tête. Rien n'était plus reconnaissable dans ma vie.

*Allez, Em. Ce n'est pas le moment pour une crise existentielle.*

Je clignai des yeux à plusieurs reprises, chassant ces toiles d'araignée en me rendant compte que nous avions enfin échappé aux regards curieux de la congrégation.

Conner nous guida dans un couloir, vers l'une des pièces que nous avions utilisées avant la cérémonie. Les invités parcourraient à pied la courte distance, le long de la rue, jusqu'à la réception pendant que nous prendrions quelques photos. Suite à cela, nous monterions dans une limousine pour faire notre grande entrée lors de la réception. Pour l'instant, nous patientions. Seuls.

Il me lâcha la main une fois que nous entrâmes dans la petite salle de catéchisme. Les stores étaient fermés, ne laissant passer que de minuscules filets de lumière à l'intérieur. J'avais l'impression de pénétrer dans le repaire d'un lion affamé et mon corps entier me hurlait de sortir.

Nous aurions dû discuter, lors des jours précédant le mariage, mais il n'avait pas appelé, alors je ne l'avais pas fait non plus. Cela rendait ce moment infiniment plus gênant.

— Tu as réussi, déclara-t-il d'une petite voix en brisant la tension dans la pièce.

— Tu en doutais ?

— Je n'aurais pas été choqué si on m'avait posé un lapin.

Il s'appuya contre le mur, son pouce glissant lentement le long de sa lèvre inférieure.

— Je préfère continuer de respirer, murmurai-je.

Le regard de Conner devint si sombre qu'il en devint menaçant. Il était furieux à cause de mon sous-entendu. Néanmoins, je ne savais pas si c'était la violence de mon père ou ma réticence à me marier qui le dérangeait le plus. Dans tous les cas, je ne m'expliquai pas. Je me sentais déjà vulnérable. Lui donner une autre part de moi m'écorcherait vive. Si je pliais sous la pression et confiais qu'une part de moi le désirait, pour découvrir ensuite que sa réaction était purement un reflet de sa haine envers mon père, j'aurais été incroyablement embarrassée. Je ne pouvais supporter qu'un certain stress émotionnel en une journée.

Malheureusement, Conner ne comprit pas le message.

Il se rapprocha, baissant les yeux à la dernière seconde vers mon poignet. Il glissa un doigt sous le bracelet que Sante m'avait offert, et leva ma main jusqu'à ce qu'il puisse lire le nom gravé.

— Comment pourrais-tu montrer une quelconque loyauté envers ce con ? cracha-t-il.

— Mon frère me l'a donné, dis-je en libérant ma main. Ça n'a rien à voir avec notre père.

Mes ecchymoses s'étaient enfin atténuées, mais une douleur fantomatique élança mon poignet quand il me les rappela

— Ton frère est fier du nom et de tout ce qu'il représente. Comment peux-tu dire que ça n'a rien à voir avec ton père et la réputation qu'il a créée ?

— Parce que Sante est différent. Il est gentil.

— Naïve.

Je me pinçai les lèvres, incapable de le contredire.

— Je ne peux pas le détester pour ce que notre père a fait, expliquai-je en arrêtant de me défendre.

Je baissai les yeux. J'étais subitement gênée et je me tournai vers la porte.

— Nous devrions probablement aller chercher le photographe.

Conner tendit la main droite pour la poser sur mon ventre et me coller contre lui. Ma robe était presque un dos nu et laissait la chaleur brûlante de son torse encercler mon corps comme un drap de velours luxueux. Pourtant, ce fut bien son érection ferme contre mes fesses qui transforma mes veines en magma liquide. Ma température interne monta si rapidement que j'étais à deux doigts de cracher du feu.

Mon mari rapprocha ses lèvres de mon oreille et sa main droite dériva délicatement le long de ma gorge.

— Tu es tellement sexy quand tu es en colère.

La retenue rauque dans sa voix érafla ma peau, taquinant mes tétons qui devinrent des perles durcies.

Je me cambrai contre lui en laissant échapper un soupir tremblant, incapable de m'en empêcher. La main sur ma gorge traça le contour de ma clavicule jusqu'au décolleté de ma robe. Il glissa un doigt en dessous pour dériver avec une folle lenteur jusqu'en bas du V entre mes seins.

— Je goûterai chaque centimètre carré après la réception. Je te suggère de t'habituer à l'idée, d'ici là.

Il ponctua sa proclamation avec un souffle grondant qui résonna de son torse à ma poitrine et s'enfonça profondément dans mon entrejambe.

Comment allais-je résister à une virilité si séduisante ? Je ne le pouvais pas.

Pire encore, je n'en avais pas envie.

Et où mon corps allait, mon cœur suivrait. J'étais déjà dangereusement proche de développer des sentiments pour mon nouveau mari. Quelques mots tendres et des gestes protecteurs, et je serais foutue. Je dus me demander si la bataille valait la peine. Si la défaite était une certitude, je devrais au moins profiter de la chute. Quand les choses dégénéreraient et que quelque chose se mettrait inévitablement entre nous, je pourrais au moins me dire que j'avais essayé. Que j'avais tout donné à mon époux.

Cette nouvelle perspective était effrayante. Je la craignais et m'en délectais tout autant. Pouvais-je m'ouvrir à une telle vulnérabilité ? J'avais approximativement deux heures pour le découvrir.

🔥

Nous étions assis l'un à côté de l'autre dans la limousine, un silence total régnant. Conner regardait par l'une des vitres tandis que j'étais tournée vers l'autre. Nous étions tous les deux perdus dans nos pensées lors de ce court trajet jusqu'à la réception.

— Attends ici, me lança-t-il discrètement.

Il fit le tour de la voiture pour m'aider à descendre sur le trottoir, après avoir observé la zone à la recherche de menaces.

Il était toujours en alerte et j'appréciais la sensation de sécurité que cela me procurait.

Les mains jointes à nouveau, nous nous engageâmes dans le hall de l'hôtel et contournâmes la salle du banquet, souriant et hochant la tête face à un déluge de félicitations de la part des employés et d'inconnus. La coordinatrice du mariage nous attendait devant l'entrée de la salle de bal. Elle annonça notre arrivée et lorsque nous entendîmes nos noms, nous ouvrîmes les portes et entrâmes dans la pièce. Des centaines de personnes nous acclamèrent. Plus que ça. Il devait y avoir presque un millier d'invités réunis dans la salle de bal. Un océan de regards scrutateurs nous observait, prêt à épier le moindre de nos mouvements.

Au moins, lors de la cérémonie, ils ne pouvaient que nous regarder. Désormais, ils s'approchaient de nous comme des pigeons lorsqu'une poignée de graines tombait par terre. Je ne m'étais même pas rendu compte que Conner s'était penché jusqu'à ce que ses mots chuchotés effleurent mon oreille.

— *Respire, Noemi.*

J'obligeai ma main à relâcher sa poigne mortelle autour de la sienne. Il n'était donc pas étonnant qu'il sache que je flippais. J'avais quasiment coupé la circulation sanguine dans ses doigts.

Je tentai de le lâcher totalement, mais il s'agrippa, refusant que l'on se sépare.

La demi-heure suivante, nous reçûmes un flot constant d'invités qui nous félicitaient. Conner s'occupait en grande partie des conversations. Je demeurais passive, à ses côtés. J'étais plus qu'heureuse de le laisser gérer, jusqu'à ce que j'aperçoive la femme de mon enterrement de vie de jeune fille, celle qui m'avait qualifiée de « muette pudique ».

Ma colonne vertébrale se raidit comme un piquet.

La logique m'indiquait que je ne devrais pas me préoccuper de ce que quiconque pensait et que, si mon mariage n'était qu'une façade, je n'avais pas besoin d'être jalouse. Toutefois, mon côté primitif disait à la logique d'aller se faire foutre.

Je me rapprochai de mon mari tandis que nous saluions un couple âgé, et je glissai amoureusement une main dans le creux de son bras. Comme si mes gestes étaient parfaitement normaux, il passa le bras autour de mon dos pour m'attirer contre son flanc, sa main possessive se posant sur ma hanche. Lorsque la femme des toilettes arriva ensuite, la main de Conner me serra.

— Ivy, ça fait un bail. Comment vas-tu ?

La belle blonde rougit, souffrant soudain d'un accès inattendu de timidité.

— Ça fait bien trop longtemps ! Je vais bien, mais nous

devrions aller déjeuner ensemble, un jour, pour rattraper le temps perdu, déclara-t-elle avec un sourire félin.

Conner gloussa, déposant un baiser sur ma joue.

— Je crois que je suis bien occupé pour le moment. Tu as vu Shae quelque part ? Je suis sûre qu'elle adorerait te revoir.

Il reporta ensuite son regard sur la prochaine personne, congédiant efficacement cette femme.

Je n'aurais pas pu la remettre à sa place mieux que ça, si je l'avais fait moi-même.

Je la gratifiai d'un large sourire.

— Ravie de te revoir, Ivy, ajoutai-je, incapable de m'en empêcher.

Son regard s'enflamma avant qu'elle parte d'un pas furieux.

Conner me jeta un bref coup d'œil interrogateur.

— Elle était à mon enterrement de vie de jeune fille, dis-je en guise d'explication avant de me tourner vers le prochain invité.

Quelques minutes plus tard, on entendit quelqu'un s'éclaircir la voix dans les haut-parleurs. Oncle Agostino se tenait sur une petite scène, le long du mur opposé, aux côtés de l'oncle de Conner, Jimmy Byrne. Les deux hommes trinquèrent à notre mariage et à l'avenir de nos familles. Ils irradiaient tous les deux d'une présence autoritaire. Jimmy était un peu plus divertissant qu'Agostino. Je comprenais aisément comment ces deux hommes impressionnants avaient gagné le respect et la dévotion de leurs familles respectives.

Merci, mon Dieu, on n'avait pas demandé à mon père de prononcer un mot. Je ne pouvais qu'imaginer ce qu'il aurait dit.

À la seconde où les toasts furent conclus, la coordinatrice du mariage nous mena jusqu'à la table des gâteaux. Il s'agissait plus d'un bar à desserts que d'un simple gâteau, compte tenu du nombre d'invités. Nos desserts en forme d'époux et d'épouse ornaient le milieu d'une longue série de tables sur lesquelles étaient disposées une variété de gourmandises sucrées dans un étalage artistique de décadence. Je remarquai qu'il y avait notamment un bol de bonbons à l'orange à chaque extrémité. Je ne les avais pas vus sur la liste quand nous avions approuvé le menu des desserts et je me demandai donc si Conner avait pris l'initiative de s'assurer de leur présence, pour sa grand-mère.

Les invités autour de nous se réunirent afin d'observer la scène tandis qu'une bonne partie de la foule était occupée à bavarder. Nous effectuâmes la pose standard de coupe de gâteaux pour le photographe, et nous plaçâmes une tranche de gâteau au citron sur une assiette.

Je souriais comme une jeune mariée le ferait, jouant mon rôle, mais je ne savais pas quoi faire une fois que le gâteau serait coupé. Nous n'en avions pas réellement discuté.

Remarquant mon incertitude, le photographe me cria :

— Noemi, donnez-lui une bouchée !

Les spectateurs autour de nous applaudirent.

Inspirant profondément, je pris une fourchette pour récupérer un petit morceau et le levai vers mon mari. Conner dégusta obligeamment mon offrande, son regard me dévorant par la même occasion.

Mon corps tout entier rougit sous l'effet de la chaleur.

Ma main se mit subitement à trembler. Je lui tendis l'assiette. C'était à son tour de me faire manger, mais Conner avait d'autres plans. Utilisant ses doigts pour récupérer un bout de gâteau, il le leva jusqu'à mes lèvres. Inexplicablement enhardie, je lui jetai un coup d'œil et attrapai le gâteau sur ses doigts, suçotant son pouce alors qu'il glissait hors de ma bouche.

J'entendais presque les fibres de son self-control craquer sous l'effet de la retenue alors que les reflets azur dans ses yeux étincelaient dangereusement.

Faisant preuve d'une maîtrise colossale, il enroula également ses lèvres autour de son pouce et le suça, faisant rouler sa langue où la mienne s'était trouvée quelques secondes plus tôt.

J'aurais dû savoir qu'il valait mieux ne pas jouer avec le feu. Il n'avait même pas besoin de me toucher pour me réduire en cendres. Le désir coulait dans mes veines comme du napalm liquide.

Quelqu'un s'éclaircit la gorge derrière moi, faisant repartir mon cœur. Lorsque je pivotai, je fus ravie de voir Sante en train de me sourire. Je posai l'assiette à dessert avant de passer mes bras autour de mon petit frère.

— Félicitations, Em. Tu es vraiment magnifique. Comme une vraie princesse.

— Merci, Sante.

Je reculai et tirai sur son col.

— Tu es bien apprêté, toi aussi.

Il me lança un sourire malicieux et agita les sourcils.

— Tu n'es pas la seule à l'avoir remarqué. Je vais peut-être devoir porter cet accoutrement plus souvent.

Je souris sincèrement pour la première fois de la journée, bien que cela ne dure pas. Comme la lune éclipsant le soleil, l'approche de mon père se profila, menaçante, au-dessus de l'épaule de Sante.

— Les jeunes mariés sont si populaires que je n'ai pas

encore eu la chance de féliciter ma propre fille pour son mariage.

Papa écarta mes mains, comme pour admirer sa fille adorée.

— Tu es incroyablement belle, Noemi. Félicitations.

Je me raidis alors qu'il m'attirait contre lui pour m'étreindre. À la seconde où il me relâcha, je sentis la présence de Conner dans mon dos.

— Fausto, salua-t-il sèchement mon père tout en tendant la main afin de ne pas être excessivement irrespectueux.

— Vous êtes-vous mis d'accord pour une lune de miel ? demanda papa en feignant d'être intéressé par nos vies.

— Nous n'en sommes pas encore là, mais nous avons largement le temps.

— Bien sûr, même si je sais que nous avons tous hâte qu'un petit prince ou qu'une petite princesse Reid fasse son arrivée.

*Seigneur. Voilà tout ce que je suis pour lui. Un joli pion utilisé pour les alliances et la reproduction.*

N'avait-il aucun instinct paternel ?

— Ils viennent seulement de se dire « oui », papa. Laissons-leur quelques jours avant de commencer à leur poser des questions sur leurs bébés, dit Sante en faisant preuve d'une assurance atypique avec mon père.

Mon cœur souffrait pour lui. Pour tout ce qu'il devait encore apprendre. Pour la douleur qui l'attendait s'il restait loyal envers Fausto Mancini.

— Peut-être un jour, répondit sèchement Conner. Veuillez nous excuser.

Une main dans mon dos, Conner nous éloigna d'eux. À chacun de nos pas, je sentis les liens familiers se briser.

Je n'étais plus une Mancini, mais je ne me sentais pas

comme une Reid. Merci, mon Dieu, j'avais encore Pippa et sa mère. Sans elles, j'aurais vraiment eu l'impression d'être à la dérive.

# 28

J'AURAIS ÉTRANGLÉ CE SALAUD SI JE L'AVAIS PU. LA MANIÈRE dont Noemi s'était crispée avec son père me donnait envie de le fusiller sur place. J'ignorais comment j'avais pu ne pas le voir, lorsque nous nous étions rencontrés la première fois, sauf que j'avais été distrait par tout le concept d'un mariage arrangé.

J'aurais cru que Noemi se sentirait enhardie, maintenant qu'elle était libérée de son joug, mais j'eus l'impression qu'il exerçait encore un certain pouvoir sur elle. J'en étais vraiment agacé, au point que cela devenait troublant.

Comment étais-je devenu obsédé par les pensées et les

sentiments d'une femme alors que j'avais été réticent à l'idée de l'épouser ? Ce mariage ne devait être initialement qu'une question de devoir et de preuve de ma loyauté. Curieusement, ma perspective avait totalement changé en deux petites semaines.

Quand Noemi m'avait demandé pourquoi j'avais accepté de l'épouser, je n'avais pu lui dire la vérité. Elle était à moi et voilà pourquoi je l'avais fait. Pas simplement aux yeux de la loi ou de l'église. Je savais qu'elle était à moi, jusque dans mes os.

N'était-ce pas dément après seulement deux satanées semaines ?

Nous ne nous étions même pas parlé pendant l'une d'elles – en partie parce que j'avais été incroyablement occupé, mais également parce que j'avais voulu garder la tête froide. J'avais dû rester loin d'elle pour empêcher l'addiction grandissante de prendre le dessus.

*Putain.*

Qu'est-ce qui m'arrivait ?

Je ne me reconnaissais même plus. L'unique chose qui apaisait mon irritation était de voir Noemi lutter avec ses propres sentiments conflictuels. Elle n'aimait peut-être pas l'idée, mais je la conquérais, petite victoire après petite victoire. Peu importait la source de l'attirance magnétique entre nous, elle était mutuelle. Cela m'aidait à calmer ma frustration.

Je fus encore plus intrigué quand mon épouse se blottit contre moi durant les félicitations. Lorsque j'avais vu Ivy avancer, je m'étais rendu compte de ce qu'il se passait. Noemi revendiquait son droit.

Bordel, j'adorais ce que je ressentais.

J'ignorais totalement comment elle avait su que j'avais eu

une histoire avec Ivy, mais celle-ci n'aurait pu être plus explicite sauf si elle s'était tatoué mon nom sur son front.

Je n'allais pas m'en plaindre. Elle aurait pu pisser en cercle autour de moi, je me serais contenté de rire, heureux de savoir qu'elle ne pouvait prononcer un mot quand je devenais indéniablement primitif à cause de la jalousie.

Cela devait nécessairement arriver et le plus tôt serait le mieux.

Elle ressemblait à une reine, dans sa robe. Ses cheveux, attachés en chignon sur sa tête, exposaient chaque centimètre de sa colonne vertébrale gracieuse, et elle ne ressemblait à rien de moins qu'à un personnage royal. Chaque homme dans cette pièce avait une demi-molle pour elle, mais j'étais le seul à pouvoir la toucher. La goûter.

À chaque minute qui passait, je devenais encore plus enragé à cause du désir. Le besoin d'être seul avec elle me démangeait. Quand Mia Genovese s'approcha de moi, deux heures après le début de la réception, ma patience était à bout. Noemi avait été distraite par ses cousines. Mia avait profité de l'occasion pour tenter de me glisser un mot en privé.

— Félicitations, Conner. Nous sommes tous incroyablement heureux pour toi.

— Merci. Je suis ravi que tu aies pu venir.

Je la gratifiai d'un sourire crispé, espérant que cette brève rencontre avec ma mère biologique était terminée, mais j'aurais dû comprendre le contraire grâce à l'éclat désespéré dans son regard.

— Tu crois que tu pourrais m'accorder un peu de temps ? Peut-être une minute dans le couloir ?

— Je ne suis pas sûr que ce soit l'endroit et le moment, déclarai-je sèchement.

En ce qui me concernait, le bon moment était : jamais.

Elle se tordit les mains et se mordilla les lèvres.

— Je sais. Je t'ai laissé des messages. Simplement…

— Ce n'est rien, Mia, vraiment. Le passé ne m'intéresse pas. Je suis très heureux de ma vie comme elle est, alors inutile de te sentir coupable.

Je posai une main rassurante sur son bras alors que Noemi nous rejoignait.

— Mia, c'est ça ? demanda-t-elle.

J'étais surprise qu'elle la connaisse. Elles étaient toutes deux italiennes, mais faisaient partie de deux organisations différentes.

— Oui, c'est si bon de te revoir. Tu es vraiment magnifique, ma chère, lui répondit Mia avec un sourire radieux.

— Merci beaucoup.

Noemi me regarda.

— Mia et moi avons eu le plaisir de faire brièvement connaissance lors de mon enterrement de vie de jeune fille.

Ah, cela expliquait tout. Je n'avais pas parlé à Noemi des liens familiaux que je venais de découvrir. Ce n'était pas un secret. Pour ce que j'en savais, sa famille lui avait peut-être déjà raconté tous les détails sordides.

— Je suis venue avec les filles, ajouta Mia. Elles avaient tellement hâte de te rencontrer.

— Oui, Giada a mentionné que nous devrions passer du temps ensemble.

Noemi me lança un regard interrogateur. J'appréciais sa considération, car je ne savais pas ce que je ressentais à l'idée que ces femmes fassent ami-ami.

— Je suis certain que nous aurons le temps de régler ça,

m'obligeai-je à dire. Pour l'instant, nous devrions aller saluer d'autres invités.

Je hochai la tête en direction de Mia et poussai Noemi loin de là, ignorant son regard choqué par ma rudesse. Heureusement, elle n'insista pas pour que je la lui justifie.

Mia m'avait contacté à plusieurs reprises, ces dernières semaines, mais je n'avais eu aucune envie d'entendre ses excuses gênées et ses explications teintées de culpabilité qui ne servaient à rien. J'étais sincèrement satisfait de ma vie. Mon adoption m'avait permis d'acquérir une famille aimante, de la richesse et des privilèges. Cette femme ne pouvait s'occuper de moi à l'époque, alors elle avait fait ce qu'elle pensait être le meilleur. Sa famille ne m'impressionnait nullement, car elle ne l'avait pas soutenue. Cette information avait toujours teinté ma perception des Italiens, en général. Je n'éprouvais tout de même aucune rancœur particulière envers elle.

Le passé était le passé. Fin de l'histoire.

Épuisant mes dernières réserves, je nous menai vers l'entrée de la salle de bal. Il était temps de tirer le rideau sur la réception, ce soir. J'étais prêt à être seul avec mon épouse.

# 29

*Merci, mon Dieu, j'avais bu du champagne. J'aurais été une boule de nerfs si l'effet apaisant de l'alcool n'atténuait pas mes sens. En l'état, je nageais toujours dans une piscine d'émotions chaotiques, mais au moins, je n'avais pas besoin de me pencher sur toute cette incertitude.*

Il nous fallut une demi-heure pour rejoindre l'immeuble où se trouvait l'appartement de Conner et le trajet se déroula dans le silence. Nous étions côte à côte et pourtant seuls. Mari et femme. De véritables inconnus. Mais ça n'avait aucune importance pour Conner. Il m'avait clairement fait comprendre ce qu'il avait prévu pour moi.

Il avait revendiqué ma vie et désormais, mon corps lui appartiendrait également.

*Respire, Noemi.*

Conner vivait dans l'un de ces nouveaux gratte-ciel en centre-ville. J'avais grandi dans un quartier en périphérie, qui se targuait de ses maisons individuelles et d'un nombre étonnant d'arbres. Si j'avais l'habitude de voir l'étroitesse du centre-ville de Manhattan, je n'avais jamais vécu ici. Je devrais aussi m'habituer à cela. Que Dieu me préserve de tout ce qui serait aisé et familier dans ce mariage.

J'observai chaque facette de cet appartement de luxe lorsque j'entrai dans cet espace faiblement éclairé. Il était moderne, mais pas excessivement froid. Le salon était ouvert et un mur de baies vitrées donnait sur le fleuve. Les placards étaient de couleur sable, le plan de travail en pierre gris clair, et le somptueux parquet, marron. Plusieurs plantes d'intérieur adoucissaient l'ambiance. Je me demandai s'il les entretenait ou si un employé de maison s'occupait d'elles. Je pariais sur l'employé de maison.

Je passai devant le grand canapé d'angle en cuir pour rejoindre la fenêtre qui dévoilait la ville au coucher du soleil. Cette vue sur trente étages remua mon estomac imbibé d'alcool. Me retournant, je découvris Conner en train de me regarder alors qu'il remontait les manches de sa chemise. Il avait retiré sa veste et son gilet pendant que je faisais le tour. Toute son attention était désormais dirigée vers moi.

— Ton appartement est adorable, lui suggérai-je en me rapprochant du centre du salon, tout en laissant stratégiquement le canapé entre nous.

— Tes affaires ont été livrées dans la journée. Une partie a été rangée, mais tu vas devoir trier le reste.

Il commença à contourner le canapé pour s'avancer vers moi, sans jamais quitter mon regard.

Soutenir ses yeux d'un bleu brûlant était terrifiant et pourtant, j'avais l'impression que c'était essentiel. Son regard implacable me donnait des ordres et me troublait. J'étais excitée et déconcertée. C'était plus intime que tout ce que j'avais jamais connu. J'avais l'impression de me confesser, d'une manière plus grave et séduisante. J'imaginais que c'était comme confesser mes péchés au diable en personne.

Conner se rapprocha de moi, ses doigts sûrs glissant sous les bretelles de ma robe sur mes épaules.

— J'aurai tout le temps de te faire visiter, maintenant que cet endroit t'appartient.

— M'appartient-il vraiment ? soufflai-je en m'efforçant désespérément de garder mes esprits.

Je sentais que j'étais balayée par le désir qu'il suscitait.

Je tentai de me tourner, mais les mains de Conner maintinrent mes épaules en place avant de caresser lentement ma colonne vertébrale exposée.

— Ce qui est à moi est à toi, maintenant, répondit-il distraitement.

Mon cœur tambourina à l'intérieur de ma poitrine. Je perdrais cette bataille si je ne m'éloignais pas de lui. Il m'avait à peine touchée et je sentais la trace de mon excitation recouvrir mon string. Si je lui donnais plus de temps, il me réduirait à une flaque de désir dévergondé.

— J'ai mes règles, déclarai-je brusquement.

J'écarquillai les yeux, choquée par mes propres mots.

Des doigts habiles glissèrent le long de la fermeture Éclair de ma robe, et le lourd tissu couvert de perles tomba par terre. J'étais immobile et ne portais rien d'autre qu'un string et des talons en satin blanc. Un grondement d'appréciation masculine me provoqua une poussée de chair de poule sur les jambes et les bras. Quand ses mains se posèrent sur mes hanches, je fermai les yeux, sentant que je luttais dans une bataille perdue d'avance.

Conner se mit à genoux avant de se servir de ses mains pour me faire pivoter, afin que son visage soit à quelques centimètres de mon ventre. Avant que je puisse protester, il se pencha et glissa l'arête de son nez le long de mon intimité, prenant une grande inspiration langoureuse. Lorsqu'il leva à nouveau les yeux vers moi, ils brillaient d'un triomphe malsain.

— Je ne crois pas, petite Emy. Enfin, ça ne m'aurait pas arrêté, si c'était le cas.

Une main appuyée sur mon ventre, il me poussa en arrière. Quand je voulus me rattraper, l'arrière de mes jambes heurta le canapé et je tombai sur les coussins. Conner se retrouva instantanément entre mes jambes, son corps maintenant mes cuisses ouvertes.

— Je t'ai dit que j'avais faim.

Sa bouche se posa sur moi et lécha mon entrejambe à travers la fine soie de mon string.

Je rejetai la tête en arrière, chaque nerf dans mon corps se réveillant à son contact.

— *Conner*, haletai-je en perdant toute capacité de réflexion.

— C'est ça, chérie. Dis mon nom pendant que je dévore ta jolie chatte.

Ses mains tirèrent sur le tissu autour de mes hanches et il arracha le string avant de reposer la bouche sur moi, mais cette fois-ci, il n'y avait plus rien entre nous. Si j'avais cru que ses doigts étaient agréables, sa langue sur mon clitoris était l'extase pure. Lorsqu'il appuya sur mes cuisses afin d'avoir un meilleur accès, je coinçai mes mains sous mes genoux pour l'aider. Je m'étais complètement abandonnée, telle une esclave face aux sensations qu'il me procurait.

Conner savait comment entraîner mon corps dans une intense frénésie. Il marqua une pause pour effleurer l'intérieur de ma cuisse avec ses dents, laissant juste assez de temps à mon entrejambe pour se calmer. Il s'affaira alors à nouveau. Ses mains parcoururent mon corps, tirant sur mes tétons sensibles et troublant mes sens jusqu'à ce que mes veines soient inondées de plaisir.

— *S'il te plaît*, Conner. J'ai besoin de plus.

Le besoin était si écrasant que je crus que j'allais devenir folle si je ne trouvais pas un moyen d'atteindre ce pic insaisissable qui me narguait.

Il gloussa contre mon sexe.

— Ça, c'est ma femme, murmura-t-il contre ma chair gonflée avant de glisser deux doigts épais en moi. Tellement *serrée*.

Ses mots devenaient de plus en plus irréguliers, tant il perdait le contrôle, mais je n'en étais que vaguement consciente, car ses doigts caressaient mon intimité et sa langue sur mon clitoris me propulsait vers la jouissance qui me faisait tant mourir d'envie.

Je ne criai pas simplement. Je hurlai.

Mon corps entier fut parcouru de spasmes. Mes muscles se contractaient et mes nerfs palpitaient sous l'effet d'un pur bonheur électrique. Vague après vague, j'étais couverte d'une sensation si chaude et écrasante que je fus incapable de bouger ou de réfléchir.

Conner me laissa du temps pour me délecter du contrecoup, ses mains décrivant de doux va-et-vient sur ma cuisse. Lorsque mes sens me revinrent, je me demandai s'il allait coucher avec moi. Il voudrait jouir aussi, n'est-ce pas ? Je ne pouvais imaginer qu'il serait satisfait et s'en irait sans avoir eu d'orgasme.

Me redressant, je me mordis la lèvre et jetai un coup d'œil hésitant vers ses yeux insondables.

— On ne va pas… ? Tu ne vas pas… ?

Je n'arrivais manifestement pas à prononcer ces mots, l'embarras causé par ma naïveté paralysait ma confiance en moi.

Conner se leva et me scruta d'en haut, tandis qu'il était toujours habillé.

— Tu n'es pas encore prête et je ne vais pas te baiser avant que tu le sois.

Il commença à se retourner, mais ma main saisit la sienne pour l'arrêter.

C'était arrivé avant que je puisse y réfléchir. C'était peut-être à cause du champagne, mais je voulais être le centre de l'attention de cet homme. Je voulais être capable de lui donner ce qu'il m'avait donné.

Me levant du canapé, je me mis à genoux et entrepris de déboucler sa ceinture. Il m'observa avec son regard de prédateur. Lorsqu'il s'approcha du canapé, je crus qu'il rejetait peut-être mon offre, mais il attrapa plutôt un coussin et le laissa tomber à mes pieds. J'avançai pour m'agenouiller dessus, en souriant légèrement à cause de sa gentillesse inattendue.

— Tu recommences, tu vois le monde à travers les yeux d'une romantique refoulée, dit-il en posant une main sur ma mâchoire. Ne fais pas comme si j'étais quelqu'un que je ne suis pas. Je veux simplement que tu sois à l'aise pour que tu puisses me sucer la queue aussi longtemps que je le veux.

Pourquoi les hommes ressentaient-ils toujours le besoin

de dissimuler leur côté plus tendre ? Bref. Ce qu'il avait fait était mignon et je choisis d'ignorer son point de vue grossier sur ce sujet.

Entre l'orgasme et l'alcool, mes mains tremblèrent à peine lorsque je défis son pantalon. Je n'avais jamais été si proche du pénis d'un homme. Et à en juger par le renflement impressionnant contre la braguette de Conner, celui-ci était énorme.

Une vague de doute tenta de me convaincre que je n'avais aucune idée de ce que je faisais et que je m'apprêtais à m'humilier irrémédiablement. Pourtant, un élan tout aussi implacable de curiosité exigea que je poursuive. J'avais besoin de le sentir dans mes mains et de savoir comment c'était d'enrouler mes lèvres autour de lui. Je voulais qu'il se brise, tout en sachant que j'en étais la raison.

Le pantalon au niveau des chevilles, Conner se servit de son pouce pour baisser son boxer, ce qui permit à son membre musclé de retomber vers l'avant et de pointer dans ma direction. Je fus instantanément émerveillée. Il était si épais que je ne pouvais enrouler entièrement mes mains autour de lui, et la peau douce à son extrémité était manifestement faite pour être léchée. M'agrippant délicatement à la base, je glissai ma langue sur son gland comme s'il s'agissait d'une sucette.

Conner siffla.

— C'est bon, chérie, mais tu dois m'en donner plus. N'aie pas peur de me faire mal.

Il posa une main autour de la mienne et resserra ma poigne, bougeant nos mains de haut en bas jusqu'à la base de son membre. Il utilisa l'autre pour guider ma bouche vers lui. L'ouvrant, je le pris et eus immédiatement un haut-le-cœur.

— *Chhut*, ce n'est rien. Détends ta gorge. Tu peux y arriver. Je sais que tu le peux.

Les larmes brûlaient mes yeux, mais dans le bon sens : c'était un réflexe. Cela me rendit d'ailleurs légèrement furieuse. Je voulais être capable de le faire et je n'allais pas laisser mon corps taper une crise.

Rassemblant toute ma détermination, j'ouvris largement la bouche et amadouai ma langue pour qu'elle accepte cette intrusion. C'était gênant, mais le frisson qui traversa spontanément son corps à mon contact me prouva que cela en valait la peine. Encouragée, je resserrai la main et commençai à décrire des va-et-vient avec ma tête, tout en suçant et léchant avec enthousiasme, maintenant que je me sentais plus à l'aise.

— Seigneur, *merde*, Em. Je vais jouir.

Il appuya sa main derrière ma nuque, m'empêchant de battre en retraite.

— Ta bouche est si bonne, putain.

Entendant la tension dans sa voix, je lui jetai un coup d'œil. Il n'en fallut pas plus. À la seconde où nos regards se croisèrent, il rejeta la tête en arrière et rugit pendant son orgasme. Son essence salée m'emplit la bouche. Ce n'est pas une chose que j'aurais habituellement aimée, sauf que c'était *lui*. Il était viril et indompté. C'était le produit de son désir pour *moi* et cela pouvait devenir addictif.

J'utilisai le dos de ma main pour essuyer la salive sur mon menton, tandis que Conner remettait son pantalon. Il m'aida à me relever. Le malaise refit alors son apparition.

Pas étonnant que les gens plaisantent sur le fait de s'échapper après un coup d'un soir. Si c'était toujours ainsi, moi aussi, j'aurais aimé m'éclipser. Sauf que c'était chez moi, à présent, et que j'étais mariée avec l'homme qui vivait ici.

*Merde alors.*

Conner retira sa chemise et me la tendit.

— La chambre est de ce côté.

J'enfilai le vêtement et le suivis dans le couloir sombre.

— Je n'ai pas besoin de partager une chambre avec toi, si tu préfères.

Il me jeta un coup d'œil par-dessus son épaule.

— Tu es en train de dire que tu veux ta propre chambre ?

— Euh… Je ne crois pas. Je n'y avais pas vraiment réfléchi, pour être honnête. J'imagine que j'ai évité de penser à tout ça.

Il continua d'avancer jusqu'à la chambre principale, un endroit étonnamment confortable avec une cheminée et un grand balcon privé. La palette de couleurs était similaire, mais un peu plus sombre. Apaisante. La personne qui avait décoré cette maison se servait du bleu gris pour ajouter une touche de couleurs. Je me demandai si les yeux de Conner avaient été l'inspiration.

— Tes vêtements sont dans le placard, mais nous pouvons les ranger ailleurs, si c'est ce que tu souhaites.

Je reportai mon attention sur lui quand il parla, remarquant la nervosité qui contractait maintenant ses épaules. Il ne me regarda pas lors de son discours et se contenta d'avancer vers la salle de bains attenante où il commença à se déshabiller. Je le suivis distraitement. Quand il jeta son maillot de corps dans un panier, je le ressortis et l'échangeai avec la chemise que je portais.

Il se figea, observant chacun de mes mouvements.

— Ça ne te dérange pas ? Je ne sais pas vraiment où se trouvent toutes mes affaires et je suis trop fatiguée pour fouiller, ce soir.

— Non, ça ne me dérange pas.

Un éclat affamé, semblable au précédent, réapparut dans son regard.

— Je crois que ta lingerie est ici.

Il me désigna une colonne de tiroirs dans le placard.

Repérant une culotte rose, je l'enfilai avant de me diriger vers la coiffeuse pour retirer les épingles de mes cheveux. Il me fallut plus longtemps que nécessaire, car mon regard était constamment attiré par la vue de son torse nu et de ses jambes puissantes. C'était la première fois que je le voyais en sous-vêtement. Son boxer moulait ses cuisses musclées.

Une fois qu'il eut revêtu un jogging et un T-shirt, il resta dans l'embrasure de la porte, attendant que je finisse.

— Tu as faim ?

— Oui. J'imagine.

La cérémonie avait commencé à 14 heures, la réception à 15 h 30. Nous avions mangé du gâteau et bu du champagne, mais nous n'avions pas dîné.

Conner nous guida dans l'appartement jusqu'à la cuisine. Marchant derrière lui, je me rendis compte que j'aimais sa façon de bouger. Sa démarche était confiante et puissante, sans faux-semblant inutile. Il me faisait penser à un cheval de course, l'outsider qui courait vite et franchement, bien qu'il n'ait pas un bon lignage. Sa force d'âme ne lui avait pas été enseignée et n'était pas inventée de toutes pièces. Il était né avec, elle était aussi naturelle que sa fossette au menton.

— Ton appartement est sympa, dis-je en ressentant le besoin de combler le silence.

— Notre appartement.

— C'est vrai… notre appartement, murmurai-je. Il va me falloir du temps pour m'y habituer.

— Assieds-toi au bar. Tu aimes le risotto ?

Mes sourcils s'élevèrent jusqu'à mes cheveux. Je ne savais

pas si j'étais plus surprise qu'il propose de cuisiner ou qu'il prépare un plat italien.

Il me lança un sourire narquois par-dessus son épaule.

— Ne le dis à personne, mais Ma adore la cuisine italienne. Elle aime cuisiner, en général, et puisque j'étais enfant unique, je passais beaucoup de temps dans la cuisine, avec elle.

Il se déplaça avec une aisance naturelle dans l'espace moderne, sortant des poêles haut de gamme et des ingrédients de base. J'envisageai de lui poser des questions sur son lien avec les Genovese, mais je décidai de ne pas le faire. Nous marchions sur des œufs, dans un semblant de normalité, et je ne voulais pas faire de vagues.

— J'aimerais te dire que je connais un tas de recettes irlandaises, mais ce serait un mensonge. Je *sais* cuisiner, mais surtout des plats italiens.

Plutôt que de m'asseoir comme il l'avait suggéré, je sortis le beurre et le parmesan du frigo.

— Tu as un plat préféré ? demanda-t-il en se mettant à émincer un oignon sur la planche à découper.

Je m'appuyai contre le plan de travail, à côté de lui, réalisant que j'avais commencé à me sentir presque à l'aise. Il valait mieux ne pas y penser, sinon j'allais m'inquiéter et cela me désarçonnerait.

— J'imagine que mon plat préféré serait ce ragoût d'enchiladas que maman m'a appris à faire.

— Je déteste devoir te le dire, mais ce n'est pas italien.

— J'ai dit que je cuisinais *surtout* des plats italiens, mais j'en inclus aussi d'autres pour ne pas me lasser.

Je le regardai couper l'oignon, ressentant un léger picotement dans mes yeux.

— Je ne sais même pas ce que c'est, la nourriture irlandaise.

— Des pommes de terre, me taquina-t-il sèchement. *Beaucoup* de pommes de terre et, à l'occasion, de la saucisse. Une tourte à la viande ou un ragoût. De la nourriture qui tient au corps. Il faut bien manger quelque chose pour éponger le whisky.

Il mit l'oignon dans une poêle en train de chauffer, avec une cuillère à café d'huile d'olive, puis il consulta son téléphone.

— *Merde*, grommela-t-il avant de froncer les sourcils en jetant un coup d'œil vers la poêle crépitante. Je dois y aller. Tu crois que tu peux finir ?

— Tu t'en vas ?

Ces mots furent prononcés d'un ton plus accusateur que je ne l'avais voulu.

— C'est un problème ?

Je secouai rapidement la tête.

— Non, lui assurai-je. Quelqu'un va rester avec moi ?

Il fronça à nouveau ses épais sourcils noirs.

— Ça devrait être le cas ?

— Pas du tout. Mais je n'ai pas eu le droit de rester seule à la maison depuis longtemps. C'est étrange.

Un air menaçant assombrit ses traits.

— Ce n'est pas une prison, Noemi. Je préférerais que tu sortes avec moi ou l'un de mes hommes, mais j'aimerais croire que tu n'as pas besoin que quelqu'un te surveille.

Il me scruta une seconde de plus.

— Il faut que je me change.

Dix minutes plus tard, il était parti.

J'étais mariée et seule, comme ma mère l'avait été. Était-ce ainsi que les choses avaient commencé pour elle ?

Pourrais-je le revendiquer un jour si Conner pouvait être appelé, même le soir de sa nuit de noces ?

Comme la fausse boule de cristal de mon frère le dirait probablement : *c'est pas gagné.*

Je chassai cette sensation qui me serrait le cœur et tirait sur ma poitrine afin d'ajouter les touches finales au risotto. Pendant qu'il refroidissait, je trouvai comment allumer la télévision et repérai une application de musique. J'envisageai de choisir une playlist ensorcelante qui correspondrait à ma mélancolie grandissante, mais je refusais de m'apitoyer. Ma situation n'était peut-être pas idyllique, mais elle était préférable à celle d'avant. J'étais seule, pour le moment, ce qui était une plus grande liberté que ce qu'on m'avait autorisé depuis plus de six mois.

Je sélectionnai une playlist estivale. Quel meilleur moyen de me concentrer sur le bon côté des choses que des chansons idéales pour une fête autour de la piscine ?

Une fois que j'eus fini de manger, j'augmentai le volume de la musique pour l'entendre dans tout l'appartement, et je me familiarisai avec mon nouveau foyer. Je découvris certains de mes cartons empilés dans une chambre d'amis. J'allais devoir les trier à un moment. Je tombai ensuite sur une autre chambre d'amis, sur le bureau de Conner et sur une pièce dédiée à l'équipement de sport. Une grande partie de l'appartement était située d'un côté, tandis que la chambre principale était de l'autre, ce qui offrait de l'intimité.

Retournant de ce côté, je fouillai dans les affaires de Conner, furetant dans le placard et la salle de bains. Comme la plupart des hommes que je connaissais, il gardait un revolver dans le tiroir de sa table de nuit. Je savais tirer, mais les armes n'étaient pas ce que je préférais et je le laissai donc tranquille. Autrement, rien d'intéressant ne me sauta aux yeux, surtout parce qu'il n'avait pas de *trucs*. Pas de bibelots achetés en voyage ou d'effets personnels. Il avait quelques photos de famille encadrées et un vieux chapelet sur sa commode. Voilà tout.

Cela me paraissait un peu vide.

*Pas pour longtemps !*

Je souris, me sentant sournoise, et je partis dans la chambre d'amis où se trouvaient mes cartons. Si c'était censé être mon appartement, qu'il en soit ainsi. J'allais m'approprier davantage cet endroit. S'il n'aimait pas ça, tant pis pour lui. Il ne l'avait pas volé, car il m'avait laissée seule lors de notre nuit de noces.

— Je ne suis pas une mariée si pudique, après tout, n'est-ce pas, monsieur Reid ?

Je gloussai et commençai à déballer mes affaires.

# 30

La chambre principale était plongée dans le noir quand quelque chose m'arracha à mon sommeil. Mon corps se raidit lorsque je me rendis compte qu'une grande main était appuyée sur mon ventre. Cette main était attachée à un corps immense et brûlant collé à mon dos.

— C'est moi, Noemi. Tu peux te détendre.

La voix fatiguée de Conner fondit autour de moi comme du beurre chaud.

— J'ai choisi mon côté, murmurai-je d'une voix endormie.

Il grogna.

— Il y a plein de merdes sur la commode.

— Et dans la salle de bains, aussi, répondis-je en souriant discrètement. Mon appartement, mes merdes.

Manifestement trop fatigué pour se disputer, il se contenta de soupirer avant que ses expirations se muent en légers ronflements.

Quand je me réveillai ensuite, la lumière filtrait dans la chambre autour des rideaux. Conner n'était plus blotti contre moi, même si l'une de ses mains tenait encore mollement mon avant-bras, de là où il était allongé, comme s'il avait réussi à me surveiller, même dans mon sommeil.

Il ne bougea pas d'un pouce quand je me glissai hors du lit. Je me demandai à quelle heure il était rentré à la maison. Comme je ne désirais pas le déranger et que j'étais loin d'être suffisamment à l'aise pour qu'il m'entende faire pipi, j'allai dans la salle de bains des invités avant de me rendre dans la cuisine.

Conner avait un nombre surprenant d'options pour le petit déjeuner, y compris des bagels dans le placard et du fromage frais dans le frigo. Puisqu'il avait cuisiné pour moi la veille, je me dis que j'allais préparer des pancakes. Mais tout d'abord, j'allais faire le café.

J'ouvris les portes de placard jusqu'à dénicher des capsules de café, une machine à expresso et une Keurig. À côté de celle-ci se trouvait un sachet de café en grains Starbucks et derrière, des capsules de café à la noisette. Je n'avais pas l'impression que Conner était du genre à boire ces cafés aux saveurs innovantes. Et parce que j'aimais me torturer, je commençai à me demander s'il avait acheté ça pour quelqu'un d'autre. Peut-être... une femme quelconque.

Je me pinçai fermement les lèvres, comme si j'avais goûté quelque chose d'amer.

Il ne m'était jamais venu à l'idée de lui poser des questions sur ses précédentes aventures… C'était faux. Cela m'avait traversé l'esprit, mais aucun moment approprié ne s'était présenté. Habituellement, dans une relation, ce genre de choses était évoqué naturellement au fil du temps alors que le couple apprenait à se connaître. Nous avions pris la voie rapide. J'étais mariée à cet homme et j'ignorais tout de ses antécédents relationnels. Bon sang, il fréquentait peut-être quelqu'un quand toute cette histoire avait commencé.

Je grognai.

— Je peux te montrer comment utiliser la machine.

Je sursautai en entendant la voix de Conner.

— Bon sang, tu m'as fait peur. Fais plus de bruit quand tu marches.

La conviction disparut de ma voix à la seconde où mes yeux se posèrent sur sa silhouette torse nu qui entrait dans le salon.

*Jésus, Marie, Joseph. Vais-je un jour m'habituer à ce spectacle ?*

Son pantalon de jogging pendait au bas de ses hanches. Chaque centimètre de son torse et de ses bras délectables était exposé. Des tatouages couvraient son bras gauche et son épaule. Les dessins étaient entièrement noirs et débordaient sur son buste et son dos. Quelques poils sombres parsemaient son thorax, et ses muscles s'étiraient sur des kilomètres – des muscles épais et matures qu'on ne pouvait se forger qu'en allant à la salle de sport.

— Euh… Je sais le faire, à vrai dire, marmonnai-je. Ma mère était une grande fanatique du café. Nous avions une machine à cappuccino à la maison. Celle-ci n'est pas si différente.

— On peut échanger avec une machine à cappuccino, si tu préfères. Ça n'a pas beaucoup d'importance pour moi.

Il appuya sur un interrupteur de cette machine sophistiquée.

— Je crois qu'un expresso, ça me va.

Nouvel endroit, nouvelle routine. Boire mon expresso du matin avec mon mari pourrait être agréable.

— Il y a des bagels et du fromage frais, si tu veux.

— J'ai vu. Tu aimes ça, toi aussi ?

— Je ne suis pas vraiment du genre à prendre un petit déjeuner.

— Alors pourquoi…

Je m'interrompis, réalisant qu'il les avait achetés pour moi. Il avait acheté tout ça pour moi.

*Merde alors.*

Voilà qu'il redevenait adorable. C'était étrange. Il n'était pas fleur bleue ni romantique, mais un côté plus tendre se tapissait derrière cet extérieur bourru.

— Euh, j'avais pensé nous préparer des pancakes, mais si tu ne veux rien manger, un bagel m'ira très bien.

Je sortis le sachet de bagels maison du placard et partis à la recherche d'un couteau dentelé pour le trancher. Une fois que j'eus coupé mon bagel et trouvé le grille-pain, je me retournai et m'appuyai contre le plan de travail.

Conner avait lancé la machine à café et récupérait quelque chose sur la table de la salle à manger.

— Tiens, c'est pour toi.

Il me tendit un tout nouvel iPhone.

— Mon numéro et quelques autres ont déjà été entrés. Bishop est enregistré aussi. Si tu n'arrives pas à me joindre, un jour, appelle-le.

— Merci.

Je n'y avais pas pensé, mais il était clair que je ne voulais plus utiliser le portable que mon père m'avait donné.

— Tu as une idée de ce que tu veux faire ?

Je le fixai impassiblement du regard.

— Qu'est-ce que tu veux dire ?

— Je ne m'attends pas à ce que tu restes assise là, toute la journée, parce qu'on est mariés. Qu'est-ce que tu faisais, avant ?

— J'étais au lycée, puis maman est morte et papa ne me laissait rien faire.

Je me sentais étrangement gênée de lui dire ça. J'ignorais pourquoi. Ce n'était pas ma faute si mon père était un salaud ou si j'avais perdu ma mère, mais admettre que je n'avais aucun but dans la vie me semblait embarrassant.

— Que prévoyais-tu de faire avant que tout ça se produise ?

Je haussai les épaules.

— Je n'en étais pas sûre. Le genre de choses qui m'intéressent n'était pas vraiment ce qui me permettait de me construire une carrière.

— Quoi, par exemple ?

Je me demandai à quel point j'aurais l'air bête en lui disant la vérité quand le grille-pain éjecta mon bagel derrière moi, ce qui me fit fuir du plan de travail. M'écrasant contre son torse musclé, je m'exclamai et levai les yeux vers les siens, semblables à des saphirs fondus.

— Excuse-moi, chuchotai-je.

Les mains de Conner glissèrent sur mes bras, là où il m'avait attrapée, et descendirent vers le creux de mes reins pour m'attirer contre lui. Il baissa son visage vers mon cou et inhala mon odeur.

— Tu es toujours aussi nerveuse, le matin ?

Désormais, j'étais nerveuse *et* essoufflée, car son membre durcissait rapidement entre nous. Nous n'avions pas couché ensemble, hier soir, mais combien de temps attendrait-il ? Comment le saurais-je quand je serais prête ?

Un flot de questions me tomba dessus, m'encourageant à me libérer.

— Je dois prendre mon bagel avant qu'il brûle, qu'il refroidisse ou quelque chose comme ça, marmonnai-je en détalant vers le grille-pain.

Lorsque je jetai un coup d'œil à mon mari, sa bouche était inclinée vers le haut dans un sourire entendu.

— C'est à toi, ça aussi.

Il se dirigea vers son portefeuille posé sur le plan de travail et en sortit une carte noire qu'il glissa dans ma direction sur l'îlot central. Une carte de crédit. Et elle était à mon nom.

J'écarquillai les yeux.

Conner plissa les paupières.

— Laisse-moi deviner. Ce salaud prenait aussi ton argent en otage ?

— Tu dis ça comme si j'avais de l'argent, répondis-je doucement.

Il secoua la tête et retourna vers la machine à café pour récupérer son cappuccino fraîchement préparé.

— Eh bien, tu en as, maintenant. Réfléchis à ce que tu veux faire. Je dois faire quelques courses, ce matin, mais je reviendrai après le déjeuner. Ça ira, jusque-là ?

— Oui, bien sûr.

Il hocha la tête et emporta son café dans la chambre, vraisemblablement pour se préparer. Quelque peu perplexe, je me laissai tomber sur un tabouret de bar et étalai du fromage frais sur mon bagel. C'était très étrange. Je ne savais pas à quoi je m'étais attendu de la part de Conner, mais ce n'était pas à ça. J'avais sans doute supposé hâtivement qu'il était incapable de prendre soin de moi. Peut-être que ce qu'il me proposait serait suffisant. Si j'avais la liberté et un certain degré de respect, je pouvais être heureuse. Probablement. Et si j'avais de l'argent, j'aurais accès à ce qu'il me fallait pour éloigner mon frère de notre père.

*Et que se passera-t-il ensuite, génie ? Tu crois que papa laissera Sante partir comme ça ?*

Les quelques bouchées que j'avais avalées me retournèrent l'estomac. Étais-je prête à fuir ? Pouvais-je réunir suffisamment d'argent pour aider Sante à fuir ? Avais-je envie de le faire ? Et si ce n'était pas le cas, qu'est-ce que cela indiquait sur la sœur que j'étais ? Ne devais-je pas au moins essayer de le sauver ?

Mon appétit flétrit et disparut.

J'avais besoin d'entendre la voix de Sante et de me rassurer sur le fait qu'il allait bien. Je ne savais pas vraiment pourquoi. J'en avais simplement besoin, mais je ne voulais pas appeler quand Conner était dans les parages. Il avait déjà une piètre opinion de mon frère, je ne souhaitais pas empirer les choses d'une manière ou d'une autre.

Tandis que j'attendais que Connor parte travailler, je me demandai quel appareil utiliser. J'avais toujours le portable prépayé qu'il m'avait initialement donné. Cela me permettrait d'être sûre que personne ne localiserait mon téléphone, mais comme celui de Sante était probablement surveillé, tous mes efforts pour être discrète seraient vains. Je ferais aussi bien de me servir de mon nouveau mobile et croire que mon mari me disait la vérité quand il affirmait ne pas suivre le moindre de mes mouvements.

J'appelai mon frère à la minute où je fus seule, et je fus soulagée quand il décrocha.

— Oui, aboya-t-il au bout du fil.

Le fait qu'il réponde à un numéro inconnu avec une certaine autorité me fit sourire.

— Salut, petit frère. C'est moi.

— Em ! Comment vas-tu ? demanda-t-il alors que tout faux-semblant disparaissait de sa voix. Je m'inquiétais tellement.

— Je vais bien. Inutile de t'inquiéter pour moi.

J'aurais aimé pouvoir lui parler de Conner, mais je ne voulais pas que mon père l'entende. Moins il en savait sur mon mari, mieux ce serait.

— Quoi de neuf ?

— Que du vieux, surtout, fit-il vaguement.

— Surtout ?

Je n'avais pas l'impression de fureter, mais quand Sante me répondit, sa voix était tendue :

— Tu sais que je ne peux pas parler de ce genre de choses, Em.

Sa réaction défensive me surprit.

— Oui, je ne voulais pas être indiscrète. Je ne comprendrais pas vraiment si tu me disais que tu avais eu un rencard torride.

Je tentai de faire comme si de rien n'était, mais l'inquiétude me nouait l'estomac.

Il resta silencieux quelques secondes.

— Il y a des trucs… *Ah !*

Il s'interrompit après son cri furieux.

— Ce n'est rien. Je suis ravi d'entendre que tu vas bien. Écoute, je dois y aller. C'est ton nouveau numéro ?

— Oui. Appelle-moi quand tu veux.

— Génial. Prends soin de toi, je te rappellerai.

Il raccrocha avant que je puisse répondre.

*Merde. Mais que se passait-il ?*

Il fallait que j'aie une conversation transparente avec lui, sans que notre père regarde par-dessus nos épaules. Je fixai le portable prépayé que j'avais sorti de mes affaires en défaisant mes cartons et je me demandai si je ne pouvais pas faire pour Sante ce que Conner avait fait pour moi. Pouvais-je lui acheter un téléphone jetable afin qu'il passe inaperçu ? Je pouvais sûrement y arriver. Et de là, qui pouvait bien savoir ce qui serait possible ?

# 31

— Ça a pris plus longtemps que je ne l'aurais cru. J'espère que tu as pu te préparer quelque chose à déjeuner.

Conner me rejoignit dans le salon, les mains dans les poches et le regard prudent.

— Ça n'a pas été un problème du tout. Tu as fini pour aujourd'hui ?

— Non. Il faut que j'y retourne. Je me disais juste que j'allais passer te voir.

Sa mâchoire se crispa et son regard se riva durement sur le côté, comme si quelque chose l'avait irrité.

— Eh bien, comme tu es là, j'ai besoin de faire une course.

Il hocha la tête, comme s'il était seul.

— Autant que tu viennes avec moi. Nous pouvons faire tes courses en allant au club.

Je me raidis. Je ne m'étais pas attendue à ce qu'il m'y emmène lui-même. Merde.

— D'accord. Laisse-moi prendre mon sac.

Je me hâtai dans la chambre et maudis ma chance. Je préférerais qu'il ne sache pas ce que je manigançais, mais visiblement, je n'avais pas le choix.

— Je dois simplement aller dans une pharmacie, expliquai-je une fois que nous fûmes dans son véhicule. Je sais que c'est difficile pour se garer, alors ne t'embête pas à rentrer avec moi.

Je tentai d'avoir l'air aussi nonchalante que possible.

Mon époux m'ignora et ne répondit pas. Il s'engagea plutôt dans une allée et arrêta la voiture, avant de me clouer sur place avec son regard.

— Nous vivons dans un monde où tout le monde veut notre peau. Notre unique chance de rester entier, c'est de nous faire confiance. Tu es ma femme, que tu le veuilles ou non. Tu comptes me dire ce qu'il se passe ?

Je ne savais pas vraiment pourquoi, mais les larmes me brûlèrent les yeux.

— Je m'inquiète pour mon frère. Je pensais acheter un téléphone prépayé pour le lui donner, comme tu l'as fait avec moi. Comme ça, je pourrais lui parler… sans que mon père le sache.

La tension sembla aspirer tout l'air contenu dans ce petit espace.

— Quelqu'un doit tuer ce salopard, cracha Conner.

Il ignorait à quel point il avait raison, mais sa famille et lui ne pouvaient le faire. Une déclaration de guerre si incontestable engendrerait un désastre.

— Je dois simplement pouvoir parler à Sante, c'est tout. Et tout ira bien ensuite, j'en suis sûre.

À mon avis, il ne me croyait pas, pas plus que je croyais en ce que je disais, mais il laissa tomber. Après avoir trouvé une place de parking, il m'emmena dans une pharmacie et me montra où étaient vendus les téléphones prépayés. Il me fit même payer avec ma nouvelle carte de crédit pour être certain qu'elle fonctionnait. Une part de moi continuait d'attendre un piège. Tout cela semblait trop facile. Trop pratique et émancipant. Comment me contrôlerait-il s'il me donnait tout ce dont j'avais besoin, y compris ma liberté d'aller et venir ?

*Ça, c'est une pensée bien tordue. Papa t'a véritablement maltraitée.*

Je dus retenir un soupir quand Conner nous conduisit jusqu'à son club. Je n'avais pas envie de penser que mon mari était capable de me manipuler comme mon père l'avait fait, mais il était difficile d'anéantir ces suspicions. Je me sentais obligée d'être sur mes gardes, au cas où. Il était stupéfiant de constater comme la vie pouvait rapidement s'éteindre ou être volée.

L'entrée du club était calme, comme lors de ma première visite. Je me demandai à quoi cela ressemblait la nuit. Les clients s'alignaient-ils à l'extérieur ? Ou était-ce plus comme un bar clandestin avec un code secret et un guetteur ? J'avais peut-être regardé trop de films.

Shae était absente, cette fois-ci, mais le témoin de Conner à notre mariage était allongé sur le canapé de mon mari lorsque nous arrivâmes dans son bureau.

— Si tu es si fatigué que ça, rentre chez toi, grommela Conner en alertant l'homme de notre présence.

Je l'avais brièvement rencontré, par le passé, mais nous n'avions pas eu l'occasion de discuter.

— Oh, merde. Désolé. La nuit a été longue.

Ce beau mec s'assit, un sourire penaud révélant de profondes fossettes sur ses deux joues. Il devait avoir l'âge de Conner, avec ses yeux marron chaud qui me rappelaient ceux d'un golden retriever, et ses cheveux bouclés qu'il laissait pousser et décoiffés sur le dessus. Il était fort et ses muscles saillants, notamment ses trapèzes finement sculptés, inclinaient ses épaules. Ses biceps courbés étiraient les manches de son T-shirt. Avec son charme enfantin, il était encore plus mignon dans ses vêtements de ville qu'avec le costume qu'il portait au mariage.

— Noemi, tu te souviens de Bishop, déclara distraitement Conner en s'approchant de son bureau.

Oui, c'était son nom. Je tendis une main qu'il serra volontiers.

— Bishop… c'est ton nom de famille ?

— Non, je m'appelle Ewan Bohanan.

— Alors pourquoi Bishop[1] ? fis-je, curieuse.

Il sourit et regarda Conner comme pour lui demander la permission.

Mon mari leva les yeux au ciel.

— J'ai reçu ce surnom au lycée… dit-il avant de me gratifier d'un sourire radieux. Parce que toutes les filles se mettaient à genoux quand j'étais dans les parages.

Je me mordis les lèvres pour retenir un rire hystérique.

Conner s'assit sur son bureau et croisa les bras.

— Tu as failli te faire tuer plus d'une fois, à cause de ça.

— Comment étais-je censé savoir si l'une d'elles avait un

petit ami ? rétorqua-t-il en ouvrant les bras pour plaider son innocence. Et ça n'a jamais été si horrible que ça… pas quand tu me soutenais.

— Oui, tu m'en as attiré, des ennuis. Heureusement que je vivais sur le ring.

— Le ring ? intervins-je.

— Le ring de boxe, clarifia Conner.

— Tu étais boxeur professionnel ?

— Est-ce qu'il boxait ? répéta Bishop, bouche bée. Mon gars aurait pu être un champion. Regarde-le !

Narquoise, je ris, tentant de ne pas le reluquer de façon trop flagrante. Conner avait effectivement une carrure impressionnante.

— J'imagine que ça explique pourquoi tes articulations sont couvertes de cicatrices.

Conner eut un sourire en coin.

— C'est l'une des raisons.

Je secouai la tête. Je ne voulais pas savoir ce qui pourrait provoquer ce genre de dégâts. Observer ces deux hommes interagir était instructif. Bishop faisait ressortir un autre aspect de Conner que je n'avais pas vu auparavant. J'imaginais qu'ils avaient été de vraies furies, dans leur jeunesse.

— Très bien, ça suffit les conneries.

Conner se leva et rangea des papiers dans un tiroir avant de me regarder.

— Il y a toujours quelques tables ouvertes vingt-quatre heures sur vingt-quatre, à l'étage. Tu veux aller jeter un coup d'œil ?

— Vraiment ?

J'avais cru qu'il aurait besoin de travailler et que j'allais devoir m'occuper. Une visite était une bonne surprise.

— Viens. Bishop, va te rendre utile, quelque part.

Conner me guida jusqu'à l'ascenseur et au deuxième étage, qui accueillait ce qui ressemblait à la petite salle de bal d'un hôtel décorée pour une soirée sur le thème de Vegas. Les murs étaient parsemés de candélabres en cristal et des lustres assortis pendaient depuis les plafonds. Du satin bordeaux luxueux ornait les murs. La même couleur, combinée à du doré et de l'acajou, était utilisée dans tout l'espace. Une dizaine de tables pour jouer aux cartes se trouvaient au milieu de la grande pièce. Seules deux semblaient ouvertes pour le moment et je me demandai quelle était l'atmosphère, la nuit, pendant les heures de pointe.

— Il faudrait que tu viennes, un soir, pour voir tout le tableau, songea Conner en observant son royaume comme s'il le voyait de mon point de vue.

— Je me disais la même chose. C'est beau, mais je parie que ça prend vie la nuit.

Il grogna pour approuver.

— Comment peux-tu diriger un tel endroit ? N'est-ce pas illégal ?

Je me rappelai que Shae m'avait dit que tout ce qu'il se passait à son étage était irréprochable, ce qui m'avait rendue curieuse.

Conner inclina la tête presque fièrement.

— Le club *Bastion* est une œuvre de charité privée. Elle implique essentiellement une comptabilité très créative.

— Je vois.

— Tu sais jouer au blackjack ? demanda-t-il en se tournant vers moi.

— Oh, oui. J'y ai joué plusieurs fois avec mon frère, non

pas pour de l'argent, même si parfois on pariait les bonbons d'Halloween qu'il nous restait.

Réprimant un sourire, il secoua la tête.

— Voyons voir ce que tu as dans le ventre, alors.

Il me fit un signe vers l'une des tables. Je pris la seule chaise libre, souriant à la jolie rousse installée à la place du croupier. Elle me jeta à peine un coup d'œil tant elle était occupée à faire les yeux doux à mon mari.

— Monsieur Reid, dit-elle d'une voix sensuelle. C'est une agréable surprise.

*Le culot ! Ce n'est pas comme si je n'étais pas assise juste là.*

Conner posa une main sur mon épaule.

— Je voulais faire visiter mon épouse. Noemi, voici Lena. Lena, Noemi.

La femme sourit et distribua mes cartes, tout en me foudroyant du regard.

— Bonne chance.

Recevait-il autant d'attention tous les jours, au travail ? Dans ce cas, il n'était pas étonnant qu'il y soit dévoué. Je savais que les femmes se jetaient souvent au cou des hommes puissants, mais c'était autre chose de le voir en vrai. Avec mon mari.

Je ravalai le goût âcre de la jalousie et examinai la main qu'on m'avait distribuée. Deux huit. C'était suffisant pour splitter. Je réussis à obtenir une figure sur chaque huit, ce qui m'offrit deux mains gagnantes alors que la croupière restait à dix-sept. Je souris et rayonnai en regardant Conner qui put se joindre à moi à la table quand l'homme assis à mes côtés grommela et se retira de la partie.

Lena distribua à nouveau les cartes, incluant Conner, cette fois-ci. Nous jouâmes plusieurs manches et j'avais commencé à prendre sincèrement du plaisir, malgré l'attention manifeste dont Lena gratifiait mon mari. Ma tolérance atteignit ses limites quand elle glissa une main séductrice sur la sienne une seconde fois, en récupérant ses cartes.

— Tu sais quoi ? Je crois que j'aimerais manger un morceau, lançai-je en me tournant vers Conner. On peut aller dîner ?

Il plissa ses yeux bleus en me regardant.

— Oui, bien sûr.

Il laissa tomber ses cartes sur la table. Je me dirigeai vers l'ascenseur, sans prendre la peine de dire au revoir.

----

1.  Évêque, en anglais.

— As-tu quelque chose à me dire ? demanda Conner une fois que nous fûmes dans la voiture.

Il avait remarqué que mon humeur s'était gâtée, mais je n'étais pas prête à admettre la source de mon irritation.

— Non, j'ai seulement faim.

Je maintins mon regard sur la vitre.

Un court moment plus tard, nous nous garâmes devant un restaurant du nom de *Neary's*. Il semblait petit, vu de dehors, mais il se prolongeait à l'arrière du bâtiment, à l'intérieur. Si je devais deviner, j'aurais dit que cet endroit était ouvert depuis aussi longtemps que ce bâtiment existait

– probablement les années trente ou quarante –, mais ça n'avait rien de négatif. Ce pub de style irlandais avait beaucoup de charme. Des box en vinyle rouge étaient alignés contre les murs, ainsi que des souvenirs irlandais et des appliques manifestement anciennes qui projetaient une chaude lueur dans cet espace confortable.

— Il appartient à ma famille, dit Conner en me guidant vers une table vacante au centre de la longue pièce. Ça te convient, Tally ?

Il releva le menton vers une serveuse mignonne aux cheveux bouclés, non loin de là.

— Bien sûr, monsieur Reid.

Elle s'avança et tira la chaise pour lui, tout en lui lançant un sourire aguichant.

— Puis-je vous amener la même chose que d'habitude ?

*In-croy-able.*

Serait-ce toujours ainsi ? Aurais-je toujours l'impression d'être la cinquième roue du carrosse dans mon propre mariage ?

— Ce serait parfait, merci. Noemi. Que voudrais-tu boire ?

Je soupirai et me laissai tomber sur mon siège, refusant de regarder en direction de Conner.

— Le vin rouge de la maison me convient.

Une fois que *Tally* fut partie, Conner rapprocha sa chaise de moi. Il ne restait qu'un coin de la petite table entre nous.

— Tu es jalouse ? demanda-t-il curieusement en frottant son menton barbu d'une main.

— Je trouve simplement que c'est un manque de respect. Toutes ces femmes te baisent du regard comme si je n'étais même pas là.

Quelque chose de sombre et de primitif passa derrière ses yeux.

— Tu es jalouse.

Cette fois-ci, il prononça ces mots avec un amusement digne d'un prédateur, comme un chat observerait une souris se débattre dans un piège.

— C'est ce que tu dirais si Bishop et tous les autres hommes que nous avons rencontrés m'imaginaient complètement nue ?

J'avais son attention, à présent. Je continuai donc sérieusement :

— Si cette relation était réelle, alors quelques regards lubriques ne me dérangeraient pas. Mais ce n'est pas réel et ça ne fait que rendre les choses bien plus confuses.

Le visage de Conner afficha une émotion instable – ses traits étaient plus prononcés et sa colère, plus intense.

— Comment ça, *si c'était réel* ?

Chaque mot formulé d'un ton sec suintait de poison.

— Eh bien, nous sommes mariés, mais c'est surtout une façade, n'est-ce pas ? Un arrangement pour nos familles.

Je m'enfonçais un peu plus à chaque parole, mais j'ignorais comment.

Mon mari se pencha en avant et son corps bouillonnait de rage.

— Une *façade* ? Est-ce que tu as l'impression que je suis un genre d'acteur ? Parce que je suis presque certain que lorsque tu as joui sur ma langue et mes doigts, c'était aussi réel que possible. Je t'ai dit que c'était plus qu'un fichu arrangement.

La chaleur me monta aux joues tandis que je jetais un coup d'œil dans le restaurant, espérant que personne ne l'avait entendu.

— Oui, mais qu'est-ce que ça signifie ?

— Ça signifie que tu es à moi et que je suis à toi.

— C'est ce que tu dis, lançai-je doucement en baissant les yeux. Mais je ne sais rien de toi.

Lorsque je levai à nouveau les yeux vers lui, je le laissai apercevoir mon incertitude et ma peur. J'obtins le résultat escompté.

Les épaules de Conner se détendirent visiblement lorsqu'il s'enfonça sur sa chaise.

— Que veux-tu savoir ?

— Tu peux me parler des Genovese ? Je ne m'étais pas rendu compte que tu avais été adopté.

Il hocha la tête, accordant un instant à la serveuse pour qu'elle nous donne nos boissons.

— Il y a quelques mois, ma mère biologique m'a contacté et a entamé la conversation. Je n'étais pas intéressé, mais quand mes oncles ont découvert que j'étais le fils de Mia Genovese, ils m'ont incité à aller la rencontrer.

— Je n'imagine même pas ce que tu as dû ressentir.

— Ce n'est pas si terrible. J'ai eu une belle vie et je n'éprouve aucune rancœur face à ses choix. Mia n'avait que seize ans quand elle est tombée enceinte de moi. Quand je suis né, elle m'a déposé avec un chapelet dans l'église catholique où se rendaient mes parents adoptifs. Maman a su quand elle était jeune qu'elle ne pourrait pas avoir d'enfants, alors quand l'occasion s'est présentée, elle a sauté dessus et m'a adopté. C'était pour le mieux.

— J'imagine que tout ça est un peu plus logique, maintenant. Les Irlandais et les Italiens qui s'allient.

— Ton père ne t'a rien dit de tout ça ? demanda-t-il en secouant la tête et levant les yeux au ciel. Peu importe. Évidemment qu'il ne t'a rien dit.

Je haussai les épaules.

— C'était inhabituel pour les deux groupes de s'unir, mais j'ai appris que je n'avais pas le droit de poser de questions.

— Eh bien, tu peux effacer ces conneries de ta tête, grommela-t-il. Tu es ma femme, pas une employée. Je m'attends à ce que tu me poses des questions, quand tu en as.

Je marquai une pause, me demandant si je voulais tester son affirmation.

— Qu'est-ce que ça veut dire, pour toi, comme tu fais partie des familles irlandaises et italiennes ?

Il soupira lourdement.

— Je n'en suis pas sûr. Ça ne change pas grand-chose, en ce qui concerne les organisations. Même notre mariage ne me donne aucun privilège particulier parmi les Cinq Familles. Ça ne me dérange pas. C'est le côté personnel qui est plus compliqué. Mia ne cesse de vouloir qu'on se réunisse et ça ne m'intéresse pas. Je ne sais pas quoi faire d'elle.

Mon cœur se serra et s'envola à la fois à cause de son explication. Je détestais qu'il soit dans une situation si délicate, mais j'étais également ravie qu'il se soit confié à moi sur un sujet si personnel. Il faisait preuve d'un degré de confiance auquel je ne me serais jamais attendue.

— À mon avis, rien ne t'empêche de prendre ton temps. J'ai l'impression que tu as été très accommodant, jusqu'à maintenant, lui suggérai-je gentiment.

Il me scruta, ses yeux bleus plongeant dans les miens jusqu'à ce que la serveuse nous rejoigne et brise l'ensorcellement qui nous prenait en otages. Il nous fallut une minute pour regarder le menu, puis commander. J'optai pour un plat traditionnel irlandais qu'il me conseilla, comme j'étais intéressée à l'idée d'en savoir plus sur la culture dans laquelle il avait grandi.

— J'aimerais en apprendre plus sur ta mère, me dit Conner une fois que nous fûmes à nouveau seuls. Mais pas si ça te met en colère.

— Je suis heureuse de te parler d'elle. C'était une mère incroyable. Elle nous couvrait toujours d'amour et d'attention. Nous préparions des maisons en pain d'épices, à Noël, et nous peignions des œufs pour Pâques. Elle était le genre de mère qui nous encourageait à lire et qui aimait essayer toutes les nouvelles idées de travaux manuels qu'elle trouvait sur Internet. Elle nous emmenait au marché fermier, voir des films et des pièces à Broadway, et elle en était ravie. Je n'ai jamais eu l'impression d'être un fardeau, pour elle. Avec une mère aussi impliquée et attentionnée qu'elle, j'ai à peine remarqué l'absence de mon père. Mais je pense que Sante, en tant que petit garçon, l'a plus ressentie.

La couleur saphir des yeux de Conner se réchauffa lors de mon discours.

— Je pense que nos mères se seraient bien entendues. Et bien que mon père ne soit pas un salaud comme le tien, il était clairement la figure autoritaire de la maison.

— Il me fait un peu peur, je l'admets.

Conner me sourit gentiment.

— Non, il ne fait pas peur. Il était le seul beau-frère dans une famille très soudée. Je crois qu'il a toujours eu l'impression qu'il devait faire ses preuves.

Conner baissa les yeux vers la table où ses doigts faisaient lentement tourner son verre de whisky sur la nappe blanche. Il sembla se perdre dans ses propres pensées. Bien que je me demande ce qu'elles étaient, je ne voulais pas insister et faire capoter notre conversation si agréable.

— Et pour Bishop ? Raconte-m'en plus sur ton histoire avec lui.

Un éclat diabolique illumina son regard avant qu'il se lance dans d'incalculables récits qui me poussèrent à avoir pitié de sa pauvre mère. J'adorais en apprendre plus sur sa vie et j'appréciai les questions attentionnées qu'il me posa sur la mienne. L'heure que nous passâmes au restaurant s'écoula si vite que j'étais réticente à l'idée de partir, mais Conner devait visiblement aller quelque part. Dès que nous eûmes fini de manger, il se leva et me conduisit jusqu'à la voiture.

— Tu devais retourner au travail, ce soir ? m'enquis-je une fois qu'il s'éloigna du trottoir.

Il ne prononça qu'un simple « non ». Lorsqu'il se gara à nouveau, mais pas devant notre immeuble, je cédai et lui demandai davantage d'informations :

— Où allons-nous ?

Il me fit un signe de la tête vers l'autre côté de la rue. Confuse, j'observai une rangée de commerces en piteux état, mais je le suivis hors de la voiture. Quand il me guida jusqu'à la porte d'un petit salon de tatouage, je me figeai.

— Que fait-on ici ?

— À ton avis ?

Il me prit la main et m'attira à l'intérieur, tandis que mon cerveau avait du mal à suivre.

— N'est-ce donc pas monsieur Reid ? s'écria un homme chauve couvert de tatouages derrière un ordinateur sur le comptoir. Quoi de neuf, mec ?

Ils se serrèrent la main et s'étreignirent dans une accolade virile.

— Je voulais passer et te présenter ma femme. Et voir si tu avais une minute pour deux petits tatouages.

*Comment ça, deux ? Deux tatouages ?*

Je fus soudain en alerte maximale.

— Merde, mec. Félicitations.

L'homme se tourna vers moi et me sourit.

— Je m'appelle Paco.

Je lui lançai un sourire méfiant en retour.

— Noemi.

— C'est un plaisir, Noemi, dit-il avant de se tourner vers Conner. J'ai clairement le temps. Tu passes en premier ?

— Attendez. Que se passe-t-il ? laissai-je échapper comme si je n'étais plus capable de contenir ma panique.

— Oui, répondit Conner en constatant ma détresse évidente. Ça lui donnera une minute pour décider où elle veut le sien.

Si mes yeux s'écarquillaient encore davantage, je prenais le risque d'en propulser un hors de son orbite.

— Excuse-moi ? Je ne peux pas simplement lever ma manche et me faire un tatouage.

— Pourquoi pas ? questionna Conner.

Les deux hommes me dévisageaient comme si un troisième bras avait poussé sur mon corps.

— Parce que… Parce que…

*Eh merde.*

Pourquoi ne pouvais-je pas avoir de tatouage ? *Voulais*-je un tatouage ? Cela dépendait du motif.

— Qu'est-ce que tu vas te faire ? demandai-je en devenant de plus en plus consternée chaque seconde.

— Je vais mettre ton nom à l'intérieur de mon poignet.

Il se pencha, son regard me clouant sur place.

— Et on ne partira pas avant que mon nom soit quelque part sur toi. Comme ça, tu sais que c'est réel. Il n'y a rien de plus réel que le sang et l'encre.

J'étais sans voix. À cause du tatouage. À cause de tout.

Conner essayait de me dire qu'il était engagé dans ce mariage.

Je le contemplai, émerveillée, alors qu'il s'asseyait et posait son poignet droit sur la table, me surprenant une nouvelle fois. C'était le bras dépourvu de tout tatouage. Mon nom en serait le seul et l'unique ornement.

Je tirai une chaise à côté de lui et observai Paco nettoyer la zone. Il utilisa ensuite un papier transfert pour faire adhérer un motif peint sur sa peau. C'était fascinant à regarder. Je n'avais jamais vu un tatouage en train d'être créé, et encore moins mon nom gravé sur le corps de quelqu'un. Je savais qu'en théorie, il pouvait être retiré, mais c'était tout de même incroyablement émouvant. C'était une déclaration. Je voulais lui rendre la pareille, malgré ma nervosité qui luttait dans mon ventre.

Une fois le tatouage terminé et du gel étalé sur l'écriture élégante, son poignet fut bandé.

Ce fut alors à mon tour.

— Je vais aussi faire mon poignet.

Ma voix était essoufflée et mes poumons faisaient des efforts supplémentaires pour suivre le rythme de mon cœur précipité.

— Le poignet droit ? demanda l'homme.

— Non, le gauche.

Je posai mon bras sur la table.

Conner regarda mon poignet, puis moi. La compréhension se lut dans ses yeux. C'était le poignet que mon père avait couvert d'hématomes. Désormais, il porterait éternellement le nom de Conner.

Mon cœur tambourina à mes oreilles.

— Ça va vraiment faire mal ?

Paco grimaça.

— Je ne vais pas te mentir, tu vas ressentir une gêne, mais le poignet ne fait pas aussi mal que d'autres endroits.

Heureusement que je ne prévoyais pas de me faire un autre tatouage, un jour, car *merde*, c'était douloureux. Si c'était pire dans d'autres zones ? Oh que non.

Lorsque le nom de Conner fut complet, il prit mon bras entre ses mains et examina le talent artistique. Il caressa la peau furieusement rouge, d'une main douce.

— Maintenant, peu importe le nom qui est écrit sur ton bracelet. C'est le mien que tu emporteras toujours avec toi.

Je dus battre des paupières pour chasser les larmes qui s'accumulaient dans mes yeux. Comme il était étrange de penser que cet homme qui était stoïque et même agressif parfois pouvait aussi être doux et tendre.

Nous quittâmes le salon avec nos nouveaux tatouages et un lien fragile qui se formait entre nous.

J'étais prête à envisager la notion d'un vrai mariage, même si je ne savais pas exactement ce que cela signifiait pour lui. Parlait-il de notre engagement l'un envers l'autre ou de quelque chose de plus ? Pouvait-il parler d'amour ? Et même s'il développait de l'amour à mon égard, notre relation pouvait-elle un jour passer en premier, face à son devoir et à ses ambitions ?

Il n'y avait qu'un moyen de le savoir.

Je devais faire le grand saut, tenter de lui faire confiance et de lui ouvrir mon cœur.

Lors du trajet jusqu'à l'appartement, je me demandai si je pouvais prendre ce risque. Quand nous atteignîmes le hall de l'immeuble, j'étais toujours perdue dans mes pensées, mais la vue de Mia Genovese interrompit Conner dans sa foulée.

— Em, il faut que tu montes, dit-il d'une voix grave et méfiante.

— Tout va bien ? m'enquis-je alors que l'inquiétude me mordillait les entrailles.

Je ne savais pas pour quelle raison elle se pointerait chez lui, mais quelque chose clochait.

— Je suis sûr qu'elle veut simplement discuter. J'arrive dans quelques minutes.

Il lui jeta un regard frustré et m'observa avec insistance, me poussant à lui obéir.

Hochant la tête, je les laissai seuls, bien que je sois loin d'être rassurée.

# 33

Je n'aimais pas l'idée d'envoyer Noemi seule, à l'étage, mais toute l'intuition que je possédais me picota à la vue de Mia Genovese. Elle vibrait presque d'une énergie nerveuse. Il se tramait quelque chose et ce n'était pas simplement une histoire de conscience coupable.

Je me préparai pour tout ce qu'elle pouvait avoir à me dire et avançai vers elle.

— Mia, c'est une surprise.

Son sourire était gentil, mais l'air désolé qui plissait le coin de ses yeux attira mon attention.

— Conner, je suis vraiment navrée de passer sans

prévenir, mais j'ai besoin de te parler de quelque chose. Quelque chose d'important que tu dois savoir.

Elle serra son téléphone dans sa main, comme s'il avait le pouvoir de la transporter loin des remords qui la rongeaient.

— Asseyons-nous.

À contrecœur, je nous menai vers un salon inoccupé. Les résidents traversaient périodiquement l'entrée, mais notre conversation ne serait pas épiée. Je gardai ma posture aussi détendue que possible et la laissai dire ce qu'elle était venue me confier.

Elle se percha au bord de son fauteuil, son regard dansant entre son portable et moi.

— Je sais que ça paraît étrange que je vienne ici. Il n'y a jamais de bon moment pour avoir une telle conversation, mais ça me ronge de l'intérieur.

— D'accord, tu as toute mon attention.

Elle prit une inspiration, comme pour se ragaillardir.

— J'imagine que tu ne sais pas grand-chose sur les circonstances de ton adoption.

— Simplement que tu avais seize ans et que tu ne pouvais pas t'occuper de moi, lui suggérai-je sans la juger.

— Ma famille était très pieuse, vois-tu. J'étais bénévole dans notre église quand je n'étais pas à l'école. Un été, notre directeur de la jeunesse a demandé si certains des adolescents seraient prêts à aider une église jumelle avec leur camp de vacances biblique. Ils avaient reçu un nombre inattendu d'inscriptions de jeunes enfants et avaient besoin de bras supplémentaires pour le camp qui durait deux semaines. Bien sûr, j'étais heureuse de me porter volontaire.

Elle marqua une pause, la tendresse émanant de ce souvenir chéri relâchant ses traits.

— L'église était celle de Saint-Patrick et c'est là que j'ai rencontré ton père.

Si je me figeais encore davantage, on aurait pu croire que j'étais mort.

L'église Saint-Patrick était celle où l'on m'avait emmené quand j'étais un nouveau-né. L'église dont mes parents adoptifs étaient membres. Mia Genovese allait me dire qui était mon père et cela la terrifiait.

— Nous ne nous connaissions pas depuis longtemps. Mais il était si charmant que je suis tombée très vite amoureuse de lui. J'étais si naïve, à cet âge, que je ne pensais pas pouvoir être enceinte avant de me marier. Mes parents étaient si conservateurs et convenables qu'ils ne me parlaient jamais de sexe. J'étais enceinte de toi de six bons mois avant que ma mère ne se rende compte de mon état. Je ne m'en étais pas rendu compte. J'étais terrifiée, alors j'ai fait exactement ce qu'ils m'ont dit.

« Je n'ai pas quitté notre maison les trois mois suivants. Jusqu'au jour où tu es né, quand je suis sortie en douce et que je t'ai emmené à l'église avec le chapelet de ma grand-mère. Mes parents s'étaient arrangés avec une agence d'adoption non laïque, comme ils ne voulaient pas travailler avec des services catholiques quelconques qui feraient fuiter des informations dans notre communauté sur la manière dont je les avais humiliés. Je me sentais impuissante, mais la chose que je pouvais faire pour toi, c'était t'emmener dans cette église où je savais que tu aurais au moins une famille.

J'aurais pu l'arrêter à maintes reprises. J'aurais pu lui dire que je ne voulais pas le savoir et que nous devions laisser cette histoire dans le passé, mais les mots ne sortaient pas. Je demeurai dans un silence captivé, observant cette catastrophe se dérouler sous mes yeux.

Une larme coula sur sa joue.

— Quand j'ai découvert qui tu étais devenu, tu ne peux pas imaginer à quel point j'étais heureuse pour toi. De savoir que tu n'avais pas été seul.

Elle essuya la larme et elle ajouta d'une voix tremblante :

— Je pensais que nous nous rencontrions, toi et moi, et que je pourrais ensuite parler de toi à ton père. Il avait une famille, tu vois, alors je voulais y aller prudemment, mais ensuite…

Sa voix s'étrangla dans un sanglot, mais elle poursuivit comme si l'avalanche de vérité était désormais trop puissante pour être contenue.

— Comment aurais-je pu savoir que cette même soirée… la soirée lors de laquelle nous dînions…

Elle ferma les yeux, le chagrin la submergeant.

Le soir où nous avions dîné. Elle n'eut pas besoin d'en dire plus pour que je comprenne.

— Oncle Brody, soufflai-je.

Mia leva ses yeux vitreux dans ma direction et hocha une seule fois la tête d'un air chagriné.

Mon oncle Brody avait été mon père biologique pendant tout ce temps et nous ne l'avions jamais su. Il ne le savait pas et ne le saurait jamais.

La dure réalité s'écrasa contre moi, privant mes poumons d'air.

Je pensais que la manière dont ma vie s'était déroulée me conviendrait. Avec l'adoption et ma famille. J'avais cru que rien de ce que Mia dirait ne changerait le passé, mais je m'étais trompé. La vérité changeait tout.

— Je suis vraiment désolée, Conner, chuchota Mia. Je n'avais aucun moyen de te trouver avant ça. Je te l'aurais dit, si j'avais su que tu étais déjà si près de moi. J'aurais voulu que tu le saches. Ces deux dernières semaines ont été atroces, vu la manière dont les choses se sont déroulées. C'était tellement injuste. Je ne voulais pas te dissimuler la vérité une minute de plus.

— Ce n'est pas ta faute, murmurai-je distraitement.

J'étais surpris de me rendre compte que je pensais ce que je disais. Je ne lui en voulais pas pour ce qu'il s'était passé. J'en voulais peut-être à ses parents, mais ma fureur était concentrée sur le groupe de gens qui m'avait enlevé mon père, plus que sur quiconque.

Ces putains d'Albanais.

Ils m'avaient volé la chance de me lier avec Brody Byrne comme un fils avec son père. Et pour quoi ? Pour une tentative d'intimidation pathétique ? J'allais leur en montrer, de l'intimidation. J'allais réduire en cendres toute leur organisation.

La fureur prit les armes aux côtés de la vengeance et fit cliqueter toutes les barres qui me contrôlaient.

Un volcan de haine jaillit en moi, crachant des rivières de rage fondue à travers mes veines.

Je devais sortir d'ici. Je devais trouver un exutoire pour le monstre vicieux qui bouillonnait en moi, avant qu'il dirige sa soif de sang vers un innocent.

— Merci d'avoir partagé ça, Mia.

Je me levai, mes mouvements raides et peu coordonnés.

— Je sais que ce n'était pas facile de venir ici et tu n'as pas besoin de te sentir coupable pour quoi que ce soit. L'adoption. Brody. Rien de tout ça n'était ta faute.

Je réussis à forcer mon regard à se poser sur le sien, afin de tenter de projeter ma sincérité, puis je l'étreignis. C'était la première étreinte que nous partagions. Elle avait traversé tant de tourmentes, tout comme moi, voire plus. Je n'avais aucune envie d'intensifier sa douleur. Ce n'était pas elle qui méritait de souffrir.

— Merci de m'avoir écoutée, dit-elle d'une voix tremblante en s'éloignant avec un petit sourire sur ses fines lèvres. Je ne te dérangerai plus.

— Tu ne me déranges pas, Mia. Vraiment. Tout ceci a été difficile à encaisser, mais tu ne me déranges jamais.

Davantage de larmes lui montèrent aux yeux avant qu'elle sourie et batte en retraite vers les portes.

Ouvrant mon portable, je composai le numéro de Bishop.

— Salut, mec. Je…

Je l'interrompis avant qu'il puisse ajouter un autre mot.

— Tu as trouvé des informations sur cette plaque d'immatriculation ?

Chaque mot saccadé bouillonnait à cause de mon agressivité.

— Euh, oui. J'ai une adresse, mais…

— Donne-la-moi.

La voix de Bishop devint plus froide.

— Tu as besoin de renforts ? Je n'ai aucune autre information sur ces mecs, pour l'instant. Je ne suis pas sûr que ce soit une bonne idée de…

— *L'adresse*, dis-je à travers mes dents serrées et avec suffisamment de sauvagerie pour le faire taire.

Je raccrochai à la seconde où j'obtins ce dont j'avais besoin.

Noemi m'attendait dans le salon quand je montai à l'étage. Je passai à côté d'elle pour rejoindre la chambre.

— Je dois sortir, lui dis-je alors qu'elle m'emboîtait aussitôt le pas. Tu restes ici.

Ma puissance mortelle intensifiait son inquiétude.

— Qu'a dit Mia ? demanda-t-elle d'une petite voix comme si elle avait peur de poser la question.

— Rien qui ne me donne envie d'en discuter dans l'immédiat. J'ai quelque chose à faire.

Dans le dressing, je sortis mes armes non déclarées de leurs compartiments secrets et enfilai mon holster sur ma poitrine.

— C'est à propos de mon père ? Tu ne vas pas le confronter, n'est-ce pas ?

Je ne savais pas ce qui lui avait fait penser cela, mais je n'étais pas capable d'en discuter davantage.

— Je l'ai déjà fait avant le mariage, déclarai-je distraitement en vérifiant la chambre de chaque arme et en mettant des lames-chargeurs supplémentaires dans mes poches.

— Quoi ? Tu l'as confronté sur le fait qu'il m'avait blessée ?

J'attrapai une veste suffisamment rembourrée pour dissimuler mes armes, ignorant ses questions.

— Conner, m'appela Noemi d'une voix plus forte. Ne pars pas sans me dire ce qu'il se passe.

Je fis volte-face devant elle, incapable de maîtriser la férocité de ma colère.

— Tu vas me dire pourquoi les choses ont changé avec ton père ! Pourquoi tu aurais besoin d'un téléphone prépayé pour discuter avec ton frère ou *pourquoi* tu n'as pas parlé pendant six satanés mois ?

Je savais qu'elle me cachait d'autres renseignements. Cette histoire de téléphone prépayé ne m'aurait pas dérangé si elle n'avait pas insisté, mais je n'avais pas le temps ni la patience pour ces conneries.

Noemi se pinça les lèvres, une porte se fermant derrière ses grands yeux verts.

La voir se refermer ainsi devant moi m'agaçait encore plus, bien que ce soit uniquement ma faute. Je ne pouvais tout de même pas m'en empêcher. Mes émotions avaient pris le dessus.

— C'est ce que je pensais, crachai-je en passant devant elle et en quittant l'appartement d'un pas lourd.

Qu'avait bien pu lui dire Mia pour qu'il se mette autant en colère ? Était-ce en rapport avec sa famille italienne ? Ma famille pouvait-elle être impliquée ? Pour quelle autre raison me l'aurait-il caché ? C'était Conner qui insistait sur le fait que cette relation était réelle et qui avait suggéré que nous nous fassions des tatouages assortis. Il souhaitait que je m'ouvre à lui et que je partage ma vie, alors qu'est-ce qui aurait pu le mettre en colère à ce point pour qu'il ne puisse en faire de même avec moi ? Pour qu'il n'arrive même pas à me regarder dans les yeux ?

Avait-il appris quelque chose qui lui faisait regretter notre mariage ?

L'incertitude me rendait folle. Mais surtout, je m'inquiétais désespérément pour mon frère. Si la colère de Conner avait un quelconque rapport avec ma famille, je devais m'assurer que Sante était en sécurité. Je devais lui parler.

Me précipitant vers mon nouveau mobile, je composai le numéro de Pippa.

— Allô ? répondit-elle sèchement, car encore une fois, elle ne reconnaissait pas mon autre numéro.

— Pip, c'est moi.

— Salut ! dit ma cousine dont la voix me calma instantanément. Comment vas-tu ? C'est comment, la vie de femme mariée ? C'est un vrai téléphone ou un autre portable prépayé ?

— C'est mon nouveau numéro, pour de bon. Tout bien considéré, je dirais que ça va bien. Conner a dû aller s'occuper d'un truc au travail et je me demandais si tu pouvais passer. Tu pourrais voir notre appartement et me rendre visite un petit moment.

Expliquer ce dont j'avais besoin de sa part serait plus facile en personne.

— J'adorerais ! Je ne pourrai pas rester longtemps, tu sais ce que mon père pense de mes sorties nocturnes, mais je peux certainement passer.

Je lui donnai ma nouvelle adresse, avant d'aller dans mon dressing où je trouvai le bracelet doré que j'avais utilisé pour cacher mon hématome. Cette fois-ci, je m'en servis pour couvrir mon nouveau tatouage. J'avais dû retirer le bandage, mais je préférais que la peau sensible soit exposée, plutôt que de laisser Pip voir ce que j'avais fait. Si elle en parlait à sa mère et que la rumeur atteignait les oreilles de mon père, je ne pouvais deviner sa réaction.

Les trente minutes suivantes, je fis les cent pas devant la baie vitrée du salon jusqu'à ce que la réception appelle pour annoncer son arrivée. Je les informai que je l'attendais et le portier l'aida avec les ascenseurs qui nécessitaient un code de sécurité ou une carte magnétique. Une fois qu'elle fut parvenue à mon étage, je lui fis visiter mon nouveau chez-moi. Elle lança des *ooh* et des *aah* à tue-tête, comme je l'avais imaginé.

— C'est magnifique, Em. Je m'inquiétais tellement pour toi, alors je suis soulagée de voir que tu n'es pas malheureuse, ici, toute seule.

— Pas du tout. On apprend encore à se connaître, mais ça pourrait certainement être pire.

Je me mordillai la joue une seconde avant de continuer :

— J'ai une faveur à te demander pendant que tu es ici.

Elle se détourna de la magnifique vue sur le fleuve, son attention désormais focalisée sur moi.

— Ah oui ?

— Tu crois que tu peux passer par la maison familiale et donner ça à Sante ? dis-je en lui tendant le téléphone prépayé. Tu devras faire en sorte que mon père ne connaisse pas la raison de ta présence.

Son vif regard me cloua sur place.

— Et pourquoi ferions-nous une telle chose, exactement ?

Elle écarquilla les yeux avant de se pencher et de chuchoter :

— C'est à propos de Conner ? Il te fait du mal ?

— Non, pas du tout ! lui assurai-je. En fait, c'est mon père, le problème, mais ce n'est rien.

Elle sembla s'apaiser, mais m'observa tout de même intensément.

— Rien ? Tu me demandes de glisser en douce un téléphone jetable à ton frère et tu crois que ce n'est rien ? Je sais que tu as dit que ton père était devenu trop protecteur, mais j'ai l'impression que quelque chose cloche.

Je soupirai, découragée.

— C'est une longue histoire et je ne peux pas encore en parler. Je te le dirai quand je le pourrai, mais jusque-là, j'aurais vraiment besoin de ton aide.

Les épaules de Pip s'affaissèrent.

— Bien sûr, je vais t'aider, Em.

Elle m'attira contre elle et m'étreignit fermement.

— Mais tu m'inquiètes vraiment.

— Je sais et j'en suis vraiment désolée. Je suis navrée de t'entraîner dans toute cette histoire.

Elle me prit le téléphone de la main et le laissa tomber dans son sac.

— Je t'en prie. J'étais faite pour ce genre de conneries. Tu te souviens quand je me suis faufilée dans les vestiaires des garçons, une nuit, pour mettre du poil à gratter dans le slip de sport de Brandon Swanson ?

Je la gratifiai d'un petit sourire.

— C'était assez épique.

Voir qu'on rendait la monnaie de sa pièce à un harceleur avait été génial.

— Il a mérité chaque minute de cette misère.

— Oh que oui, c'est vrai.

Je repris mon sérieux et lui serrai le bras d'une main.

— Merci, ma sœur.

— Toujours.

Elle me fit un clin d'œil avant de se tourner vers la porte.

— Je t'aime, ma belle.

— Je t'aime encore plus ! lui criai-je.

♦

UNE DEMI-HEURE PLUS TARD, je n'avais pas eu de nouvelles de Conner et j'étais une boule de nerfs quand mon portable sonna pour annoncer un message sur le téléphone prépayé. J'avais envoyé un premier SMS avant même de le donner à Pippa, pour être certaine qu'il fonctionnait.

**Sante : Em ? Tu vas bien ?**

**Moi : Salut ! Oui, mais je voulais te parler.**

**Sante : On s'appelle ?**

**Moi : Non, en personne. Tu crois que tu peux t'échapper de la maison sans que papa le sache ?**

**Sante : ??? Pourquoi ne peut-il pas le savoir ?**

**Moi : S'il te plaît, c'est important.**

J'attendis nerveusement alors que les points annonçant qu'il écrivait apparurent et disparurent à trois reprises avant que je reçoive sa réponse.

**Sante : Où ? Maintenant ?**

**Moi : Oui, maintenant. Je pensais à ce restaurant où maman avait l'habitude de nous emmener. *Romeo's*.**

**Sante : On se voit dans quinze minutes.**

**Moi : 🤍**

Conner m'avait dit de ne pas sortir, mais c'était trop important. J'avais enfin une chance de parler à mon frère et je ne pouvais pas gâcher cette opportunité. De plus, je m'inquiétais à l'idée que l'affaire qui occupait Conner concerne mon père. Je devais découvrir ce qu'il se passait.

Le restaurant était à mi-chemin entre le nouvel appartement et mon ancienne maison. En attendant l'arrivée de Pip, chez moi, j'avais décidé que ce serait l'endroit parfait pour nous retrouver, si j'en avais l'occasion. Quand nous étions petits, maman nous emmenait là-bas, Sante et moi, pour que nous buvions des milk-shakes. Nous partagions tous les trois, choisissant tour à tour les saveurs. J'espérais que les bons souvenirs simplifieraient la conversation difficile.

Quand Sante me repéra dans l'un des box en vinyle d'un vert pailleté, le sourire dont il me gratifia en guise de réponse ne se refléta pas dans son regard.

— C'est quoi toute cette histoire, Em ? demanda-t-il en se glissant devant moi.

— J'avais besoin de te parler sans que papa écoute. Tu sais comme il est devenu paranoïaque depuis la mort de maman. En fait, c'est à cause de lui que je voulais te parler.

— Oui, mais à juste titre. Il s'inquiète pour nous.

Il jeta un coup d'œil dans le restaurant à moitié vide.

— Ça m'a l'air fallacieux et je ne suis pas fou de l'idée de sortir sans qu'il le sache.

— Nous sommes adultes, Sante. Nous devrions pouvoir nous entretenir en privé.

La frustration me submergea. Comment pouvais-je le convaincre de la vérité si je n'arrivais même pas à le pousser à me parler librement ?

Il croisa mon regard, le coin de sa bouche se relevant.

— Alors, maintenant, tu es prêt à admettre que je suis un adulte ?

Je ris en toussotant, soulagée que la tension s'apaise entre nous. C'était le plus minuscule des premiers pas et c'était bien loin d'être suffisant pour décharger la bombe que je portais. Il allait flipper et s'agripper à son déni, alors je ne l'atteindrais jamais.

— Oui, je dirais que nous avons tous les deux beaucoup grandi lors de l'année qui vient de s'écouler.

Je lui souris et lorsque la serveuse arriva pour prendre notre commande, je lui dis que je voulais un milk-shake et je laissai mon frère choisir la saveur.

— En souvenir du bon vieux temps.

— Alors qu'est-ce qui t'inquiète à propos de papa ? demanda Sante, abandonnant le ton défensif qu'il avait utilisé précédemment.

— Il s'est passé certaines choses, dernièrement, sans que tu sois au courant et ça tend la situation entre papa et Conner.

Je décidai de m'engager sur la pointe des pieds dans un territoire plus sûr, plutôt que de me lancer comme un boulet de canon sur la mort de maman.

Mon frère retira la serviette autour de ses couverts, ses yeux subitement captivés par sa tâche.

— Je me demandais ce qu'il avait contre ce type, exactement. J'imagine que c'est la raison pour laquelle j'avais peur que Conner t'ait fait du mal.

— Pas du tout.

Je posai une main sur la sienne afin d'interrompre ses mouvements.

— Sante, papa t'a déjà parlé de Conner ?

Son regard dériva sur le mien avant de se baisser à nouveau.

— Un peu, mais ce ne sont que des conversations. Tu sais qu'il a un mauvais tempérament.

— Mais tu me le dirais s'il planifiait quoi que ce soit, n'est-ce pas ? S'il te plaît, dis-moi que tu nous avertirais.

Sante recula, glissant ses mains loin des miennes.

— Je ne sais pas, d'accord ? Je ne sais pas ce qu'il est en train de manigancer.

— Mais... il manigance quelque chose ? insistai-je.

J'avais besoin d'obtenir des réponses et je sentais que mon frère me les cachait.

— Il travaille sur quelque chose de gros, mais... ça pourrait n'avoir aucun rapport avec vous deux. Je sais simplement qu'il est très stressé, d'accord ?

Je m'enfonçai sur la banquette et m'obligeai à lui lancer un doux sourire.

— Je te crois. Il n'est pas du genre à raconter ses plans à quiconque, de toute façon. J'espère simplement que, si tu découvres quelque chose dont je devrais être au courant, tu me le diras.

Ce n'était pas exactement ce que j'étais venue lui dire, mais j'avais poussé mon frère à bout. Je pouvais le joindre par téléphone et, au moins, j'avais un lien avec lui. C'était suffisant, pour l'instant.

Arrivant au moment parfait, la serveuse posa notre milk-shake à la vanille, ce qui nous aida à remonter vers des eaux plus superficielles. Nous nous rappelâmes la vieille époque au restaurant et d'autres souvenirs tendres de notre enfance jusqu'à ce que je me rende compte qu'il était presque 23 h 30.

— Il vaudrait mieux que j'y aille. Merci d'être venu, ce soir.

Je me glissai hors du box et étreignis fermement mon frère.

— Quand tu veux, ma petite grande. Tu as besoin que je te reconduise chez toi ?

— Je ne voudrais pas que tu restes dehors plus longtemps que nécessaire. Je ne veux pas t'attirer d'ennuis.

Sante sourit.

— Non, personne ne sait que je suis sorti. Ça ira. Viens.

Je le suivis jusqu'à sa voiture, préférant ne pas galérer à m'enquérir d'un taxi à cette heure. Il me déposa devant mon nouvel immeuble, me promettant de passer bientôt pour que je lui fasse visiter mon appartement. Le hall était désert et seul le gardien se trouvait au niveau de la réception. J'utilisai la carte magnétique que Conner m'avait donnée pour monter jusqu'au trentième étage et je tapai le code d'accès pour l'appartement.

Une fois à l'intérieur, mes veines s'emplirent de glace quand je vis Conner assis dans le salon, en train de m'attendre, un éclat meurtrier dans le regard et des éclaboussures de sang sur son torse.

— Je t'ai dit de rester ici. Je t'ai dit de ne *pas* partir sans moi ou sans un de mes hommes. Tu n'as pas appelé. Tu n'as pas envoyé de SMS. Tu as juste… disparu.

Conner but la dernière gorgée de liquide doré dans le verre en cristal qu'il tenait.

Chaque accusation prononcée d'une voix douce me piquait au vif et me terrifiait également.

— Je suis désolée. Je m'inquiétais pour mon frère et j'ai fini par le contacter. Il m'a proposé de me retrouver pour qu'on discute, alors j'y suis allée. J'aurais dû t'envoyer un message.

J'aurais pu mentir et dire que j'avais oublié, mais en vérité, je n'avais pas oublié. Simplement, je n'avais pas voulu donner à Conner l'occasion de refuser que je sorte. Il valait mieux demander le pardon que la permission. Et comme je n'avais pas été certaine qu'il me laisserait partir, je n'avais pas pris ce risque.

Je posai mon sac et traversai la pièce pour m'asseoir au bord du canapé, en face de lui.

— Que s'est-il passé, ce soir ?

Son départ soudain. Le sang. Le calme menaçant dont il irradiait. Tout ça faisait filtrer le froid du milk-shake de mon estomac jusqu'au reste de mon corps et je ne pus retenir un frisson.

— Ça ne te regarde pas.

Ses mots étaient comme une porte claquée devant mon visage.

Je m'apprêtais à le contredire quand je vis ses yeux se plisser. Je me rendis compte qu'il observait mes mains posées sur mes genoux, et plus précisément le bracelet en or qui dissimulait toujours mon tatouage. Mon autre main se referma autour de ce bijou offensant comme par réflexe, comme si le cacher maintenant ferait une différence.

— Je ne voulais pas que Sante le voie et le dise à mon père, expliquai-je hâtivement.

— *Pourquoi* serait-ce important s'il le voyait ?

Sa faible maîtrise sur sa colère s'étira et se plia sous l'effet de la tension. Sa perte de contrôle provoqua aussi la mienne, faisant monter la frustration à cause du fait qu'on me reprochait plus de crimes que je n'en méritais.

Je me redressai, les mains sur les hanches.

— Ça ne te regarde pas ! lui lançai-je en répétant sa propre réplique.

Je commençais à en avoir assez de marcher sur des œufs avec les hommes de ma vie.

Conner se leva de son fauteuil et dans un mouvement rapide, il jeta son verre dans la cheminée à l'autre bout de la pièce. Le bruit du cristal en train de se briser résonna dans l'air, intensifiant la tension entre nous.

— Comment ça ? Ton père est une menace pour toi et ta sécurité me regarde *toujours*.

Je bondis en avant, ne me laissant pas impressionner par son coup de sang, et j'enfonçai un doigt dans son torse.

— Idem pour toi, Conner. Tu as du sang partout et, en tant que ton épouse, je mérite de savoir si tu...

J'eus la respiration coupée, l'émotion de la nuit m'atteignant subitement.

— Si tu... es blessé.

J'essuyai furieusement mes yeux traîtres, les larmes de frustration se libérant sans ma permission.

— *Putain* !

Ce juron guttural rebondit sur les murs avant que les lèvres de Conner s'écrasent sur les miennes. Les mains de chaque côté de mon visage, il s'attaqua à ma bouche comme si j'étais l'air dont il avait besoin pour respirer. Nos langues se mêlèrent, nos dents mordirent, nous nous punissions et nous savourions.

— Tu me rends totalement fou, chérie.

Il colla nos fronts l'un contre l'autre, nos inspirations inhalant lourdement ce qu'il y avait entre nous.

— Le sang n'est pas le mien. C'est ce connard d'Albanais qui s'en est sorti après nous avoir attaqués.

— Tu l'as trouvé ?

— Oui. Il ne sera plus un problème.

J'acquiesçai, mes doigts détachant les boutons de sa chemise.

— Je suis heureuse que tu ailles bien, soufflai-je en ouvrant largement sa chemise.

Il glissa les manches sur ses bras, avant de retirer son maillot de corps. J'effleurai de mes mains sa peau tendue, et il me laissa patiemment décrire un lent cercle autour de lui afin que je puisse vérifier qu'il était indemne.

Une fois que je me retrouvai à nouveau face à lui, je levai les yeux vers les siens tout en retirant le bracelet autour de mon poignet et en le laissant tomber par terre. C'étaient une excuse et une promesse. Je n'avais pas voulu le blesser et je ferais de mon mieux pour ne pas recommencer.

Son regard bouillonnait, tels des saphirs liquides. Attrapant l'ourlet de ma robe, il la passa au-dessus de ma tête, rejetant le tissu dérangeant au sol.

L'air s'alourdit autour de nous, chargé de sens. D'intensité et de désir.

Nous étions au bord d'un grand changement pour notre relation naissante. Nous étions à un embranchement sur notre route qui pouvait tout bouleverser. Les implications étaient si considérables que nous restâmes immobiles, l'un devant l'autre, sans savoir si nous devions franchir ce fossé ou reculer lentement.

— Mon père a tué ma mère, chuchotai-je en libérant ces mots pour la première fois en presque sept mois.

J'avais choisi de bondir sans vraiment le choisir. Le besoin de m'ouvrir à lui était simplement trop grand pour que je lui résiste plus longtemps.

Conner demeura figé alors que je dévoilais l'horrible vérité sur ma famille.

— Papa a orchestré l'accident et il sait que je le sais. Il a menacé de faire du mal à Sante pour que je me taise. C'est quelqu'un de mauvais, Conner. Je m'inquiétais pour Sante. Pour toi.

Ces mots s'atténuèrent pour ne devenir qu'un chuchotement quand je finis de les prononcer.

Mon mari prit une inspiration tremblante, avant de gronder lorsqu'il m'enveloppa dans ses bras. J'enroulai mes jambes autour de sa taille et appuyai mes lèvres contre les siennes, avide de le toucher.

Je ne savais pas vraiment comment c'était arrivé, mais les barrières entre nous s'effritèrent. J'avais commencé par le mépriser, puis j'avais vu sa valeur et désormais, je mourais d'envie d'avoir son approbation – tout cela en une poignée de semaines. C'était le meilleur et le pire des résultats, car peu importait à quel point nous nous désirions, il subsisterait toujours des secrets entre nous.

Il avait une vie entière hors de ma portée.

Rien ne l'illustrait mieux que le fait qu'il ne m'avait toujours pas parlé de ce qui l'avait mis en colère après la visite de Mia. Quelque chose l'avait poussé à pourchasser l'Albanais, même s'il ne l'avait pas admis. Et je ne pouvais le blâmer parce que je n'étais pas parfaitement honnête non plus. J'avais omis la raison pour laquelle mon père avait tué ma mère, le laissant supposer que sa mort était le produit de sa nature violente, mais c'était bien plus profond que ça. Si Conner savait la vérité, cela lui donnerait encore plus de motifs de s'en prendre à mon père. La situation pouvait dégénérer en guerre totale.

Les secrets étaient l'essence de la vie dans la mafia et la raison pour laquelle j'avais voulu en sortir.

Comment un homme pouvait-il revendiquer qu'il tenait à sa femme et à ses enfants plus que tout, quand il leur cachait tout un monde de secrets ? C'était impossible. Les secrets pavaient la route jusqu'à la traîtrise et la méfiance. Une route que je voulais éviter, mais vers laquelle je courais plutôt à fond de train.

Je ne pouvais m'en empêcher, car, malgré tout, je désirais Conner Reid.

Et plus important, je voulais qu'il me désire. Qu'il me choisisse avant toutes les autres.

C'était la raison pour laquelle mon corps s'éveillait quand j'étais la cible de son intensité brutale. Je mourais d'envie de ressentir chacun de ses regards voraces, chaque pensée versatile qui passait derrière ses yeux et le poids protecteur de sa dévotion. Quand je ressentais toute la puissance de son désir, mon corps pleurait de bonheur, la preuve en étant ma culotte en soie trempée alors qu'il nous guidait jusqu'à la chambre.

Il détacha mon soutien-gorge avant que nous arrivions dans la chambre principale isolée. Lorsqu'il me reposa enfin sur mes pieds, la dentelle glissa de mes épaules, laissant uniquement mes parties les plus intimes couvertes.

— Tu es tellement magnifique, murmura Conner alors que son regard affamé parcourait mon corps. Retire ta culotte et allonge-toi sur le lit. Je veux te voir tout entière.

J'obéis à ses ordres, envoûtée, en le voyant enlever ses derniers vêtements. Tout en lui irradiait d'un pouvoir pur. Il était bien plus grand et plus fort que moi, ce qui me poussa à me poser des questions sur ma propre santé mentale. Cela semblait fou de ne pas être au moins légèrement terrifiée par cet homme, de ne pas craindre la vulnérabilité de ce que je lui offrais, mais je n'avais pas peur. Vous pouvez parler d'une intuition féminine, mais je savais qu'il ne me ferait pas de mal. Pas physiquement, en tout cas.

Une fois qu'il fut nu, il saisit sa verge enflée dans sa main et commença à se caresser.

— Écarte les jambes pour moi, chérie. Montre-moi ce qui m'appartient.

Les genoux pliés, je les laissai retomber sur le côté.

Les abdominaux de Conner se contractèrent lorsque sa prise se raffermit autour de lui. Il étrangla presque sa verge comme pour garder le contrôle.

— Dis-moi que tu es sous contraception, Em.

Ses mots étaient rauques comme du gravier sur de l'asphalte. Je sentais chacun d'eux effleurer ma peau, ce qui me réchauffa de l'intérieur.

— J'ai eu une injection contraceptive avant le mariage.

— Merci, mon *Dieu*.

Il se relâcha et avança lentement jusqu'au lit. Ses lèvres s'agrippèrent brièvement à mon téton avant qu'il se relève pour capturer ma bouche.

— Je ne veux… rien… entre nous, dit-il entre ses baisers. Je veux que tu taches ma queue de rouge.

Il se cambra, frottant son membre contre mes plis.

Sa chaleur imposante était incroyable. Je mouillais déjà tellement en le voyant qu'il glissa aisément sur mon clitoris gonflé, mourant d'envie d'en avoir plus.

— Conner, et pour… les autres trucs ?

Je ne voulais pas gâcher notre moment, mais je devais lui poser la question.

— Tu es clean ?

— Chérie, mon boulot est de te protéger de toutes les façons possibles. Je ne te ferais jamais courir un tel risque, si ce n'était pas le cas.

Il leva mes mains au-dessus de ma tête et décrivit un chemin séduisant avec ses lèvres le long de mon corps. La brûlure de sa barbe me chatouillait et me titillait tandis que ses lèvres me caressaient et que ses dents me dévoraient. J'avais l'impression d'être une déesse, sous lui. J'étais vénérée et adorée.

Lorsque sa bouche se referma autour de mon entrejambe, une faim telle que je n'en avais jamais connu saisit mes poumons. J'inspirai péniblement, les yeux écarquillés même si je ne voyais rien. Il lécha et suça, taquinant l'intensité de mon plaisir jusqu'à une frénésie accrue. Tandis qu'il possédait mon corps avec sa langue, ses doigts s'affairaient sur mon entrée. D'abord un, puis deux. Il les plia en moi, m'étirant et m'apaisant en même temps.

La pression était si agréable. Si pleine. Peu de temps après, je jouis dans un éclat de tonnerre, le plaisir se déversant sur moi, me trempant jusqu'à la moelle. Il me caressa jusqu'à ma dernière goutte avant de remonter le long de mon corps. Je me sentais trop sensible pour en avoir plus et pourtant, la douce poussée de son sexe en moi fit naître un désir renouvelé. Comme si mon corps savait qu'il devait encore recevoir le cœur de ce qu'il désirait.

Ses mains se reposèrent sur les miennes, les maintenant au-dessus de ma tête. Ma poitrine se cambra vers lui. Ses lèvres restèrent entrouvertes, comme si chaque inspiration retenue le plongeait encore davantage dans la folie. Ses yeux bleus rayonnants s'illuminèrent à cause du conflit entre la passion irréfléchie et une dévotion protectrice.

— Prends-moi, Conner. Je suis prête. J'en ai besoin.

Et avec ma simple supplication, toute retenue feinte disparut. Conner me pénétra jusqu'à se confronter à ma résistance. Il n'était même pas encore entré entièrement et pourtant, je me sentais exploser tant j'étais pleine. Je haletai, luttant pour m'ajuster à cette sensation inconnue. Il se servit de cette opportunité pour saisir ma bouche, sa langue plongeant profondément contre la mienne pour me distraire juste avant qu'il enfonce son membre au fond de mon corps. Il arracha un cri à mes lèvres, calmant la douleur lancinante avec une tonne d'affection.

— C'est ma femme. Le pire est passé, chérie.

Je hochai la tête, ma poitrine se soulevant difficilement à cause de l'effort physique. La brûlure s'apaisa rapidement, cependant, et j'explorai la situation en contractant mes muscles.

Conner siffla, son corps se cambrant involontairement.

— Si tu recommences, ça finira bien trop vite.

Je souris, un petit gloussement s'échappant de ma gorge. Il s'intensifia quand cela me poussa à me contracter à nouveau et que cela arracha un autre gémissement à mon époux. Toutefois, mon rire se tut instantanément quand il retourna la situation. Son propre gloussement le fit gonfler en moi.

Mon Dieu, la sensation était incroyable.

Je gémis sans aucune honte.

Comment était-il possible que je le sente dans toutes les parties de mon corps ? C'était comme si, de l'intérieur, il avait accès à toutes les autoroutes et les détours de mon corps et qu'il pouvait me manipuler comme un marionnettiste.

Conner se mit à effectuer des va-et-vient en moi. Chaque mouvement d'avant en arrière était ponctué d'une vague de plaisir quand il frottait cette boule de nerfs particulièrement profonde en moi. Je commençai à bouger en rythme avec lui, perdue dans une danse antique que mon corps semblait connaître sans instruction ni explication.

Il posa une main sous l'un de mes genoux et poussa ma

jambe en arrière, me repliant sur moi-même d'une manière qui ne faisait qu'intensifier l'effet de ses mouvements.

— Je vais finir rapidement pour que tu ne sois pas trop courbaturée, mais la prochaine fois...

Il me mordilla la lèvre inférieure, avant de commencer à donner des coups de reins avec la férocité du diable qui taperait aux portes de l'enfer.

La promesse voluptueuse d'en avoir plus s'enroula profondément dans mon ventre. Elle semblait se profiler hors de ma portée, comme la lune lors d'une nuit dégagée. Déjà satisfaite par mon orgasme précédent, je ne fus pas dérangée par mon incapacité à attraper cette étincelle amorphe. À vrai dire, j'étais intriguée et inondée par une vague de plaisir.

Lorsqu'un grondement guttural fut arraché à Conner, je fus émerveillée de pouvoir sentir sa verge gonfler et palpiter en moi. Son corps entier frissonna alors que ses mouvements ralentissaient légèrement.

Sans se laisser le temps de reprendre ses esprits, il se remit à genoux et me regarda lorsqu'il se retira. Ses yeux brillaient de satisfaction.

Quant à moi, j'eus un début de panique alors que je sentais la preuve de ce que nous avions fait suinter de mon entrejambe. J'entrepris de serrer les cuisses, mais les mains de Conner me clouèrent rapidement sur place.

— Je vais salir les draps, insistai-je en commençant à être embarrassée.

Son regard ne quitta pas mon sexe.

— Je m'en tape. Il n'y a rien de plus sexy que de voir mon sperme couler de ta chatte mouillée.

Il glissa lentement un doigt sur mon ouverture, avant de récupérer et de respirer l'essence de nos jouissances combinées. Les lumières dans la chambre étaient tamisées, mais c'était suffisant pour que je puisse voir une teinte rouge dans le liquide luisant.

— Je ne m'étais pas attendu à épouser une vierge ou à ressentir le besoin particulier d'en baiser une, mais bon sang, comme j'aime savoir que ma queue est la seule que tu connaîtras de toute ta vie.

Il leva enfin les yeux vers moi.

Mes lèvres se tordirent aux extrémités.

— Je ne m'étais pas attendue à me préserver pour le mariage, mais bon sang, je suis ravie de l'avoir fait.

Une étrange intimité passa entre nous tandis que nos regards restaient rivés l'un sur l'autre. Cela réchauffa la pièce grâce à un courant électrique effrayant.

La mâchoire contractée, Conner se glissa hors du lit.

— Reste là, murmura-t-il avant de se diriger vers la salle de bains.

Lorsqu'il revint, il avait un gant mouillé dans une main et un autre sec. Je fus plaisamment surprise de découvrir, lorsqu'il essuya doucement mon intimité avec le gant mouillé, qu'il l'avait réchauffé pour qu'il soit à une température apaisante. Une fois satisfait de son travail, il me sécha et me tendit ensuite une main pour m'aider à me relever.

— Tu dois aller pisser et prendre des antalgiques.

— Oui, monsieur, dis-je malicieusement.

Cela me valut une fessée généreuse.

Il me servit un verre d'eau pendant que j'allais aux toilettes. Nous nous lavâmes ensuite les dents et retournâmes dans la chambre pour nous blottir sous la lourde couverture de secrets qui planait toujours au-dessus de nous.

# 36



— Ta mère était la sœur d'Agostino, n'est-ce pas ?

J'avais voulu laisser tomber ce sujet jusqu'à demain matin, mais je ne pouvais apaiser mes pensées envahissantes. Noemi ne s'était pas encore endormie, alors je décidai qu'une brève discussion serait nécessaire avant que nous puissions trouver le sommeil.

— Oui. Tante Etta et elle étaient jumelles et oncle Agostino est leur frère aîné.

C'était ce que je craignais.

— Renzo et lui, ils voudront savoir la vérité, mais je ne suis pas sûr que ce soit à nous de dire quoi que ce soit.

J'avais débattu de ce problème dans ma tête ces dix dernières minutes. D'après ce que j'en savais, il manquait une information cruciale.

— Pourquoi Fausto a-t-il tué sa femme, Noemi ?

Je la tenais blottie contre moi. Il fut donc facile pour moi de sentir son corps se raidir en guise de réponse à ma question. Je n'étais pas surpris. Quand elle avait dévoilé la vérité sur la mort de sa mère pour la première fois, j'avais perçu qu'elle me cachait quelque chose.

— La raison importe-t-elle ? demanda-t-elle doucement, d'une voix usée par des mois de nervosité.

Vivre avec l'homme qui lui avait infligé tant de douleurs avait dû être l'enfer sur terre.

— J'ai bien peur que oui. J'ai besoin de savoir ce qu'il s'est passé.

Encore une fois, je sentis la tension s'intensifier dans son corps, alors je poursuivis :

— Normalement, on ne s'implique pas dans les disputes domestiques des personnes extérieures à notre organisation. Mais si sa mort a été causée par une autre raison qu'un mari violent, ton oncle aura peut-être besoin de le savoir.

— Tu t'impliquerais si c'était plus profond que ça ? Mon père apprendrait probablement que tu es la source de cette information.

— Oui, mais nous devons une certaine loyauté aux Donati. Je n'aime pas m'incruster dans un problème de la mafia, mais si nous sommes les seuls à avoir cette information, c'est peut-être nécessaire.

Elle resta silencieuse suffisamment longtemps pour empirer le picotement sur ma nuque.

— Je suis d'accord, c'est un sujet délicat, déclara-t-elle finalement. C'est la raison pour laquelle je crois que tu devrais me laisser le gérer. Laisse-moi garder cette histoire au sein de la famille.

Ma réaction fut viscérale. Il était hors de question que j'envoie ma femme au milieu d'une situation potentiellement dangereuse.

— Ça n'arrivera pas, Em, alors n'essaie même pas.

Noemi lutta pour se dégager de mes bras, se retourner et me faire face dans l'obscurité.

— *S'il te plaît*, Conner. Je suis la seule qui devrait parler à mon oncle. Je voulais le faire dès le début, mais j'avais tellement envie de protéger Sante que je me suis retenue. C'est moi qui devrai le faire. Comme ça, ta famille et toi, vous ne vous retrouverez pas au milieu.

Je n'aimais pas ça du tout, mais elle n'avait pas totalement tort. Si j'avais été à sa place, j'aurais voulu en faire de même.

— Tu sais que ton frère n'est pas plus en sécurité maintenant que précédemment.

Elle soupira et se détendit dans mes bras.

— Je sais, mais il faut que ce soit fait. Et je préférerais que ça se passe ainsi plutôt que… eh bien, disons juste que vous impliquer, toi et ta famille, ne ferait qu'empirer les choses.

Je grognai, agacée qu'elle soit si logique.

— Je ne fais aucune promesse, mais je vais y penser.

Organiser un rendez-vous pour qu'elle parle à son oncle ne serait pas si terrible, mais je ne pouvais imaginer ne pas y assister. Et si j'étais présent, autant que je m'en occupe moi-même. Toute cette situation était merdique. Je n'aimais pas les options qui se présentaient, mais je savais que nous devions prendre une décision, même s'il s'agissait d'ignorer le tout.

Je restai allongé là et continuai de réfléchir alors que ma jeune épouse s'endormait. Elle s'était peut-être sentie mieux après notre discussion, mais j'étais bien trop conscient qu'elle avait évité de répondre à ma question quant à la raison pour laquelle sa mère avait été tuée. Fausto ne s'était pas déchaîné sur elle en frappant accidentellement sa femme avec trop de force. Elle était morte dans un accident de voiture, ce qui signifiait que sa mort était préméditée. Ce n'était pas un accident domestique, c'était un meurtre.

Mais comment pouvais-je reprocher à Noemi de dissimuler des informations alors que j'avais fait la même chose ?

Je ne lui avais toujours pas parlé de mon père. J'aurais dû le faire, mais les mots étaient coincés en moi. La vérité paraissait encore trop brutale. Trop incroyable pour être réelle.

Et si je n'étais pas déjà écrasé par l'analyse de mes sentiments après la révélation de Mia, la tempête confuse d'émotions suscitée par ma femme m'aurait certainement fait tomber dans le précipice. J'avais été si furieux quand j'étais rentré et que j'avais trouvé l'appartement désert. Furieux, inquiet et follement frustré. Pourtant, à la seconde où j'avais vu la peur sincère qu'elle avait ressentie pour moi, pour ma sécurité, tout ça s'était évanoui et n'avait rien laissé d'autre qu'un désir brûlant.

Heureusement qu'elle s'était offerte à moi, car je mourais d'envie de l'avoir et j'ignorais si j'aurais pu résister à ce que je voulais. Ce dont j'avais *besoin*.

Je glissai mes doigts dans le renfoncement délicat de sa colonne vertébrale. Souple, mais forte, tout comme elle.

Je n'avais jamais rencontré une femme si étonnamment résiliente. J'avais cru que je désirerais son raffinement, mais c'était sa ténacité féroce qui plongeait ses griffes en moi. Je ne pouvais m'empêcher de respecter sa force.

Dans mon monde, le respect était le plus important.

Cela soulevait une question : avais-je gagné son respect ? Apparemment pas, étant donné qu'elle avait toujours des secrets. Le respect allait de pair avec la confiance. Que devais-je faire pour prouver que je la méritais ?

Une douleur sourde irradiait dans ma poitrine à l'idée que je me retrouve encore face à cette question.

Quand j'étais enfant, j'avais passé des années à me demander pourquoi ma mère biologique m'avait abandonné. Quand j'avais mûri et que j'avais appris qu'il s'agissait d'une mère adolescente, j'avais accepté que ses actes ne soient pas le reflet de ce qu'elle pensait de moi. Cependant, l'écho de ces sentiments continuait de me remuer, au plus profond de mes souvenirs.

Je voulais être certain des sentiments de Noemi à mon égard. Je voulais savoir que je l'attirais tout aussi irrévocablement qu'elle m'attirait, et il n'y avait qu'une manière d'accomplir cela : j'allais être obligé de devenir l'air qu'elle respirait. Me rendre si indispensable qu'elle ne pourrait imaginer une vie sans moi. Et la première étape de ce processus était d'éliminer Fausto Mancini de sa vie, quel qu'en soit le coût.

JE DEVAIS ME CONFRONTER AU FAIT QUE JE POUVAIS LE PERDRE. J'aurais beau préparer le terrain stratégiquement et artistiquement pour reprendre possession de mon frère, il existait clairement une possibilité qu'il rejette tous mes efforts. J'avais senti grandir la probabilité de cette issue depuis que j'étais allée au restaurant avec Sante. Il était si idéaliste. Son envie désespérante d'avoir l'approbation de notre père était presque palpable. Il était aveugle aux fautes de papa, même les plus scandaleuses.

Sante n'était pas prêt à entendre la vérité, mais j'étais à court de temps. Le sursis que m'avait accordé la mort de maman était terminé. À en juger par l'indice cryptique de Sante selon lequel papa passait à l'étape suivante, je devais prendre une décision. Je pouvais laisser Conner s'impliquer dans mes histoires familiales et lui faire courir des risques, ou je pouvais accélérer la cadence et faire le premier pas. Sante finirait alors presque inévitablement hors de ma portée, peut-être pour toujours.

Je ne pouvais garantir comment chaque scénario se déroulerait, mais j'avais l'impression de devoir choisir entre mon mari et mon frère – un choix que je n'aurais jamais imaginé devoir faire. Et je n'aurais certainement jamais imaginé que face à un tel dilemme, mon frère serait celui que je laisserais glisser entre mes doigts.

Je m'étais allongée dans les bras de Conner alors que la certitude luttait contre le chagrin, creusant un fossé profond dans ma poitrine. Je savais au fond de moi ce qui devait être fait.

Je devais choisir Conner.

Comment pourrais-je espérer avoir un mari qui me ferait passer en premier si je n'étais pas prête à faire la même chose pour lui ? Ainsi, quand Conner m'avait demandé la raison pour laquelle ma maman était morte, je n'avais pu lui dire. Pas si cela signifiait qu'il s'impliquerait. Et si lui et les autres Irlandais s'attiraient la colère de mon père, ils seraient tous en danger. Ça ne valait pas la peine, si je pouvais gérer le problème sans leur faire prendre de risques.

Comme Conner était en train de fureter et de se lancer, je devais passer à l'action.

Que ce soit à cause des atermoiements face à l'inévitable ou des efforts physiques de la veille, je me levai lentement le lendemain matin. Conner était parti depuis longtemps lorsque j'entrai dans la douche d'un pas lourd. Mes membres étaient remplis de plomb et du poids des responsabilités. Mais pour contrebalancer ce fardeau problématique, il y avait une douleur érotique entre mes jambes qui me rappelait l'espoir et l'avenir meilleur. Elle me rappelait que la raison pour laquelle je prenais cette décision en valait les conséquences potentielles.

Une heure plus tard, j'étais prête à affronter ma journée, quoi qu'elle me réserve. J'avais mis tant de temps à entamer ma journée qu'il était déjà près de midi quand j'entrai dans la cuisine. L'estomac toujours retourné, et plongée dans mes pensées tumultueuses, je ne réussis qu'à avaler une banane avant de décider que je devrais mettre la machine en route et appeler Pippa.

— Salut, ma sœur. Quoi de neuf ? demanda-t-elle d'une voix chaleureuse.

— J'ai simplement besoin du numéro de téléphone d'oncle Agostino.

Silence.

— *Pourquoooi* ? s'enquit-elle avec méfiance.

J'avais craint qu'elle réagisse ainsi.

— Je ne peux pas vraiment en parler.

— Non, rétorqua-t-elle. C'est inacceptable. Pas encore une fois. Tu vas me dire ce qu'il se passe, bon sang. Je serai là dans dix minutes.

J'observai mon portable, alors que la tonalité résonnait. Je n'avais même pas eu l'occasion de la contredire.

*Eh merde.*

Pip verrait la vérité dans chacun de mes mensonges et je doutais qu'elle laisse tomber avant de m'avoir extirpé une quelconque information. Je songeai à ce que je pouvais lui dire et à ce que je devais lui cacher, mais soudain, tout me parut inutile. J'allais parler à oncle Agostino dès que j'en aurais fini avec Pip, alors je ferais aussi bien de tout lui raconter.

Respectant sa promesse, Pippa fut devant ma porte un peu plus de dix minutes après le coup de fil. Dès qu'elle fut assise avec moi autour de la table de la cuisine, je commençai depuis le début. Le ruissellement d'informations devint comme un barrage brisé. Chaque incident et chaque émotion manifestée lors de ces sept mois s'évadèrent de leur prison au plus profond de moi.

— Ce salaud.

Les larmes s'accumulèrent dans les yeux de Pippa, mais la fureur scintillait dans ses iris dorés.

— Je suis contente que tu le fasses payer, parce que quelqu'un doit le faire.

— Je sais.

— C'est trop. J'ai besoin d'un putain de verre, sinon je vais moi-même prendre le volant et égorger ce porc.

Je pouffai de rire.

— Moi aussi, un verre me ferait du bien.

Je m'inquiétais tant à propos de Sante et de la manière dont cette histoire se poursuivrait. Si mon père apprenait que j'étais allée voir les Donati et que mon oncle n'agissait pas rapidement, personne ne pouvait deviner ce que mon père ferait avant d'être intercepté.

— Qu'est-ce que tu veux ? demandai-je en furetant dans le placard contenant les bouteilles d'alcool. Il y a une tonne de whisky.

Ma cousine grimaça et frissonna de tout son long.

— Oui, pareil. Vodka ou tequila ?

— Il a de la Patrón ?

— Ah… oui, il y en a au fond.

Je me mis sur la pointe des pieds et récupérai la large

bouteille en verre avant de la poser sur la table où Pip était assise devant deux shooters.

— Sel et citron vert ?

— Non, dit-elle en balayant ma suggestion. Ça ressemblerait trop à une célébration. Je crois que j'ai besoin de ressentir la brûlure.

Je ne pouvais la contredire. Après avoir rempli nos verres, je levai le mien et sirotai le liquide clair. Pip m'imita et nous toussâmes toutes les deux à cause du feu qui enflammait nos gorges.

Une fois que nous eûmes repris nos esprits, un lourd silence se joignit à la fête.

— Pendant tout ce temps, hein ? dit enfin Pip d'une voix grave.

— Oui.

— Je me sens horriblement mal de ne pas l'avoir su.

— Tu n'aurais pas pu le savoir, tentai-je de lui assurer.

Elle secoua la tête.

— Mais je le savais, d'une certaine manière. Je sentais que quelque chose clochait, comme tu ne quittais pas la maison. Mais je n'ai pas écouté mon instinct. Ça me tape sur les nerfs.

— Écoute, je sais ce qu'il a fait depuis plus de six mois et je n'ai toujours pas agi en conséquence, affirmai-je avec plus de force en nous servant deux shots supplémentaires.

— Comment aurais-tu pu ? demanda-t-elle en me dévisageant bêtement. Il t'a gardée *prisonnière* pendant presque tout ce temps.

— J'aurais pu trouver un moyen, marmonnai-je.

— On ne peut pas jouer à ce jeu. Prendre du recul, voir les choses en rétrospective, toutes ces conneries.

Elle but sa tequila et j'en fis de même avant d'allumer la radio et de synchroniser mon téléphone pour jouer la musique de l'une de mes playlists. Je les avais organisées par humeur et cette journée nécessitait les chansons les plus sombres et les plus déprimantes.

— Comment ça se passe, avec Conner ? demanda-t-elle quand la musique commença à s'élever.

— Étonnamment bien, en fait.

La chaleur me monta aux joues et j'espérais qu'elle mettrait ça sur le compte de l'alcool, mais je n'eus pas une telle chance.

— Oh, mon Dieu. Tu rougis. Vous avez couché ensemble, c'est ça ?

Je croisai son regard. Le mien scintillait à cause des souvenirs érotiques de la nuit dernière.

— Génial ! Ça mérite un autre shot.

Elle attrapa la bouteille et se mit à nous servir.

— Merde, alors, Pip. Tu essaies de nous faire tomber dans un coma éthylique ?

Je l'observai, bouche bée, mais ne réprimai pas entièrement le sourire qui taquinait le coin de mes lèvres.

— Hé, si on a de la chance, on oubliera à quel point notre famille est tordue.

Que pouvais-je dire à part : *Je vais trinquer à ça ?*

Je refusai ensuite de boire d'autres verres d'alcool, mais mon estomac presque vide absorba tout ce que j'avais consommé pour le faire passer dans ma circulation sanguine, jusqu'à ce que j'en ai le vertige et que le filtre entre mon cerveau et ma bouche se soit effondré. Pep et moi parlâmes de toutes les petites choses qui nous avaient manqué, pendant mon absence. Nous avions abordé les éléments importants, lors de nos conversations, mais c'était différent. C'était comme avant : nous discutâmes de la robe qu'elle envisageait d'acheter pour la fête prénatale d'une cousine et de la raison pour laquelle la nouvelle saison de notre série préférée ne répondait pas vraiment à nos attentes. Notre discussion fut aisée et légère, elle flottait comme la brise d'été. Enfin, jusqu'à ce que mon portable se mette à sonner.

— Oh, mon Dieu. C'est Conner.

J'écarquillai largement les yeux.

— Ne réponds pas, si tu n'en as pas envie.

— Bien sûr, pour me prendre une fessée ?

Je me mordis les lèvres quand je réalisai ce que je venais de dire, et nous éclatâmes de rire.

— *Chhut…* arrête, lançai-je à travers mon rire.

Saisissant mon portable, je pris une profonde inspiration et décrochai :

— Allô ?

— Salut. Tu as passé une bonne matinée ?

— Euh, oui. Pip est venue et nous passons du temps ensemble.

Je fis de mon mieux pour paraître parfaitement sobre et faillis craquer lorsque ma cousine se plia en deux, tant elle gloussait.

— C'était quoi, ça ?

— Oh, juste Pip qui fait l'idiote. Quoi de neuf, pour toi ?

J'avais désormais les larmes aux yeux tant je me retenais de rire.

— J'ai discuté de choses concernant ton père avec Keir, ce matin, et nous avons décidé que trop de facteurs étaient en jeu pour qu'on te laisse gérer ça. J'ai dit que j'allais envisager ce dont tu as parlé, mais ce n'est pas possible. En revanche, nous avons un plan et dans peu de temps, il ne sera plus qu'un lointain souvenir.

— Attends… quoi ?

Mon cerveau apathique lutta pour comprendre ce qu'il venait de dire.

— Un plan ? Tu ne peux pas planifier quoi que ce soit alors que tu ne sais même pas… Non, Conner. C'est… pas du tout… tu ne peux pas.

L'émotion et l'alcool embrouillèrent mes mots jusqu'à ce que je ne puisse plus formuler une pensée complète.

Un silence plus sinistre qu'une ombre passa à travers la ligne.

— Tu as bu ? demanda finalement Conner d'une voix basse et menaçante.

Je relevai le menton d'un air de défi, bien qu'il ne puisse pas me voir.

— Je suis une femme mariée. Je crois que je peux boire un verre si j'en ai envie.

— Tu veux bien me dire pourquoi tu voudrais te mettre une murge avant l'heure du déjeuner ?

— Nope, dis-je en ajoutant ce « p » avec fierté. Si tu peux faire tout ce que tu veux, alors moi aussi. Enfin, tu crois quoi ? Je *t'ai* choisi, Conner. Pas Sante. *Toi*. Et tu vas tout gâcher. Je veux dire… *Ah !*

Ma mini-diatribe bouillonna du plus profond de moi, tel un geyser que je ne pouvais retenir.

— Je serai à la maison dans dix minutes.

La tonalité sonna dans le vide.

Mon regard se riva sur Pippa, qui avait une main sur la bouche et dont les sourcils étaient haussés jusqu'à ses cheveux.

— Oh merde, souffla-t-elle.

*Oh merde, c'est le cas de le dire.*

Ma cousine se leva.

— Eh bien, c'était marrant, mais je devrais probablement y aller.

— Repose tes fesses minuscules sur cette chaise, dis-je en bondissant et en montrant son assise. Tu ne m'abandonnes pas maintenant. C'est toi qui m'as donné l'idée de boire cet alcool qui m'a délié la langue. Tu peux rester ici et faire tampon.

— Em, ça va être carrément gênant.

Je secouai la tête, catégorique à cent pour cent.

— Non. Je m'en fiche. Tu. Restes.

# 38

PIPPA ET MOI ÉTIONS ASSISES ENSEMBLE SUR LE CANAPÉ QUAND la porte d'entrée cliqueta en s'ouvrant. Nous étions toutes deux aussi immobiles que des statues. Conner avança lentement jusqu'à moi, son regard se rivant sur moi à la seconde où il fut dans mon champ de vision. Il avait laissé la porte ouverte, ce qui me parut étrange jusqu'à ce qu'il prenne la parole.

— Il est temps de partir, Pippa. Bishop est dans le hall, il va te raccompagner chez toi.

Il parlait à ma cousine sans jamais cesser de me regarder.

— Et si elle ne veut pas partir ? m'enquis-je avec entêtement.

— Je demanderai à Bishop de la chasser d'ici.

Pip me serra la main.

— Je t'ai dit que ce n'était pas une bonne idée. Je suis désolée, ma puce, mais je vais me tailler. Toi et ton homme, vous devez discuter de ça.

La logique m'indiquait qu'elle avait raison et que je lui en avais demandé trop, mais je me sentis tout de même légèrement trahie lorsque je la vis s'en aller. La porte se referma derrière elle dans un cliquetis, me laissant seule avec ce mafioso furieux de plus d'un mètre quatre-vingt.

Je n'étais même pas certaine de savoir pourquoi il était autant en colère. Je n'avais rien fait de mal. Je n'avais enfreint aucune de ses règles et je n'avais assurément pas brûlé un homme ni donné des informations à la police. Cela faisait presque de moi une épouse de la mafia idéale, à mon humble opinion. Alors pourquoi ma peau se réchauffait-elle et me démangeait-elle sous son regard scrutateur ?

— Tu veux me dire ce qui t'a poussée à boire avant même que le soleil soit au zénith ? questionna-t-il en se rapprochant lentement.

— Tu donnes l'impression que c'était bien pire qu'en réalité.

Comme s'il n'avait jamais commencé la journée dans une mauvaise passe.

— D'après ce que je constate, ça dévie immensément de la normalité. Je suppose que c'est en rapport avec ton père, compte tenu de ta réaction quand tu as appris que nous avions un plan dans lequel tu n'étais pas impliquée. J'ai eu l'impression que tu étais en colère parce que nous avions outrepassé tes plans. Tu as prévu une chose dont je devrais être au courant ?

Je ne pouvais supporter plus longtemps son regard pénétrant. Je bondis donc du canapé et me mis à faire les cent pas.

— J'*avais* un plan. Comme je te l'ai dit, j'allais gérer la situation avec mon père. Ensuite, tu as été obligé d'intervenir comme un putain de chevalier blanc qui viendrait à ma rescousse.

J'agitai les mains alors que je m'enfonçais de plus en plus dans ma frénésie à chaque mot.

— Et si tu finis par te faire tuer, j'aurai fait mon choix pour rien. Je vous perdrai tous les deux, tu ne le vois pas ?

Je ralentis ma foulée et lui lançai un regard suppliant, espérant qu'il reprendrait ses esprits.

— Pas le moins du monde.

Exaspéré, il croisa les bras et prit une profonde inspiration.

— Explique-moi, Noemi. Quel choix aurais-tu fait pour rien ?

— Je t'ai choisi, chuchotai-je. Sante n'a plus que moi. J'aurais dû le choisir, mais je n'ai pas pu parce que je m'inquiétais surtout pour *toi*. Si tu t'impliques, il va te *tuer*.

— Ton père ?

— Oui. Il va te tuer, toi, et tous ceux qui essaieront de l'arrêter. C'est la raison pour laquelle je ne pouvais pas te dire la vérité, tu ne comprends pas ? Parce que si tu avais su ce que mon père avait prévu, tu serais allé le dire aux Donati et tu aurais été en danger. Je ne pouvais me le permettre. Je ne pouvais pas rester plantée là et te regarder souffrir. Et ça m'énerve d'avoir été obligée de choisir entre te protéger toi ou protéger mon frère, parce que ça n'était pas censé se passer ainsi. Je n'étais pas censée tomber sous ton charme. Je me suis dit que je ne finirais jamais comme ma mère. Je me suis dit que je ne devais pas épouser un homme comme mon père. Je sais que mon cœur finira brisé, parce que cette histoire n'était pas supposée être réelle et même si tu dis qu'elle l'*est*, le serment que tu as fait à ton organisation passera toujours en premier. Je sais comment fonctionne ce genre de choses. Je savais qu'il ne valait mieux pas tenir à toi…

Mon souffle se coupa, l'anxiété et l'inquiétude accumulées pendant tant de mois me rattrapèrent lorsque je me rendis compte que ce que j'avais dit était vrai : je tombais sous le charme de Conner Reid.

Les larmes brouillèrent mon champ de vision alors que je levais enfin les yeux vers mon mari. Il n'avait pas bougé d'un pouce, alors que je déchargeais mes peurs et mes incertitudes, vomissant le tout jusqu'à ce que mes pensées sans filtres tombent à ses pieds. Je n'étais pas certaine de tout ce que j'avais dit, mais je compris que ça n'allait pas quand son regard bouillonnant me transperça. Son corps vibrait à chaque juron silencieux et chaque idée violente qu'il ravalait.

— Si tu crois que je suis un tant soit peu comme ton père, alors tu n'as rien appris de moi.

Ses mots cliquetaient et tremblaient à cause d'un calme feint, perforé de douleur. Ils se frayèrent un chemin jusqu'à mon cœur tandis que je le voyais s'en aller, me laissant désespérément détruite et seule.

# 39

Mes genoux cédèrent en premier. Les sanglots prirent ensuite le dessus et je m'effondrai.

Qu'avais-je fait ? J'avais essayé de lui dire que je tenais à lui, que je l'avais choisi plutôt que ma famille, mais mes mots n'avaient pas été les bons. Je le connaissais. Et ce que j'avais dit était vrai, n'est-ce pas ? Son serment envers les frères Byrne surpasserait tous les autres, car c'était ainsi que les choses fonctionnaient avec les hommes qui travaillaient dans ce domaine.

N'est-ce pas ?

Une incertitude terrifiante envahit mes entrailles comme

un brouillard glacial jusqu'à ce que mes os s'entrechoquent et tremblent.

Avais-je condamné Conner illégitimement ? Il avait accepté un mariage pour le bien de son organisation. Cela semblait être un indice flagrant concernant ce qui lui importait le plus : il était prêt à mettre de côté sa chance de connaître l'amour pour une alliance. Mais son acceptation de l'arrangement écartait-elle nécessairement l'éventualité qu'il fasse passer l'amour avant son devoir ?

Je repensai à la manière dont il avait subtilement ou ouvertement confronté mon père. Chacun de ses actes discréditait le but de l'alliance et mettait en péril la relation entre les Irlandais et les Italiens. Mais il avait pourtant fait toutes ces choses. Pour moi.

Il m'avait montré pendant tout ce temps qu'il me considérait comme plus qu'un simple contrat, mais j'avais eu trop peur de le voir. J'avais été trop terrifiée à l'idée de souffrir pour admettre que Conner ne serait jamais comme mon père. J'avais vu ce que j'avais voulu voir de façon à me protéger et, en le faisant, j'avais blessé l'homme qui restait loyalement à mes côtés. L'homme qui gardait le chapelet de sa mère biologique sur sa commode et qui connaissait le bonbon préféré de sa grand-mère. Si j'y regardais de plus près, je verrais que le devoir qu'il se sentait obligé d'accomplir lui venait simplement de la famille avec laquelle il travaillait. Les gens, et non l'organisation, étaient importants pour lui.

*Qu'avais-je fait ?*

Je devais arranger ça, mais comment ? J'essuyai le reste de mes larmes salées et observai l'appartement vide. Il fallait que je parle à Conner et que je m'excuse. Il ne voudrait pas que je parte, alors je devais l'appeler et espérer qu'il répondrait.

Attrapant le portable qu'il m'avait donné, je composai le numéro de mon époux. L'alcool avait été évacué de mon organisme depuis longtemps, et à sa place, prospérait la détermination.

— Oui.

Sa voix était aussi dure que de l'acier poli et pourtant, mes paupières se fermèrent tant j'étais soulagée qu'il ait décroché.

— Je n'étais pas censée être avec elle, ce jour-là, commençai-je.

Je décidai de lui donner tout ce que j'avais, dans l'espoir que ce serait suffisant.

— J'avais un cours de chant le mardi et le jeudi, mais elle m'avait demandé de rendre visite à oncle Agostino, avec elle. Je voyais qu'elle paraissait anxieuse, alors j'avais accepté. Dès qu'on est montées en voiture, elle a commencé à me dire qu'elle avait entendu mon père manigancer pour tuer mon oncle. Papa était furieux depuis des années, parce qu'Agostino s'était montré plus habile que lui afin de devenir le boss. Papa a été scandalisé quand Renzo a été promu lieutenant, l'année dernière, alors qu'il n'avait que vingt-sept ans. Papa pensait que ce poste lui revenait et à partir de ce jour-là, il s'est mis à conspirer pour reprendre le contrôle de l'organisation. Je voyais bien que maman était terrifiée. Elle m'a dit qu'elle devait avertir son frère, mais chaque muscle dans son corps était crispé à cause de la peur des répercussions. Je m'en souviens comme si c'était hier, chuchotai-je.

Mon esprit rejouait la scène avec des détails précis et les larmes roulaient sur mes joues.

— Je ne sais pas comment il a su qu'elle serait dans la voiture ce jour-là ou comment il s'y est pris, mais quand on s'est insérées sur l'autoroute, son pied a commencé à écraser la pédale de frein. Il ne s'est rien passé. On allait de plus en plus vite. Elle devait zigzaguer entre les voitures et pendant tout ce temps, elle murmurait : « Oh, mon Dieu. Il sait. » L'accident s'est produit au ralenti. Quelqu'un ne nous a pas vues accélérer et s'est engagé sur notre voie. Maman a braqué le volant, elle a perdu le contrôle et on a tourné. Et tourné. Jusqu'à ce que la voiture heurte un lampadaire du côté conducteur.

Je dus marquer une pause pour respirer. Visiblement, je n'arrivais pas à insuffler suffisamment d'air dans mes poumons.

— Il y avait tant de sang. Elle n'a pas eu une seule chance.

Je fermai les yeux pour chasser cette vision horrible et quand je les ouvris à nouveau, Conner était là, dans l'entrée.

— Tu es revenu, soufflai-je alors que le téléphone tombait lentement à côté de mon oreille.

— Je n'ai jamais quitté le hall. Je ne voulais pas te laisser seule.

Il était ici, mais ses mâchoires étaient encore contractées et sa retenue crispait son corps.

— Tu avais raison. Mon père m'a fait du mal et a menacé de faire du mal à Sante pour me contrôler. Tous les jours, depuis la mort de ma mère, ont été un cauchemar. Je suis vraiment désolée de ne pas te l'avoir dit plus tôt. Je craignais que si tu l'apprenais, tu te mettes en danger, et j'avais déjà perdu…

Mon souffle se coupa. Je ravalai mes émotions et m'obligeai à poursuivre.

— J'avais déjà perdu une personne à qui je tenais profondément. Je ne pouvais pas en perdre une autre.

Je me levai, mais ne m'approchai pas de lui.

— Je n'ai jamais été proche de mon père, mais ce qu'il a fait était une véritable trahison. Je n'aurais jamais cru qu'il était capable de nous faire du mal de cette manière. Ça me faisait peur. J'avais peur de lui et d'être encore blessée d'une telle manière. Mais tu avais raison : tu n'es pas comme lui. Je ne me serais jamais offerte à toi si, au plus profond de moi, j'avais cru que c'était le cas. Tu ne me ferais jamais de mal, murmurai-je. Et je suis désolée de t'en avoir fait.

Je tendis les bras, mon visage ravagé par les larmes.

— Alors je suis là et je te donne tout. C'est moi. Tout ce que je suis. Plus de secrets.

Le temps se figea.

Le regard de Conner brûlait d'intensité.

— Retire tes vêtements.

Sa voix était dépourvue d'émotions, mais je n'avais pas peur. Je ferais tout ce qu'il demandait pour réparer ce que j'avais brisé.

Je passai mon haut par-dessus ma tête et le laissai tomber par terre. J'en fis de même avec mon soutien-gorge, mon jean et ma culotte. Jusqu'à me retrouver nue devant lui. Sans aucun doute. Sans aucune réserve.

— À genoux.

Son ordre sinistre glissa le long de ma colonne vertébrale.

J'obéis sans hésitation.

— Maintenant, ferme les yeux, dit-il d'une voix plus douce.

Presque hypnotique.

Mes paupières se fermèrent alors que mes oreilles se tendirent quand je l'entendis se rapprocher enfin, jusqu'à ce qu'il soit là, inquiétant et sifflant comme une vipère en colère.

— Pourquoi ton père t'a-t-il nominée pour l'alliance ?

La question me surprit, mais je ne le montrai nullement. Je lui donnai simplement ce qu'il demandait.

— Je crois que c'est parce qu'il veut que la connexion l'aide à consolider son rôle de boss, une fois qu'il aura tué mon oncle et mon cousin. Il ne veut pas prendre le risque que les capos soutiennent quelqu'un d'autre.

— Est-ce qu'il manigance encore pour tuer les Donati ?

La question était froide et détachée.

— Je crois que oui. J'ai discuté avec Sante et il paraît inquiet. Il n'a pas voulu me dire pourquoi, mais je crois que mon père a recommencé à planifier quelque chose. Il a dû mettre tout ça en suspens après la mort de ma mère pour ne pas éveiller les soupçons.

Le silence me mordillait de tous les côtés. Un instinct primitif s'entortilla à cause de cette vulnérabilité et me suppliait de jeter un petit coup d'œil à mon environnement, mais je n'en tins pas compte.

— Lève-toi, m'ordonna enfin Conner non loin de là.

Il tournait lentement autour de moi.

Je me levai, vacillant très légèrement à cause du vertige provoqué par la situation.

— Avais-tu été embrassée, avant moi ?

— Oui, chuchotai-je sans le lui cacher comme je l'avais fait la première fois qu'il avait posé la question.

— Combien ?

— Deux.

— Est-ce qu'ils t'ont touché ici ?

Je haletai lorsque sa paume chaude saisit mon sexe. Je secouai la tête d'un côté, puis de l'autre. Sa main remonta sur mon corps et l'autre la rejoignit au niveau de ma poitrine. Il empoigna ma chair lourde et me pinça les tétons.

— Et là ?

Sa voix faiblissait légèrement.

J'avais désespérément envie d'ouvrir les yeux pour le regarder, pour confirmer que sa colère s'atténuait comme je le croyais, mais il était plus important que je comble le fossé qui s'était creusé entre nous.

— Oui.

— Combien ? cracha-t-il.

— Juste un.

Il grogna en guise de réponse.

— Tourne-toi.

Il était assez proche pour que je le touche si je tendais la main, mais j'obéis à son ordre et lui tournai le dos. Il se rapprocha jusqu'à ce que la chaleur émanant de son corps devienne un appât enivrant, me suppliant de reculer et de saisir ce qui était tout juste hors de ma portée.

— J'ai besoin de ta confiance, Noemi. Montre-moi que je peux te faire confiance.

Le murmure rauque caressa ma peau, faisant ressortir la chair de poule sur mes bras et mes jambes.

Je hochai la tête, prête à lui donner n'importe quoi.

Son corps s'appuya lentement contre le mien, son torse contre mon dos.

— Continue de fermer les yeux.

Ses mains me contournèrent pour saisir les miennes et il m'attira vers l'avant, un pas à la fois. Mon esprit pensait qu'il était en train de me guider vers la baie vitrée.

Ma respiration devint irrégulière et superficielle à cause de l'hésitation. Il faisait grand jour, dehors, et même si les fenêtres étaient teintées, nous pourrions être vus, si quelqu'un regardait.

Et dans une ville, il y avait toujours quelqu'un qui regardait. Qui attendait. Qui observait.

Conner aplatit mes mains sur la vitre chaude et se servit de son pied pour m'écarter les jambes.

Je me sentais si ouverte et exposée. Mes tétons pointaient terriblement quand j'imaginai être sous le feu des projecteurs devant un public. Mon corps répondit à l'érotisme de ma situation, que je veuille me donner en spectacle ou non, même si je préférais ne pas le faire. Je n'étais pas exhibitionniste par nature, mais je voulais prouver ma valeur à Conner. Il avait exigé ma confiance et j'avais désespérément envie de lui accorder ce qu'il voulait.

Le cliquètement de sa boucle de ceinture résonna derrière moi, tout comme le bruissement de ses vêtements. Lorsque ses mains me touchèrent à nouveau, elles étaient à la fois autoritaires et douces. Il posa une main sur mon ventre, tirant mes fesses en arrière tandis que son autre main saisissait ma nuque, gardant mon visage proche de la vitre. Mes muscles se crispèrent et souffrirent quand la peau tendre de son membre dévia vers mes plis.

— Tu es sûre de me faire confiance, même si je te baise contre la vitre, pour que le monde entier nous voie ?

Ses paroles sévères dissimulaient les derniers vestiges de sa colère que le désespoir avait usés et entaillés.

— Oui, Conner. Je te fais confiance.

— Alors, ouvre les yeux.

Il expira ces mots une seconde avant de s'enfoncer profondément en moi.

J'ouvris les yeux. Un émerveillement perplexe et un soulagement entêtant me coupèrent le souffle lorsque j'aperçus le verre désormais dépoli devant moi. J'ignorais comment il avait fait ça, mais toute la baie vitrée était devenue opaque.

Il ne prendrait jamais le risque de m'exposer.

Ça n'avait été qu'un subterfuge.

Je tournai la tête pour le regarder lorsqu'il donna un nouveau coup de reins, arrachant un gémissement à mes lèvres. Conner saisit ma gorge et rapprocha nos bouches l'une de l'autre dans un baiser si émouvant qu'il aurait pu mettre fin à des guerres et renverser des royaumes.

— Je ne te mettrai jamais en danger, que ce soit ton corps ou ton âme. Tu comprends ? demanda-t-il d'une voix urgente.

— Oui, soufflai-je en ayant besoin de plus de sa part.

— Alors, accroche-toi, chérie, parce que j'ai besoin de te baiser vite et fort.

Il reposa les mains sur mes hanches avant de commencer à s'enfoncer en moi. Désirant son contact, je me cambrai contre ses va-et-vient, me délectant de la sensation de nos corps liés.

C'était comme si nous étions sous l'effet d'un sort, quelque chose de profond et de monumental qui nous lierait bien plus que n'importe quel serment ou n'importe quel vœu.

Conner s'arrêta subitement, me retournant pour que je sois face à lui. Il me prit dans ses bras.

— J'ai besoin de te voir.

J'enroulai mes jambes autour de sa taille alors que ses lèvres se collaient aux miennes et que son membre retrouvait son chemin vers l'étreinte accueillante de mon entrejambe suintant.

Tandis que mon dos était plaqué contre les vitres, Conner

me prit jusqu'à l'abandon. Pendant tout ce temps, son regard ne quitta pas une fois le mien. Nos corps étaient positionnés exactement comme il le fallait pour que mes tétons et mon clitoris se frottent contre lui à chaque bond de mon corps sur son membre palpitant. Lorsque ses doigts sous mes cuisses se rapprochèrent de mon orifice interdit pour le taquiner, l'élan érotique devint trop important.

— Conner, implorai-je.

Mon corps jaillit, telle une avalanche de plaisir.

— C'est ça, Emy, grogna-t-il. Jouis pour moi.

Il redoubla brièvement ses efforts avant de hurler lors de son orgasme, me serrant fermement contre lui alors que son corps palpitait sous l'effet du plaisir.

J'eus le vertige, suite à cet orgasme tonitruant. Quand Conner nous éloigna de la baie vitrée, je frissonnai à cause de la stimulation de ma chair excessivement sensible.

— Je peux marcher, murmurai-je en sachant que ses jambes devaient être fatiguées.

Conner se contenta de grogner.

— Têtu, dis-je en souriant contre sa peau. Où m'emmènes-tu ?

— Dans la douche. Tout d'abord, je vais regarder mon sperme couler sur tes cuisses, ensuite je le laverai et le remplacerai par une nouvelle dose jusqu'à ce que tu commences à comprendre que tu es à moi.

Je reculai lentement pour voir son visage et pour qu'il puisse lire la sincérité sur le mien quand je chuchotai :

— Je commence à le comprendre.

# 40

Conner

Le chagrin dans sa voix avait été trop déchirant. Malgré ma colère persistante, j'avais été obligé de retourner à l'appartement quand elle m'avait appelé. J'avais eu besoin d'être près d'elle, même si je ne pouvais la toucher avant d'être certain qu'elle comprenait la gravité de son erreur.

Son père et moi n'avions aucun point commun. Absolument *aucun*.

Je préférerais mourir plutôt que de permettre qu'on fasse du mal à ma famille, et je leur ferais encore moins de mal, moi-même. Fausto Mancini était une putain de pourriture. J'étais

334

ravi que Noemi m'ait raconté toute la vérité, car cela justifiait tout ce que j'avais entrepris pour faire tomber ce salaud. Son règne de terreur était terminé. Mais il ne le savait pas encore.

— Keir et moi avons organisé une réunion avec les Donati.

Je posai Noemi sur le lavabo de la salle de bains, maintenant mon corps entre ses jambes.

— Tu me fais confiance pour gérer ça ?

— Oui, répondit-elle en hochant la tête. Je m'inquiète simplement pour Sante.

— Je sais et je ferai de mon mieux pour le laisser en dehors de ça.

Je ne pouvais supporter davantage cette innocence vulnérable qu'elle m'offrait avec ses yeux verts comme de la mousse. Reculant, je baissai les yeux vers l'intérieur de ses cuisses et glissai les doigts dans l'humidité poisseuse qui la recouvrait. Cette vue réveilla mon membre ramollissant.

— Ça me terrifie aussi, tu sais, dis-je en l'observant.

— Ah oui ?

— Bien sûr que oui. J'ai l'impression que je pourrais m'éloigner de tout et passer chaque jour à te baiser jusqu'à l'oubli, et que je mourrais heureux. Ce n'était pas censé se passer ainsi. Je ne devais pas te désirer non plus, lui confiai-je.

— L'Italienne muette ? me taquina-t-elle avec un sourire narquois.

— C'est ça.

J'appuyai mes lèvres contre les siennes, lui volant un baiser, tout en approchant mon corps du sien.

— Les Italiens m'ont laissé tomber. Pourquoi voudrais-je avoir une quelconque relation avec eux ?

— C'est ce que tu ressens encore ? demanda-t-elle avec un soupçon d'inquiétude dans le regard.

— Non, pas vraiment. Et ça n'a aucune importance, parce que tu n'es pas italienne. Tu es *mienne*.

Elle inclina sa bouche vers le haut.

— Et tu es mien ?

Je détestais l'idée qu'elle en doute.

— Oh que oui, je le suis. Et ça signifie que je te dois aussi une explication. C'était nul de ma part de ne pas te le dire et je suis désolé. Quand Mia Genovese est venue, elle m'a appris que mon oncle Brody était en fait mon père biologique.

Prononcer ces mots faisait remonter une vague de frustration et de perte renouvelée.

— Pendant tout ce temps. Et nous ne l'avons jamais su. Maintenant, c'est trop tard. Il est parti.

— Oh, Conner. Ça me fend le cœur. Je suis vraiment désolée.

Son corps faiblit à cause du poids de cette prise de conscience.

— C'est pour ça que tu es allé pourchasser l'Albanais, hier soir.

— J'avais besoin que quelqu'un paie pour ce que j'avais perdu. Pour ce qui m'avait été volé.

— Et quand tu es rentré, j'étais partie.

Sa petite main vint se poser au-dessus de mon cœur.

Ma mâchoire se crispa à cause de ce rappel.

— J'aurais dû te dire ce que j'avais appris, mais je ne le pouvais pas. Je ne le comprenais même pas moi-même, alors je pouvais encore moins le dire à quiconque.

— Je n'aurais pas dû partir sans te prévenir. Je ne le ferai plus.

— Je ne veux pas que tu aies l'impression d'être en prison,

mais je dois te protéger, et je ne peux pas le faire si j'ignore où tu te trouves. Dis-moi que tu comprends.

Noemi hocha la tête, une faim éclatante réchauffant son regard vert tandis qu'un frisson la traversait. Je ne savais pas vraiment si c'était à cause du désir, du froid ou d'un peu des deux.

Mon instinct primitif poussa un grognement féroce hors de mes lèvres.

— Allons sous la douche avant que je te prenne encore une fois.

Ma femme était une sirène à la fois innocente et séduisante. Ce mélange était plus qu'enivrant. Bishop m'avait qualifié d'obsédé, mais ce n'était pas ça. Mon désir pour elle allait au-delà de ça. Il était comme un produit chimique dans mon sang qui l'emportait sur la logique et la raison.

Penser à elle suffisait à me rendre accro.

Elle était tout ce qui comptait. Ceux qui la menaceraient affronteraient ma colère. Fausto Mancini se prenait pour un dur à cuire, mais il ne savait rien de la bête qu'il venait de déchaîner.

*Prêt ou pas, j'arrive, salopard.*

# 41

Cette après-midi-là, nous passâmes des heures ensemble, nus, dans la chambre. Après notre douche, il m'avait apporté un plateau de nourriture, me disant qu'il ne voulait pas que je quitte son lit, car il n'en avait pas fini avec moi. Respectant sa promesse, il m'avait dévorée une fois que je m'étais rempli la panse.

Nous avions couché ensemble, discuté et même ri. Nous ne regardâmes pas notre téléphone, réservant à notre partenaire toute notre attention. Pendant que nous parlions, il me laissa tracer les lignes complexes de ses tatouages en m'expliquant leurs significations. En plus de mon nom sur son poignet, mon préféré était une bougie sur son dos. Elle était encrée en relief sur son dos musclé, la lumière de la petite flamme semblait briller à travers sa peau. Cet art était incroyable. Il m'apprit qu'elle symbolisait la famille Byrne qui était toujours son soleil dans l'obscurité.

Ma gorge se serra sous l'effet de l'émotion.

Conner tenait vraiment à sa famille comme mon père ne pourrait jamais le comprendre. Contrairement aux grandes familles mafieuses qui ne partageaient pas réellement le même sang, les origines de l'organisation irlandaise remontaient à une fratrie et elle était désormais composée principalement de parents. Conner et les autres n'étaient pas aussi enclins à affronter les problèmes de loyautés conflictuelles, car la famille et le travail étaient une seule et même entité.

Mes rapports avec la mafia introduisaient un facteur compliqué dans sa vie. Je n'avais jamais voulu être liée avec la mafia. Ressentais-je la même chose concernant l'organisation irlandaise ? Allions-nous arriver à un carrefour où Conner devrait choisir entre moi et sa famille irlandaise ? Dans ce cas-là, comment m'en sortirais-je ensuite ?

Je ne finirais pas morte, comme ma mère, mais j'ignorais qui gagnerait sa fidélité. Avec un peu de chance, nous n'aurions jamais à le découvrir.

Lorsque mon estomac recommença finalement à gronder, Conner m'ordonna de m'habiller et il nous emmena dîner. J'étais réticente à l'idée de rompre le charme de notre après-midi de conte de fées, mais j'aimais également la perspective d'un rencard. Notre premier dîner s'était bien passé, mais cela paraissait différent. Plus intime. Plus significatif.

Si on oubliait l'incident qui l'avait fait revenir à

l'appartement, cette journée était l'une des meilleures dont je me souvenais. Ma poitrine était envahie d'une chaleur étrange, comme si cette bougie sur sa peau avait allumé une flamme jumelle en moi.

Égayée par le temps que nous avions passé ensemble et deux verres de vin, je m'enfonçai sur ma chaise après avoir mangé et décidai de poser à Conner une question qui me démangeait.

— Pourquoi moi ? Je suppose qu'on t'a présenté plusieurs femmes italiennes éligibles et que tu as dû faire ton choix. Pourquoi m'as-tu prise ?

Ses yeux saphir étincelèrent tandis qu'il sirotait son verre de vin.

— Il y avait de nombreuses raisons. Au début, j'ai marqué une pause sur ta photo à cause de tes yeux. Je me suis encore plus intéressé quand on a immédiatement essayé de me dissuader de te choisir à cause de ton silence. J'étais... intrigué.

— C'est quand tu m'as parlé au café la première fois ?

Il baissa le menton pour le confirmer.

— On m'a dit que tu étais traumatisée et je voulais voir ce que ça signifierait pour moi.

— Et qu'as-tu trouvé ? demandai-je, infiniment curieuse quant à ce qu'il avait pensé de moi, au début.

— Que s'ils pensaient que tu étais traumatisée, ils ne connaissaient pas la signification du mot.

— Je n'étais pas muette non plus. Tu n'as certainement pas obtenu ce que tu avais prévu.

Je baissai les yeux, un soupçon d'incertitude me rendant timide.

— Il valait mieux obtenir ce dont j'avais besoin plutôt que ce que je croyais vouloir.

Son regard inflexible me débarrassa de mes hésitations et me peignit dans diverses tonalités de perfection.

— Tu ne t'accordes pas assez de mérite, monsieur Reid, dis-je doucement. Il y a un romantique en herbe, quelque part en toi.

Il fit tourbillonner ce qu'il restait de son vin dans son verre.

— C'est discutable, mais j'imagine que la femme idéale peut juger suffisants mes efforts laborieux, madame Reid.

Notre serveuse nous interrompit juste à temps. Si notre regard brûlant s'était prolongé, ma culotte aurait pu s'enflammer au milieu du restaurant.

— Puis-je vous apporter autre chose ?

La jeune femme nous lança un large sourire et posa une main sur l'épaule de Conner. Elle avait été assez amicale pendant le repas et même si je pouvais passer outre ses coups d'œil fréquents dans sa direction, parce que cet homme était magnifique, je ne pouvais pas tout autoriser.

— Vous pourriez lâcher mon mari, déclarai-je fermement, bien que cordialement. Ensuite, il nous faudrait l'addition, merci.

Elle retira sa main si rapidement que j'aurais cru que l'épaule de mon époux l'avait brûlée.

— Oui. Oui, madame. Je vais vous chercher ça tout de suite.

Elle s'en alla en baissant la tête.

— Je dois dis que j'avais toujours cru qu'une femme jalouse était étouffante, songea-t-il, mais ça te va bien. À vrai dire, je ne suis pas sûr d'avoir déjà vu quelque chose d'aussi canon.

Le rouge me monta aux joues.

— Je n'aime pas leur manière de flirter avec toi.

— Leur ? demanda-t-il en perdant sa bonne humeur.

— Les serveuses, les femmes du club et probablement toutes les femmes hétérosexuelles qui te croisent. C'est comme si elles ne pouvaient s'en empêcher. J'imagine que ce serait facile de… eh bien, laisser certaines choses se produire.

Mes joues devaient être en feu. Je n'arrivais même pas à le regarder dans les yeux.

— Regarde-moi, Noemi, fit Conner pour m'amadouer, d'une voix qui ressemblait à une caresse sensuelle.

Il ne continua qu'une fois que ses yeux furent rivés sur les miens.

— Je ne peux pas parler pour les hommes que tu as connus dans ta vie, mais ce genre de conneries ne fonctionne pas dans mon monde. Si tu m'appartiens, je m'attends à être le seul homme dans ton lit. Idem pour moi. Si le fait qu'elles flirtent te dérange, j'y mettrai un terme. Je ne veux pas que tu te poses de questions sur ma fidélité.

Je ravalai l'émotion qui gonflait dans ma poitrine comme une éponge saturée.

— D'accord, soufflai-je d'une voix tremblante.

— Bien.

Il semblait plus à l'aise maintenant qu'il m'avait fait comprendre cela.

— Bien, il faut que je passe par le club. Ça ne prendra pas longtemps.

— Pas de problème.

Une demi-heure plus tard, nous pénétrâmes dans *Le Bastion*. C'était ma première visite le soir. L'extérieur n'avait pas grand-chose de différent, mais une musique tendance qui résonnait dans le hall apportait une autre atmosphère. Il était encore tôt, pour la vie nocturne d'une ville, mais les choses s'accéléraient clairement.

Shae était à l'entrée, un sourire fendant son visage quand nous arrivâmes.

— C'est une agréable surprise.

Elle avança et m'étreignit. Je m'attendais presque à ce que Conner se comporte comme un homme des cavernes et s'interpose entre nous, mais heureusement, ça n'arriva pas. Shae sembla également remarquer le changement dans son attitude et elle le regarda en haussant un sourcil.

— Vous vous joignez aux festivités, ce soir ?

— Non, répondit rapidement Conner en appuyant une main à la base de ma colonne vertébrale. On passe simplement récupérer des papiers.

— Mais bientôt, lui assurai-je.

Le regard de Shae se posa sur moi, puis sur Conner et elle recommença à sourire.

— Je ne sais pas ce qu'il se passe, mais j'approuve.

— Ce qu'il se passe, c'est que tu t'occupes de tes affaires.

La main de Conner me poussa à avancer.

Je réprimai mon sourire et agitai le doigt.

— On ira déjeuner, un jour ?

— Absolument.

J'avançai jusqu'aux doubles portes et au bureau de Conner. Le claquement de mes talons faisait écho dans le couloir. Alors que je marchais, je me rendis compte que le père de Shae était Brody Byrne, ce qui faisait d'elle la demi-sœur de Conner. Ils se considéraient déjà comme des cousins, mais il était étrange qu'elle ne soit pas au courant de l'existence d'un autre frère.

— Je sais que c'est nouveau pour toi, mais tu crois que tu vas leur dire ? demandai-je une fois que nous fûmes seuls dans le bureau.

Je sus qu'il comprenait de quoi je parlais quand il ne me répondit pas immédiatement.

Ses yeux étaient rivés sur les papiers qu'il avait à la main et ses traits se durcirent.

— Je n'ai pas encore décidé.

Je le rejoignis près de son bureau et posai une main sur son bras.

— Je ne peux qu'imaginer à quel point ça doit être effrayant, lui suggérai-je doucement. Quelqu'un à ta place pourrait s'inquiéter qu'ils réfutent l'hypothèse ou qu'ils te voient différemment. Je n'ai pas passé beaucoup de temps avec eux, mais je n'imagine pas les choses ainsi. Je crois qu'ils seraient ravis de savoir que, depuis le début, tu fais partie de la famille dans laquelle tu es né.

Il leva les yeux vers moi et m'offrit un aperçu vulnérable de la profondeur volatile de ses sentiments à ce sujet – une envie désespérée d'être accepté, une peur de l'abandon qui existait depuis le début de sa vie et une dévotion inconditionnelle à sa famille. J'en étais stupéfaite.

Sans y réfléchir, je me mis sur la pointe des pieds et appuyai mes lèvres contre les siennes. Il délaissa ses papiers et répondit à mes avances avec un enthousiasme équivalent.

Auparavant, je ne savais pas à quel point un baiser pouvait être plus intense quand des émotions étaient impliquées, mais c'était le cas, maintenant. Conner infusait chaque glissement sensuel de ses lèvres d'une passion et d'une promesse. Il me transmettait une puissance d'adoration qui engourdissait mes sens.

Lorsqu'il s'éloigna, j'étais bel et bien essoufflée.

— Il est temps de rentrer à la maison, gronda-t-il.

Je ne m'en plaignis pas.

# 42

MA MÈRE, MIRREN REID, LA FEMME QUI M'AVAIT ÉLEVÉ, aurait porté une demi-douzaine d'enfants si elle l'avait pu. Bien qu'elle soit la cadette de la famille, elle était née pour s'occuper des autres. D'après ce que j'avais compris, elle avait permis à ses trois frères de rester sur le droit chemin presque mieux que leurs parents. C'était probablement grâce à leur adoration pour elle. Mais c'était tout de même en grande partie à cause de sa capacité naturelle à être la colle qui nous reliait. Lorsque les gens rencontraient Mirren Reid, ils voulaient inconsciemment la rendre heureuse.

La dévotion qu'elle m'inspirait me faisait encore plus

appréhender la discussion avec ma famille. Noemi avait raison. Je m'inquiétais de la manière dont la nouvelle affecterait les autres, mais plus que tout, je craignais de faire du mal à mes parents.

Papa se cassait le cul pour s'intégrer aux frères de maman. En tant que seule fille et beau-frère de la famille, ils devaient constamment faire leurs preuves. Avec cette information, je leur prendrais la seule chose qui n'appartenait qu'à eux et j'offrirais partiellement cette propriété à ses frères qui possédaient déjà tout.

Ou du moins, c'était l'impression que j'en avais.

Je n'étais pas sûr que mes parents, ou quiconque, le verraient de la même manière, mais c'était ce que je craignais. La dernière chose que je souhaitais, c'était de faire du mal aux deux personnes qui m'avaient aimé inconditionnellement.

J'envisageai de garder mon identité secrète et d'aller de l'avant, mais cette option ne me convenait pas non plus. Quand je vis Shae au club et pensai qu'elle était ma sœur, je n'eus pas envie de le cacher. J'avais toujours voulu des frères et sœurs comme mes cousins en avaient. Nous n'étions plus des enfants, mais ce désir ne s'était pas atténué. Je souhaitais qu'ils connaissent la vérité.

Au fond de moi, je savais que je leur dirais, mais j'avais besoin d'être certain que je faisais ce qu'il fallait. C'est ainsi que je me retrouvai assis dans le salon de Paddy et Nana, deux jours plus tard.

— Si tu continues de venir avec des bonbons à l'orange, je vais devenir aussi grosse que la maison en un rien de temps, me taquina Nana.

— Je pourrais venir moins souvent, si ça peut t'aider.

— Ne sois pas idiot. Laisse simplement les bonbons à ta

jolie épouse. Elle est assez jeune pour manger son poids en bonbons et ne pas prendre un seul kilo. Comment va-t-elle, d'ailleurs ?

Malgré toutes ces histoires, Nana prit un bonbon et le croqua d'une seule bouchée.

Je retins un sourire.

— Elle va mieux que je n'aurais pu l'imaginer, à vrai dire.

— Oh ! Eh bien. Alors, les choses se passent bien, n'est-ce pas ? demanda-t-elle tandis que ses yeux brillaient. Paddy, tu as entendu ça ? Conner et son épouse s'entendent bien.

Paddy grogna.

— Évidemment. Je n'ai jamais rencontré un Byrne qui ne pouvait charmer une femme et lui retirer son pantalon s'il le voulait.

Je gloussai sèchement.

— C'est marrant que tu dises ça. En fait, c'est la raison pour laquelle je suis venu.

Les rides de Nana se rassemblèrent sur son visage plissé.

— Tu as besoin de leçons de charmes ?

— Non, je voulais vous parler des hommes Byrne, surtout de Brody.

Tout humour disparut de mon visage, cédant la place à l'inquiétude.

— Je ne l'ai dit à personne, pour l'instant, mais ma mère biologique est venue me voir il y a quelques jours et m'a dit qui était mon père.

Les mots se coincèrent dans ma gorge et il fut donc difficile de continuer.

— Eh bien, souffla Nana. C'est logique, après tout. Tu étais son portrait craché quand tu étais bébé. On n'a jamais pu l'expliquer.

J'entrouvris les lèvres sous l'effet de la surprise.

— Oncle Brody ?

— Oui. Ses yeux se sont assombris pendant son enfance, jusqu'à un bleu-gris. Mais quand il est né, ses yeux étaient les mêmes que les tiens.

La tendresse de son sourire luttait avec le chagrin.

— Dommage qu'il ne l'ait jamais su. Tu entends ça, Paddy ? appela-t-elle son mari en élevant la voix.

— On n'a jamais pu le tenir en laisse, celui-là, grommela-t-il.

Je souris.

— Mais ça n'a pas d'importance. Tu faisais partie de notre famille quoi qu'il arrive.

*Merde alors.*

Je n'avais pas pleuré depuis mes six ans, quand je m'étais cassé le poignet en sautant d'un skateboard, mais ces quelques mots de mon grand-père suffirent à me brûler les sinus. Il ne savait pas ce que son commentaire signifiait pour moi. Ou peut-être que si. C'était difficile à dire, avec lui.

Je pris une longue inspiration régulière.

— J'apprécie, Paddy. J'espère que tout le monde ressentira la même chose, mais ça m'inquiète quand même de partager la vérité avec tout le monde. J'imagine que c'est la raison pour laquelle je suis venu. La dernière chose dont j'ai envie, c'est de faire du mal aux membres de la famille, surtout à mes parents.

Le regard de Nana s'adoucit, les rides au coin de ses yeux s'approfondissant.

— Tu es quelqu'un de bien, Conner. Tout le monde pense que mes garçons sont solides comme des rocs, mais ma toute petite Mirren les bat tous. C'est une dure à cuire. Ne la sous-estime pas. Ton père et elle seront ravis d'apprendre qu'ils ont eu la chance d'élever leur neveu comme s'il était leur fils.

Je hochai la tête, espérant qu'elle avait raison.

— J'imagine que j'ai vendu la mèche, maintenant. Je vais devoir le dire à tout le monde avant que vous leur mettiez la main dessus avant moi.

Le regard intransigeant de la vieille femme se plissa.

— Tu dis que je ne sais pas tenir ma langue, Conner Reid ?

— Je n'y pense même pas.

Je souris et récupérai un bonbon à l'orange dans son sachet en papier marron. Je le jetai dans ma bouche et restai là quand j'entendis Paddy marmonner :

— Moi, je le dirais.

Nana prit une profonde inspiration.

— Eh bien, c'est le signal du départ.

— Il vaut mieux, grommela Nana. Je détesterais que tu voies un homme pleurer.

Je gloussai avant de l'étreindre, ainsi que mon grand-père. Je n'étais pas encore arrivé dans ma voiture quand mon portable vibra dans ma poche.

— Oui, dis-je après avoir vu que l'appel venait de Keir.

— Tout a été réglé. C'est l'heure.

Le sang dans mes veines refroidit si rapidement qu'un gallon d'antigel n'aurait pu les empêcher de se glacer.

— Je me mets en route.

Je méprisais ce que je m'apprêtais à faire, mais nous avions discuté de nos options et décidé que c'était le meilleur moyen de couper la tête de ce serpent. J'espérais simplement que nous ne nous ferions pas mordre en même temps.

C'était le dernier. J'avais déballé mes cartons et trouvé une nouvelle place pour tout. Il me semblait encore un peu bizarre de remplir la maison de quelqu'un d'autre avec mes affaires, mais je m'appropriais l'appartement jour après jour. Conner avait même proposé de faire venir un décorateur, si je voulais apporter des changements. Je ne pensais pas que c'était nécessaire, mais j'appréciais l'offre. J'envisageais encore de convertir l'une des chambres d'amis pour en faire mon espace personnel. Un endroit où lire ou faire du yoga qui n'appartenait qu'à moi.

Je me tenais devant la porte, tentant d'imaginer mes

options quand mon portable sonna. Comme une idiote, mon visage se fendit d'un sourire lorsque je vis le nom de Conner sur l'écran.

— Salut, répondis-je chaleureusement.

— Salut. Je voulais te tenir au courant : c'est en train d'arriver.

Son ton inopinément sévère me mit sur mes gardes en un instant.

— Qu'est-ce que ça veut dire ?

Je savais qu'il parlait de mon père, mais j'avais besoin de plus d'informations.

— Ça veut dire que les Donati se sont renseignés sur la mort de ta mère et qu'ils sont d'accord pour dire que ton père est derrière l'accident. Nous allons les rencontrer et nous assurer que ton père ne puisse plus jamais te faire du mal ou en faire à quiconque.

Une vague de soulagement passa de ma tête à mes orteils.

Ils savaient. Ma famille connaissait enfin la vérité et soudain, le fardeau n'était plus sur mes épaules. Mon oncle ferait en sorte que papa soit puni pour ses crimes.

— Merci, chuchotai-je alors que les larmes me montaient aux yeux.

— Ce n'est pas encore terminé, m'avertit Conner. Il faut que tu restes à l'appartement pendant que je m'occupe de ça. Nous nous unissons tous pour nous en tirer, alors je n'aurai aucun homme disponible pour te protéger.

— Je n'irai nulle part, mais s'il te plaît, appelle-moi quand tu le pourras.

— Ça va peut-être prendre quelques heures, mais je te contacterai.

— Sois prudent, Conner.

— Merde, tu es sexy quand tu es mignonne, dit-il d'une voix qui avait perdu une octave.

Je souris.

— Concentre-toi.

Il grogna, puis raccrocha. Je gloussai, mais ce rire se dissipa rapidement quand j'encaissai la réalité du danger. Conner allait manigancer avec les Donati pour faire tomber mon père. Papa n'était pas aussi puissant qu'eux, mais il était expérimenté et connaissait du monde. Il ne se laisserait pas abattre sans lutter.

Je n'étais pas particulièrement pieuse, mais je fermai les yeux et récitai une prière silencieuse pour que Conner et Sante aillent bien.

Retournant dans le salon, je me demandai ce que je pouvais faire pour me distraire. J'avais prévu de farfouiller dans le frigo pour le déjeuner, mais ce n'était plus vraiment une option. Mon estomac était trop dérangé par la nervosité pour que je mange. Décidant que la télévision était le meilleur choix, je me blottis sur le canapé et commençai à chercher un film qui attirerait mon attention.

Dix minutes après le début d'une histoire policière sur Masterpiece Theater, mon téléphone sonna à nouveau. C'était Sante, qui m'appelait avec le portable prépayé que je lui avais donné. Tous mes sens s'alarmèrent.

— Sante ? répondis-je en coupant le son de la télévision.

— Em, il faut que je te parle. Tu peux me retrouver quelque part ?

— Je suis désolée, je ne peux pas. Il faut que tu me voies en personne ? demandai-je en détestant la tension que je percevais dans sa voix.

— Merde, je ne sais pas. J'ai vraiment besoin de te voir,

c'est tout. Tu m'as dit de te parler s'il se tramait quelque chose.

— Et si tu venais ici ? proposai-je à contrecœur.

Je sais que Conner ne serait pas ravi que j'invite Sante dans notre foyer, mais je connaissais mon frère et il était plus bouleversé que jamais.

— Oui, j'imagine que ça le ferait.

Je lui donnai l'adresse avant que nous raccrochions, espérant que ce n'était pas une erreur. Je ne pensais pas que mon frère me tendrait un piège, mais je m'étais déjà trompée à propos de mon père, par le passé. Les gens étaient imprévisibles.

D'un autre côté, j'aimais savoir que si quelque chose dégénérait aujourd'hui, mon frère serait loin de l'action. Néanmoins, pour être rassurée, je récupérai le revolver que Conner gardait dans sa table de nuit et le mis dans mon sac à main. Je ferais en sorte de l'avoir près de moi quand mon frère viendrait et je ne le laisserais pas entrer s'il était accompagné.

Confiante grâce aux précautions prises, je m'assis sur le canapé en silence, mordillant mes ongles jusqu'à ce que la réception appelle pour me notifier l'arrivée de mon frère. Ils confirmèrent qu'il était seul et je leur donnai la permission de l'envoyer chez moi.

Il avait vraiment une petite mine, quand il approcha. Des cernes soulignaient ses yeux, laissant entendre qu'il avait passé des nuits blanches. Même ses cheveux habituellement bouclés étaient emmêlés et ternes. Sa manière de m'éviter quand il entra fut ce qui me mit le plus mal à l'aise. Pas d'étreinte. Pas de contact visuel. Sante était complètement submergé par ce qu'il avait à me dire.

— Merci de me recevoir, dit-il enfin en me jetant un coup d'œil hésitant.

— Pas de problème. Tu es toujours le bienvenu ici.

Je posai une main réconfortante sur son bras.

— Peux-tu me dire ce qui ne va pas ?

Il prit une profonde inspiration, semblant rassembler tout son courage.

— Je crois qu'il va se passer quelque chose, aujourd'hui.

— Est-ce que Conner est impliqué ? demandai-je en supposant qu'il y avait un rapport avec la réunion autour des Donati.

Je continuai d'insister quand il ne répondit pas immédiatement.

— *S'il te plaît*, Sante. Si Conner est en danger, tu dois me le dire.

— Papa sait qu'il rencontre les Donati. Il croit qu'ils conspirent contre lui. Je ne comprends pas pourquoi, mais c'est sérieux. Je ne l'ai jamais vu comme ça.

Je me sentis blêmir.

— Je crois qu'il prévoit quelque chose, mais… poursuivit Sante.

— Mais quoi ?

— Je ne le vois pas faire ça. Pourquoi mettrait-il l'alliance en péril de cette manière ?

Mon frère me regarda, comme pour comprendre.

Une sensation de calme et de certitude s'installa dans ma moelle, m'indiquant qu'il était temps.

Je relevai le menton et plongeai mes yeux dans ceux de mon frère.

— Je ne savais pas comment te le dire, avant. J'en avais envie, mais je n'avais jamais l'impression que c'était le bon moment, et je gérais mes propres émotions. J'ai arrêté de parler parce que je savais que papa était derrière la mort de maman. Il a orchestré l'accident de voiture pour la faire taire.

Le visage de Sante se tordit sous l'effet du choc et de l'horreur alors que je poursuivais :

— Avant l'accident, maman m'a dit dans la voiture qu'elle avait découvert que papa prévoyait de s'en prendre à oncle Agostino pour s'emparer de la famille. C'est la raison pour laquelle on était en route pour le voir, ce jour-là. Pour l'avertir. Papa avait dû le découvrir et il a saboté les freins. Je n'étais pas censée être avec elle, ce jour-là, mais papa a supposé que maman m'avait tout raconté quand j'ai survécu à l'accident. C'est la raison pour laquelle il nous a séparés pendant ces nombreux mois, et c'est pourquoi il me surveillait constamment. Il ne voulait pas que je tente de m'échapper avec toi ou que je discute avec les Donati à propos de ce qu'il s'était passé.

— Qu'on s'échappe ?

Il secoua la tête.

— Mais qu'est-ce que tu racontes ? Ça n'a aucun sens.

Je tentai de tendre la main vers lui, mais il haussa les épaules pour me repousser.

— Je sais que tu as une relation différente avec lui que moi, mais si tu essaies de mettre ça de côté et que tu regardes les choses objectivement, tu découvriras la vérité. La manière dont il m'a traitée après sa mort. Le comportement bizarre. Les secrets.

Je voyais l'incertitude s'ancrer en lui. Je progressais.

— Si papa est au courant pour la réunion, est-ce qu'il prévoit de l'empêcher ?

Sante fronça les sourcils, inquiet, quand il me regarda à nouveau.

— Il ne me l'a pas dit, pas exactement, mais je l'ai entendu en parler une fois.

— Sante, dis-le-moi, *s'il te plaît*.

— Je n'arrivais pas à comprendre pourquoi il discutait avec les Albanais, mais maintenant, je me demande s'il les a engagés pour ça. Comme des mercenaires.

Mon cœur plongea jusque dans mes talons.

Les Albanais avaient une dent contre les Irlandais. Ils sauteraient sur l'occasion de tuer Conner. Sante ne savait pas à quel point la nouvelle qu'il venait de m'annoncer était catastrophique.

— Oh, mon Dieu, Sante. Nous devons les avertir.

Je sortis mon téléphone de ma poche arrière et composai le numéro de Conner. La ligne sonna, chaque tonalité semblant plus longue que la précédente. Une fois que je tombai sur le répondeur, je tentai d'appeler Bishop, mais le résultat fut le même.

*Putain ! Putainputainputain.*

Qu'étais-je censée faire ? Et si la réunion avait déjà commencé et qu'ils ne savaient pas du tout que mon père venait les attaquer ?

La panique érafla mes entrailles jusqu'à ce que je me sente désespérément exposée.

— *Merde* ! Qu'est-ce qu'on fait ? criai-je.

Comme si ma crise de nerfs avait l'effet opposé sur Sante, son assurance et sa conviction semblèrent grandir chaque seconde. Raidissant sa colonne vertébrale, il redressa les épaules.

— Je sais où ils sont. La réunion ne devrait pas avoir commencé, pour l'instant.

— Je viens avec toi, déclarai-je en attrapant mon sac.

— C'est trop dangereux, Em.

Je le fusillai du regard.

— Il est impossible que je reste là, maintenant. Tu dois m'emmener.

Il se pinça fermement les lèvres.

— Si je t'emmène, tu dois rester dans la voiture. Point final.

— D'accord.

L'idée ne me plaisait pas, mais au moins, je ne demeurerais pas en retrait. J'avais dit à Conner que je ne sortirais pas, mais c'était trop important. Il avait besoin de savoir qu'il allait se faire piéger. Je priais simplement pour que nous n'arrivions pas trop tard.

# 44

SANTE APPELA UMBERTO UNE FOIS QUE NOUS FÛMES DANS LA voiture. L'homme qui m'avait servi de geôlier n'était pas très content que Sante se joigne à eux, mais il finit par céder et donner les instructions pour rejoindre l'endroit exact. La réunion se tenait dans un vieil entrepôt de la mafia, sur les docks, mais nous avions eu besoin de savoir où notre père se cachait, en attendant.

Je comprenais pourquoi ils avaient choisi cette localisation. En plus d'être un entrepôt abandonné, la zone entière était jonchée de conteneurs et d'équipements, sans parler des voitures stationnées partout. Apparemment, les dockers utilisaient ce terrain pour se garer, même s'il était assez éloigné du fleuve pour être isolé. Tant que nous ne tombions pas sur un changement d'équipe, l'endroit serait désert.

Nous nous rangeâmes plus loin, pour ne pas être vus.

Sante m'ordonna de m'accroupir par terre.

— Reste là, compris ?

Une part de moi était fière qu'il paraisse si mature tandis qu'une autre voulait insister sur le fait que je faisais bien ce que je voulais. Je n'étais pas ravie d'être à nouveau coincée dans une voiture, à me cacher, pendant qu'un homme auquel je tenais allait affronter le danger pour me protéger, mais je n'aiderais pas en me disputant avec lui.

Je ne le suivis pas, mais je jetai un coup d'œil par la vitre, ce qui fut suffisant pour voir mon frère s'éloigner du véhicule. Il avança vers un vieil abri à l'entrée du terrain, qui servait probablement de *checkpoint* quand l'usine avait été opérationnelle. Une fois que Sante fut assez proche, Umberto sortit de l'abri entre eux et l'entrepôt. Ils étaient donc hors de portée de vue des hommes à l'intérieur.

Ils discutèrent tous les deux et même au loin, je voyais que leur conversation était houleuse. Je regrettai soudain de ne pas avoir parlé de ce que Sante avait planifié. Était-il en train de le confronter avec la vérité ?

*Merde, je déteste ça !*

Mes mains tremblaient et une nausée poisseuse envahit mon estomac. L'impression de chaos imminent s'agrippa sur ma peau avec de petits crochets acérés.

Mon frère gonfla le torse alors qu'il lançait un commentaire furieux à Umberto qui répondit en braquant une arme sur la tête de Sante.

Voilà. C'était ce qui m'avait terrifié pendant des mois.

Je ne pouvais rester assise là et le voir se faire tuer. Je devais l'aider.

Attrapant le revolver dans mon sac, je désamorçai la sécurité et mis une balle dans la chambre avant de me faufiler hors de la voiture. Je laissai la portière ouverte afin de ne pas faire de bruit inutile et je me glissai derrière Umberto.

— Ne bouge pas, grinçai-je furieusement.

Mon arme était pointée dans sa direction, et je me tenais à une bonne distance de sécurité.

— Lâche ton arme.

— Comment ça, princesse ? Tu veux que je reste immobile ou que je pose mon arme ? Je ne peux pas faire les deux, rétorqua Umberto avec l'assurance d'un homme imperturbable qui ne me considérait pas du tout comme une menace.

— Eh bien, Umberto, dit mon père.

Sa voix si calme qu'elle en était intimidante me parvint aux oreilles avant qu'il apparaisse de l'autre côté de Sante.

— Crois-tu que le sarcasme est approprié pendant ma petite réunion de famille ?

Il fut l'incarnation de la nonchalance cavalière lorsqu'il leva le pistolet en direction de la tête de Sante.

— Que vas-tu faire, maintenant, Noemi ? Tu ne peux pointer ton arme que vers l'un d'entre nous.

J'étais dépassée par les événements. Je le savais. Il le savait. J'ignorais totalement ce que je devrais faire. Heureusement, mon père continua ses plaisanteries narcissiques, m'accordant de précieuses secondes pour que je réfléchisse.

— Je m'attendais à ça de sa part, Sante. Elle est têtue

comme sa mère. Mais toi ? J'avais une meilleure opinion de toi.

Il haussa une épaule, comme s'il discutait de la carte des vins d'un restaurant.

— Je n'ai vraiment pas besoin de vous deux, alors j'imagine que ce ne sera pas une grande perte.

Avant que papa puisse en faire ou en dire plus, Sante se déchaîna sur Umberto. Il faisait une bonne taille pour son âge, mais il ne pouvait rivaliser contre un homme mature. L'arme laissa partir un coup de feu pendant la lutte, ce qui me surprit. Ce fut si bruyant que mes mains se levèrent jusqu'à mes oreilles, par réflexe, alors que mon pistolet était toujours serré dans mon poing droit.

Cette distraction permit à mon père de m'attraper et de poser son revolver contre ma tempe.

— Arrête tout de suite, *bordel*, siffla papa à Sante avant de resserrer sa main droite autour de ma gorge. Et toi, laisse tomber ce putain de flingue.

Sa voix suintait de méchanceté.

En quelques battements de cœur, nous étions passés d'une impasse à un échec total.

Umberto pointait une nouvelle fois son arme sur la tête de Sante, mais Fausto Mancini ne s'amusait plus. Son regard affolé brillait d'une démence délirante.

Je fis ce qu'il m'ordonna, tressaillant en entendant mon revolver cliqueter sur le béton.

— Tu vas tout faire capoter. Tout comme ta foutue mère. Quelques jours plus tard, j'aurais contrôlé la famille Moretti dans son intégralité, mais il a fallu qu'elle essaie de jouer l'héroïne.

Il secoua mon cou en appuyant le pistolet plus fort contre ma tête.

— Mais cette fois-ci, je ne vais pas échouer. Je m'en suis assuré.

— Pose le flingue et laisse-la partir.

Une nouvelle voix s'ajouta à la mêlée et je reconnus cet air d'indifférence froide.

Keir et d'autres personnes sortirent de nulle part, leurs armes brandies. Mon cœur tambourinait si férocement que les battements faisaient écho dans mes doigts et mes orteils. À chaque seconde qui passait, notre situation empirait. J'étais terrifiée à l'idée que nous nous dirigions vers un véritable bain de sang.

Mon père rit hystériquement.

— Vous croyez que vous allez pouvoir me piéger ? Je faisais déjà ça avant même que vous soyez nés.

Les Albanais. Il était confiant parce qu'il savait qu'il avait truqué les paris en ramenant des mercenaires, et nos gars n'en avaient aucune idée.

Je lançai un regard suppliant à Keir. J'avais désespérément envie de l'avertir d'une manière ou d'une autre.

Les mots se pressèrent contre mes lèvres, exigeant d'être libérés, mais l'arme sur ma tempe suffisait à me faire taire.

Comme si le destin savait qu'il n'y avait qu'une manière d'empirer la situation, Renzo Donati et Conner apparurent dans notre cercle de destruction.

Le regard de ce dernier était noir et impitoyable. Chaque once de bleu avait été éclipsée par sa colère.

— Laisse-la partir, Fausto, sinon ça va mal se terminer pour toi.

Mon père nous éloigna d'eux.

— Vous êtes pathétiques, vous tous. Vous croyez que je suis venu tout seul ? lança-t-il d'une voix forte à travers ses dents serrées.

Il venait d'invoquer un autre groupe d'hommes armés qui émergèrent derrière les voitures et manifestement de nulle part.

Les Albanais étaient ici et ils nous avaient totalement cernés.

Comment était-ce arrivé ? Comment les Byrne et les Donati pouvaient-ils être victimes de cet homme ?

Le désespoir se resserra autour de ma cage thoracique et mon regard passa d'un visage meurtrier à l'autre jusqu'à ce qu'un gloussement dépourvu d'humour m'oblige à me reconcentrer sur Conner.

— Tu sais, je dois bien te féliciter. Engager des Albanais quand tu savais que nous étions déjà en conflit avec eux était malin. Tu aurais pu t'en prendre à ta fille sans que personne ne s'en rende compte. Tu t'es inquiété quand elle a commencé à parler, tu craignais qu'elle balance tes secrets et tu avais raison. Si tu avais réussi, tu aurais perdu le pouvoir que l'alliance t'aurait procuré, mais tes secrets auraient été en sécurité.

Le choc résonna dans mes oreilles. Les hommes qui nous avaient poursuivis en voiture. Ils avaient été envoyés pour *me* tuer ? J'avais supposé qu'ils en avaient après Conner, mais cela avait justement été le but. Ma mort était censée ressembler à un dommage collatéral dans la guerre entre les Irlandais et les Albanais, ce qui aurait été pratique pour régler les derniers détails.

Tandis que j'étais abasourdie par cette révélation, Conner poursuivait :

— Le truc, c'est que tu ne comptais pas sur le fait que je capturerais l'un des hommes que tu as engagés.

Conner avança lentement, les bras croisés.

— J'ai trouvé l'homme qui s'est enfui des lieux et j'ai appris que tu étais impliqué.

Le regard de Conner se riva sur le côté. Je le suivis jusqu'à Sante, dont le visage était déformé par le dégoût.

— Il est temps d'ouvrir les yeux, insista mon époux auprès de mon frère. Ton père n'est pas l'homme qu'il veut te faire croire.

— N'écoute pas ce salopard de menteur, cracha papa. Il te dirait n'importe quoi pour que tu te retournes contre moi. Regarde ce qu'ils ont déjà fait à ta sœur.

La peur s'installant, mon père tentait de rallier Sante.

Cependant, mon frère était de plus en plus furieux à chaque mot prononcé par notre père.

— Tu as essayé de tuer Emy ? Ça ne t'a pas suffi de tuer maman, tu es un putain de psychopathe.

Son visage devenait rouge et enflé par la colère, et je priais pour qu'il ne fasse rien d'imprudent.

Notre père grogna.

— Tu es à peine assez âgé pour tremper ton biscuit. Qu'est-ce que tu connais de la vie ?

— Sante, sifflai-je en exigeant qu'il me regarde. Ce n'est rien, je suis là. Il ne m'a pas fait de mal.

— Pas encore, cracha papa. Mais c'est moi qui contrôle la situation ici. Si tu ne fermes pas ta putain de gueule, je la transpercerai d'une balle.

— Bien, Fausto, poursuivit Conner en attirant notre attention sur lui. Tu dois penser à quelque chose. C'est dangereux de s'engager avec des mercenaires. Quand tu sors de ton organisation loyale, ça devient difficile de faire confiance à ceux avec qui tu travailles. Prends ces hommes, par exemple.

Il fit un signe de la main vers la petite armée autour de nous.

— Ils n'ont pas une vraie loyauté envers toi. Si quelqu'un était mis au courant de ton arrangement avec eux et négociait un meilleur contrat, ton plan entier pourrait être menacé. Sans parler de ta vie.

Mon père se crispa derrière moi.

Un par un, les tireurs à l'extérieur du cercle baissèrent leurs armes.

J'étais ébahie. Conner avait découvert ce que mon père manigançait et avait réussi à avoir un coup d'avance sur lui.

— Quelle *connerie*, siffla papa.

Le désespoir suintait maintenant de ses pores.

— Je vous ai payés ! Vous ne pouvez pas faire ça !

Alors qu'il crachait sa rage, mon regard resta rivé sur mon mari. Ses yeux cobalt se plongèrent dans les miens, comme pour me dire de me préparer. Recevant le message, je pris une profonde inspiration et fermai les yeux.

Au même instant, un coup de feu résonna si fort que je ne perçus rien d'autre que le sifflement de mes oreilles. Je hurlai, reposant mes mains sur celles-ci, et remarquant des gouttes chaudes et poisseuses dans mes cheveux.

Je savais ce qu'il s'était passé. Je n'entendis pas son corps heurter le sol et ne vis pas non plus la balle qui le toucha, mais je sus que mon père était mort.

Lentement, je jetai un coup d'œil au corps inerte de Fausto Mancini par-dessus mon épaule. Un point carmin ornait son front. Cette vue aurait dû me donner la nausée ou me soulager de quelque chose, mais un froid menaçant m'envahit plutôt. Un frisson traversa mon corps alors que je me retournais pour voir d'où était venu le tir.

Conner se tenait là avec le bras tendu, un pistolet noir serré fermement dans son poing.

Ce qu'il avait fait avait été risqué, mais chaque once de son corps irradiait d'une assurance certaine. J'avais pressenti ce qu'il s'apprêtait à faire et j'étais choquée de la confiance totale que j'avais eue en lui. Quelques centimètres sur le côté et mon corps serait mollement tombé par terre.

Un autre coup de feu perça le silence autour de nous et tous les regards se rivèrent sur mon frère. Sante tenait l'arme d'Umberto tendue vers l'imposante carcasse d'un homme, au sol. Mon frère lui avait pris son revolver et l'avait tué de sang-froid. Sans que sa main tremble. Sans que les remords se lisent dans ses yeux. Son visage était si déformé par la violence que je faillis ne pas le reconnaître.

Baissant l'arme, il visa le corps de notre père pour tirer encore une balle dans le torse de son cadavre, avant de cracher dessus.

Sante n'était plus le garçon que j'avais connu.

J'approchai lentement de lui, pour ne pas le faire

sursauter, et j'enroulai doucement mes bras autour de son ventre. Sante m'étreignit fermement, une main appuyant ma tête contre son torse.

— Je suis vraiment désolé, ma petite grande, dit-il en respirant péniblement.

— Moi aussi.

Lorsqu'il me relâcha, il avança directement vers Renzo et lui donna l'arme.

— J'espère que tu me croiras quand je dis que j'ignorais totalement ce qui se tramait. Si j'avais su ce qu'il faisait…

La mâchoire de Sante se crispa sous l'effet de la colère.

Renzo baissa le menton.

— Ne t'inquiète pas pour ça maintenant. Tu fais encore partie de la famille, à nos yeux, et nous avons le temps de nous occuper du reste.

— Tout ça est très touchant, mais je dirais que nous avons accompli notre mission, ici.

Un individu avec un accent prononcé fit un pas en avant, avec d'autres mercenaires qui tenaient en joue le reste des hommes de mon père.

Les Albanais.

Conner avança, plaçant son corps entre les étrangers et moi.

— Notre organisation apprécie ce que vous avez fait pour nous.

— Tout comme la nôtre, ajouta Renzo.

L'homme sourit, écartant largement ses mains.

— Eh bien, avec un peu de chance, ça peut être le début de quelque chose de nouveau pour nous tous, hein ? On travaille ensemble, c'est mieux pour tout le monde.

Il aboya un flot d'ordres à ses hommes, qui donnèrent les prisonniers aux mafieux italiens les plus proches.

— Jusqu'à notre prochaine rencontre.

Il inclina la tête avant de guider son clan loin de la scène.

Je regardai Conner. La haine brûlait dans ses yeux. Ces hommes avaient essayé de nous tuer et avaient réussi à abattre son père biologique. Il n'avait aucune intention de travailler à nouveau avec eux. Ils avaient fait de mon mari leur ennemi pour la vie, mais il avait cédé une fois. Pour moi.

Je ne saisissais même pas l'ampleur de ce que cela devait lui coûter.

Je me jetai dans ses bras.

— Je suis désolée d'avoir quitté l'appartement, confiai-je d'une voix rauque. Sante m'a dit que papa te piégeait et je devais t'avertir. J'ai essayé d'appeler. J'étais tellement terrifiée.

Conner me fit reculer et me regarda dans les yeux avant d'abaisser ses lèvres vers les miennes. Ni l'un ni l'autre, nous ne nous intéressions aux hommes qui s'affairaient autour de nous ou des deux cadavres à nos pieds. Tout ce qui comptait était la pression de nos lèvres et la promesse d'un nouvel avenir.

# 46

— NE REGARDE PAS DANS LE MIROIR.

Je fis de mon mieux pour éviter que Noemi détourne les yeux du lavabo. La dernière chose dont elle avait besoin, c'était de voir le sang de son père sur son visage. Elle savait qu'il était là. C'était déjà suffisant. Elle n'avait pas besoin de le voir.

— Lève les bras, lui ordonnai-je doucement.

Elle s'exécuta. Elle s'était plongée dans un état de choc lorsque je l'avais emmenée loin de l'entrepôt. Les autres pouvaient s'occuper des conséquences – du nettoyage et des autorités. J'avais dû sortir ma femme de là. Son pauvre petit corps tremblait comme une feuille.

Une fois que je nous eus déshabillés tous les deux, nous entrâmes dans la douche brûlante. Elle ferma les yeux sous le jet d'eau chaude. Même éclaboussée de sang et détruite, elle était incroyable. Sa peau était douce et laiteuse sur ses douces courbes. Il était hypnotisant de regarder l'eau ruisseler sur son corps.

Je la laissai absorber la chaleur de l'eau pendant de longues minutes avant de la couvrir de savon. Pour la première fois depuis le début de notre brève relation, elle me laissait le contrôle total. Nous en avions tous les deux besoin. Après avoir découvert qu'elle s'était faufilée jusqu'à l'entrepôt et avoir eu l'impression que tous nos plans étaient devenus complètement chaotiques, j'avais besoin de sentir que j'avais un semblant de contrôle. J'avais besoin de sentir son corps, chaud, sain et sauf, s'éveiller sous mes doigts.

Noemi inclina la tête afin que je puisse lui laver les cheveux. Je n'avais jamais fait ça, par le passé. Aussi, quand j'eus terminé et qu'elle ouvrit ses yeux larmoyants, j'eus un instant de panique en pensant que je lui avais mis du shampoing dans les yeux.

— Qu'y a-t-il ? demandai-je alors que mon corps se crispait.

— Conner, je suis vraiment désolée. J'ai laissé ton arme à l'entrepôt. C'est celle qui se trouvait dans ta table de nuit, dit-elle alors que sa voix devenait fébrile.

Je soufflai et lui souris.

— Ne t'inquiète pas pour ça, chérie.

Je pris son visage entre mes paumes.

— Les mecs vont s'occuper de tout. Je suis ravi que tu sois sortie en étant préparée.

J'appuyai mes lèvres sur son front, sur sa tempe et sur l'arête de son nez.

— Tu m'as fait une peur bleue, Em.

Mes mots étaient brusques et brisés, tout comme mes entrailles. Je n'avais pas voulu en faire toute une histoire avec elle, alors je n'avais rien dit, mais j'avais besoin qu'elle sache comme j'avais été terrifié.

— Je sais et je suis vraiment désolée. Je n'y serais jamais allée si je ne m'étais pas tant inquiétée pour toi.

Je l'attirai contre moi. J'aurais aimé que mon satané membre comprenne la différence entre « réconforter ma femme traumatisée » et « des ébats dans la douche ».

— Je suis ravi que ce soit terminé.

— Moi aussi.

Elle recula en fronçant les sourcils.

— Tu m'as dit au téléphone que mon oncle avait confirmé que papa avait saboté la voiture de maman. Comment ?

— Ils ont contacté le détective travaillant pour Fausto. Il s'est occupé de l'enquête. Il a admis qu'il avait retiré l'engin incendiaire qui a anéanti les freins de la voiture de ta mère, et il a modifié le rapport de l'accident. Nous sommes liés à la moitié de la police de New York. Je dirais que ton père a eu de la chance que l'un des nôtres ne soit pas le premier à arriver sur la scène, mais j'imagine qu'il l'avait aussi planifié et qu'il a fait en sorte que son gars soit de service.

— J'hallucine.

Elle secoua très légèrement la tête.

— Et ces hommes qui nous ont poursuivis dans la voiture. Ils ont été envoyés pour me tuer. Quel genre de père fait ça ?

— Le genre qui ne mérite pas qu'on repense à lui.

J'inclinai son visage et soutins son regard jusqu'à ce qu'elle acquiesce.

— Je suis juste ravi qu'il ait été assez idiot pour mordre à l'hameçon.

— À l'hameçon ?

— Nous avons intentionnellement fait fuiter l'information sur notre réunion d'aujourd'hui. Keir et ses hommes étaient stationnés dans le périmètre pour que Fausto pense qu'il avait réussi à nous cerner, mais nous savions que nous avions les Albanais dans la poche. Bien sûr, il y avait toujours un risque qu'ils ne s'en tiennent pas à leur part du marché, mais c'était un risque que nous avions décidé de prendre. Leur leader savait qu'ils avaient merdé en devenant nos ennemis. Travailler contre les Italiens n'aurait qu'empiré la situation pour eux. Accepter de se faire acheter, c'était la même chose que sauver leur peau. Ça ne nous donnera pas une immunité indéfinie, mais la paix règne, pour l'instant.

— Tu les as payés ?

Je hochai la tête, détestant que l'inquiétude marque son visage.

— Combien ?

— C'est anodin, comparé à ta sécurité.

Je souris, espérant la rassurer.

— Et, de plus, tout ce que nous avons fait a renforcé nos liens avec les Italiens, plus qu'une alliance abstraite aurait pu le faire.

Finalement, un sourire se dessina sur ses lèvres. Il était petit, mais c'était un début.

— J'en suis ravie. On ne s'en sort vraiment pas si mal.

Dès que son sourire fut formé, il s'atténua.

— Mais je me sens si mal pour Sante.

— La leçon n'a pas été facile, admis-je. Mais Renzo a emmené ton frère chez lui. Je crois qu'ils vont discuter, tous les deux. Il sera un meilleur modèle pour Sante, sur le long terme.

— Oui.

Elle me jeta un coup d'œil innocent, ce vert forêt souligné par ses cils noirs comme de l'encre.

— Tu crois que tu peux m'emmener le voir, demain ?

*Merde, regarde-moi comme ça et je t'emmènerais sur la Lune.*

— Oui, on peut le faire.

J'approchai mes lèvres des siennes, lentement, mais ardemment.

— Bien, on devrait te sécher et t'habiller avant que tu fripes de partout.

— Mais tu ne t'es même pas lavé.

— Ce n'était pas pour moi. Vas-y, maintenant, dis-je en lui mettant une légère fessée et en la gratifiant d'un petit sourire.

*Deux semaines plus tard*

— Il faut que je boive un verre et tu vas venir avec moi, dit Pip au lieu de me saluer quand je décrochai.

— Excuse-moi ? répondis-je en encaissant ses mots.

— Nous n'avons pas passé de soirée entre filles depuis presque un *an*, ma sœur. C'est l'heure. Et après tout ce qu'il s'est passé, récemment, on aurait toutes les deux besoin de s'amuser.

— J'imagine que tu es en veine. Je viens juste de discuter avec Sante et j'aurais bien besoin d'un verre, moi aussi.

— Ah oui ? Que mijote mon adorable cousin ?

Je grognai.

— Il est revenu sur sa promesse de rester à l'école. Je crois qu'il va assez bien, mais je suis déçue qu'il n'obtienne pas son diplôme.

— Il vit toujours avec Renzo ?

— Oui, mais il a signé le bail d'un appartement, et notre vieille maison arrive sur le marché la semaine prochaine.

Cela n'aurait pas dû me déranger, car je ne voulais rien garder dans cette demeure. Je m'y étais rendue et j'avais récupéré tout ce qui appartenait à maman et que je voulais conserver. Néanmoins, il était tout de même difficile d'abandonner le passé.

— Tout ira bien pour lui, Em. Ce n'est pas comme s'il devait se trouver un boulot. Tant que vous avez une bonne relation, c'est tout ce qu'il compte.

Je souris, baissant les yeux vers le nouveau bracelet qu'il m'avait offert quelques jours plus tôt. C'était exactement le même que celui qu'il m'avait donné, mais sur celui-ci était écrit *Petite grande*. Il avait été tout aussi prêt à couper les ponts avec notre père que je l'avais été lorsqu'il avait appris ce que papa avait fait. Sante avait du mal à gérer sa colère, mais en général, notre relation était plus forte que jamais.

— Oui, ça va entre nous. Alors, à propos de ce verre. Tu pensais à quand et où ?

— Ce soir et je me fous de l'endroit tant qu'il y a une bonne atmosphère.

— Une bonne atmosphère ? demandai-je en souriant.

— Oui. Je ne te parle pas de chardonnay dans un bar à tapas. On *sort*. En boîte. Dans un endroit où il y a de la musique, où on peut danser et où des mecs canon nous paieront à boire.

— Euh, je suis mariée, tu te souviens ?

Je levai ma main ornée de l'alliance, même si elle ne pouvait la voir à travers le téléphone.

— Peu importe. Tu n'es pas obligée de coucher avec eux.

Je roulai des yeux.

— D'accord, laisse-moi vérifier auprès de Conner et je te rappelle.

— Et *ça*, c'est la raison pour laquelle les hommes autoritaires ne m'intéressent pas, se plaignit-elle inopinément. Ils pensent qu'ils possèdent tout ce qu'ils touchent.

*D'accoooord. Quelqu'un est un peu sensible.*

— Je t'envoie bientôt un message, lui dis-je en gardant mes réflexions pour moi.

— D'accord, mais on sort, qu'il le veuille ou non.

Elle raccrocha. Je ne pus m'empêcher de rire. Ma cousine était un peu folle, mais elle était également la meilleure.

Je rejoignis Conner dans son bureau, où il passait la plupart de ses après-midi jusqu'à ce qu'il soit l'heure de se rendre au *Bastion*. Nous étions vendredi après-midi, alors il prévoyait probablement de travailler. C'était l'unique inconvénient de son boulot – les week-ends étaient le moment où il travaillait le plus.

— Salut, dis-je d'une petite voix. Je peux te déranger une minute ?

— Tu n'as pas besoin de demander.

Il s'éloigna de son bureau et laissa son regard affamé me parcourir.

— Qu'y a-t-il ?

— Pip a appelé. Elle veut que je sorte avec elle, ce soir, comme pour… une soirée filles.

Je m'étais intimé d'avoir l'air sûre de moi. Toutefois, on

aurait tout de même dit une question. Je craignais un peu sa réaction.

Conner joignit ses mains.

— Je n'y vois aucun problème, tant que vous emmenez Shae.

— Vraiment ?

À présent, il ne semblait plus autant dérangé par mon amitié avec Shae, mais j'étais tout de même surprise qu'il nous envoie ensemble en boîte de nuit.

— Vraiment. À moins qu'il y ait une raison pour que je m'inquiète ?

Il haussa l'un de ses sourcils virils.

Je réprimai un sourire.

— Pas du tout. Enfin, je ne suis pas sûre qu'elle sera libre ce soir.

— Elle était censée travailler. Je l'informerai que les plans ont changé. Et n'oublie pas que nous fêtons l'anniversaire de Nana, demain.

— Ce ne sera pas un problème. J'imagine que je devrais commencer à me préparer. Pip veut aller dîner avant que nous sortions.

— Je t'emmènerai en allant au boulot. Dis-moi ce que vous avez prévu et je transmettrai à Shae.

Je contournai le bureau pour le rejoindre et abaissai mes lèvres vers les siennes.

— Merci, chéri.

Il s'agrippa à l'arrière de ma jambe et la caressa lentement de haut en bas, le bout de ses doigts taquinant le sommet de mes cuisses.

— Laisse-moi d'abord voir ce que tu as prévu de porter, avant de décider si tu veux me remercier.

Ce fut à mon tour de hausser un sourcil en guise de défi.

Être courtoise et confirmer auprès de lui avant de programmer une sortie était une chose, mais la femme moderne que j'étais porterait ce qu'elle voudrait. À vrai dire, je ressentis soudain une envie intense de mettre ma robe la plus osée et provocante. Évidemment, je ne possédais rien d'aussi risqué, mais je m'apprêtais à farfouiller et à voir ce que je pourrais découvrir.

Je soupirai dédaigneusement et quittai la pièce.

UNE HEURE PLUS TARD, j'étais de retour dans le bureau de Conner et je m'approchais de lui dans une robe vert sauge qui s'arrêtait juste sous mes fesses et moulait chacune de mes courbes. Autrement, elle ne dévoilait pas grand-chose. Le décolleté ne descendait pas très bas et elle possédait même des manches longues, mais ça n'enlevait rien à son sex-appeal. J'étais terriblement canon, de la robe aux vagues sculptées de mes cheveux en passant par mon trait d'eyeliner.

M'imprégnant de toute la confiance que me procurait ma tenue, je marchai d'un pas nonchalant jusqu'à Conner et appuyai ma hanche contre son bureau.

— Je suis prête, dis-je d'un air faussement pudique.

Je me délectai de la manière dont son corps se crispa quand il me vit et dont ses yeux se dilatèrent pour devenir complètement noirs.

Il était passé de courtois à sauvage en un clignement de ses yeux saphir.

Il se leva de sa chaise et la poussa afin de me faire de la place.

— Viens ici.

Cet ordre autoritaire s'enroula comme de la soie noire

autour de ma gorge et m'attira vers lui. Je me glissai dans l'espace entre lui et le bureau, mes fesses s'appuyant contre le bois derrière moi.

En quelques secondes, il avait retiré son ordinateur portable derrière moi et me soulevait sur le bureau. Il posa ensuite une main sur ma poitrine et me poussa. Mes genoux se levèrent involontairement pour suivre le reste de mon corps. Conner m'ôta mes talons et appuya mes pieds sur le bord du bureau. J'étais totalement ouverte face à lui, le tissu fin de mon string étant la seule chose qui protégeait mon sexe luisant sous son regard.

— Hors de question que je te laisse sortir comme ça.

Ses doigts glissèrent sous ma culotte qu'il arracha rapidement. Avant que je puisse protester, il posa sa bouche sur la mienne.

Je haletai et remuai. Il me lécha, me suça et me mordilla jusqu'à ce que j'oublie tout le reste. J'étais tellement perdue dans cette sensation que je remarquai trop tard qu'il avait dû laisser ce qui devait être un incroyable suçon sur l'intérieur de ma cuisse. Je ne pouvais m'en plaindre, pas quand il me fit voir les étoiles quelques secondes plus tard. Mon orgasme ricocha depuis mon sexe pour transpercer mon corps jusqu'à ce qu'il remplisse chaque coin et recoin d'un bonheur euphorique.

— Tu m'as fait un suçon, dis-je faiblement alors que mon cerveau pétillait.

Il embrassa tendrement cette marque avant de m'aider à me relever.

— Va mettre une culotte. Il est temps de partir.

Je m'apprêtais à lui faire remarquer qu'il avait ignoré mon commentaire quand je me rendis subitement compte que le string que j'avais mis était le seul propre qu'il me restait.

— Bon sang, le seul truc qu'il reste dans mon tiroir, c'est ma culotte de règles.

*Attendez, la lessive n'avait-elle pas été faite deux jours plus tôt ? Je devrais avoir bien assez de strings propres.*

— J'imagine que tu vas devoir faire avec, dit-il en me fessant pour que je me hâte.

Néanmoins, je n'irais nulle part.

— Tu l'as fait exprès ? Tu as pris mes strings en otage ?

Le sourire le plus obscène et moqueur que j'avais jamais vu s'étira sur son visage.

— Tu les auras demain. Bon, tu ferais mieux de te dépêcher, sinon tu vas être en retard.

Son comportement était si grossier et ridicule que je ne pus réprimer le soupçon d'un sourire quand je levai les yeux au ciel et m'en allai.

♦

— C'est exactement ce dont j'avais besoin, dit Pip par-dessus le tambourinement de la musique. Et Shae est géniale. Je suis ravie que Conner lui ait demandé de venir avec nous, même si ce n'était pas nécessaire.

Nous regardâmes toutes les deux en direction de la piste de danse où Shae attirait l'œil de chaque homme et de chaque femme présents dans la boîte de nuit.

— Et comme elle est là, on n'a même pas eu besoin de notre fausse carte d'identité, ajoutai-je en levant mon verre pour porter un toast.

— Oh que oui ! se réjouit Pip en trinquant avec son martini et le mien avant que nous buvions une gorgée.

Nous avions entamé notre soirée avec un délicieux restaurant mexicain et des margaritas, puis nous étions allées en discothèque et avions lancé les festivités avec un verre de tequila Patrón. Nous en étions à notre deuxième martini et je commençais à le sentir.

— Non, mais tu te fous de moi.

Je fronçai les sourcils, confuse à cause de l'éclat de colère soudain de Pippa. Je suivis son regard mordant et découvris Bishop à l'autre bout de la pièce. Il la fusillait du regard avec tout autant de fureur. Je n'avais jamais vu cet homme habituellement malicieux devenir si sérieux. Si sauvage.

— Pourquoi ai-je l'impression que vous vous connaissez, tous les deux ?

Bien sûr, ils s'étaient rencontrés lors de mon mariage, mais leur réaction, l'un face à l'autre, m'indiquait qu'ils étaient bien plus que des connaissances.

Elle prit une profonde inspiration et riva son regard sur le mien.

— Tu te souviens, quand on a bu chez toi et que Conner s'est pointé ? Ce jour-là, il a demandé à Bishop de me raccompagner chez moi.

J'avais complètement oublié.

— *Eeeet* ? insistai-je en sachant que l'histoire devait aller plus loin.

On ne lançait pas de tels regards à quelqu'un que l'on connaissait à peine.

— On a, en quelque sorte… appris à se connaître.

Pippa, la reine féministe extraordinaire qui n'avait aucun regret, baissa les yeux vers la table avec un geste timide qui ne lui ressemblait pas.

— Euh, tu te rends compte que tu vas devoir me donner plus que ça, lui lançai-je.

Elle secoua la tête, exaspérée, et m'attrapa par la main.

— D'accord, mais pas ici. Allons sur la piste et dansons. On pourra se raconter des potins plus tard.

*Oh bon sang. Ça va être une bonne histoire.*

Je la laissai me guider sur la piste de danse, tout en sachant que je l'acculerais plus tard pour lui soutirer des informations. Un mix des chansons de Lady Gaga sortait des haut-parleurs et résonnait dans mon corps, où il électrifiait l'alcool qui vibrait déjà dans mes veines. C'était merveilleux. Nous rejoignîmes Shae et, toutes les trois, nous formâmes un petit cercle. Mais cela ne dura pas longtemps. Shae attira contre elle la femme avec qui elle avait dansé. Pip et moi restâmes ensemble. Nous nous rapprochâmes, mais cela n'empêcha pas un mec de se mettre derrière elle et de se joindre à notre duo.

Comme je m'étais déjà retrouvée dans cette situation par le passé, je haussai les sourcils pour lui demander si elle avait besoin d'aide. Je pouvais aisément l'éloigner et fuir cet homme, mais Pip refusa ma proposition. Non seulement cette intrusion ne la dérangeait pas, mais elle s'appuya également contre lui en en faisant des tonnes. Ce geste ne lui ressemblait pas, encore une fois, et je compris sa motivation quelques secondes plus tard quand Bishop se fraya un chemin à travers la foule et nous écarta toutes les deux loin de la piste de danse.

— Noemi, appelle ton mari pour qu'il vienne te chercher. On s'en va.

Il laissa échapper un sifflement bref et vif qui attira immédiatement l'attention de Shae. Il fit un signe de la main dans ma direction, puis commença à traîner ma cousine vers la sortie.

Écarquillant toutes les deux les yeux, nous nous

dévisageâmes bêtement tandis qu'elle disparaissait dans la foule.

*Mais que vient-il de se passer ?*

C'était sans doute l'alcool, mais je me tordis de rire. J'aurais dû être scandalisée pour ma pauvre cousine et pourtant, je ne pouvais que rire. Quelqu'un avait trouvé son homme idéal.

J'expliquai à Shae ce qu'il s'était passé lorsqu'elle me rejoignit. Elle n'avait pas envie de partir et suggéra que nous restions, mais j'étais prête à rentrer chez moi. Nous sortîmes devant la boîte de nuit pour que je puisse appeler Conner, puis elle attendit avec moi jusqu'à ce qu'il soit là.

— Je n'arrive pas à croire qu'il t'ait laissée là-bas, grommela Conner une fois que nous fûmes dans la voiture.

— Je suppose que tu l'as envoyé pour qu'il garde un œil sur nous.

Cela semblait inutile, puisqu'il avait déjà missionné Shae, mais je n'étais pas totalement choquée.

— Non, cracha-t-il.

— Vraiment ? songeai-je.

Voilà qui était intéressant.

— Tu savais qu'il se passait quelque chose entre eux ?

— Non. Je crois qu'il ne se passe rien. Il n'est pas du genre à garder des secrets.

— Pip non plus, mais il se passe clairement quelque chose. Et ne sois pas trop en colère, il ne m'a pas laissée toute seule. Tu l'as dit toi-même, Shae sait botter des culs.

Il grogna, sans quitter la route des yeux.

Je l'observai alors qu'il changeait de vitesse.

— Je viens juste de réaliser à quel point c'était torride de te regarder conduire avec un levier de vitesse, dis-je d'un air stupéfait.

Je tendis la main au-dessus de la console pour la poser sur sa cuisse musclée.

— Merde, ma belle.

Il n'en dit pas plus avant d'accélérer.

Il me ramena à la maison et me déshabilla en un temps record, effaçant toutes mes pensées à propos de ma cousine.

♦

CONNER m'avait avertie de ne pas trop boire, alors je fis de mon mieux pour dissimuler mon mal de tête le lendemain matin. Il avait dû le comprendre, cependant, car je trouvai deux antalgiques et une bouteille d'eau à côté du lavabo, lorsque je sortis de la douche. Quand nous quittâmes la maison pour la fête de Nana, j'allais beaucoup mieux.

La matriarche de la famille Byrne fêtait ses quatre-vingt-cinq ans. Paddy et elle quittèrent leur maison, comme ils le faisaient rarement, pour assister à la fête organisée dans un pub. La famille avait choisi le plus grand bar irlandais qu'ils possédaient et l'avait réservé pour l'après-midi. Cet endroit était décoré de lavande, la couleur préférée de Nana, du sol au plafond, et était plein à craquer tant il y avait d'invités.

Nous nous frayâmes d'abord un chemin jusqu'à la vieille dame qui célébrait son anniversaire. Elle affirma que nous avions exagéré, mais nous voyions clairement qu'elle était ravie. J'en étais rapidement venue à adorer la grand-mère de Conner, et j'étais enchantée de faire partie de cette journée spéciale. Nous discutâmes un moment avant de céder la place aux nouveaux arrivants pour qu'ils aient une chance de lui parler.

M'installant, je laissai Conner se commander une Guinness tandis que je m'en tenais au soda. Mon estomac n'était pas prêt à boire de l'alcool si tôt après ma sortie en boîte de nuit.

— Je ne savais pas que Mia avait été invitée, dis-je à mon mari après avoir repéré sa mère biologique et son mari à l'autre bout de la pièce.

— J'imagine que maman l'a invitée. Elles se sont vues deux fois, ces dernières semaines. Apparemment, elles s'entendent vraiment bien. Ça me paraît un peu étrange, mais je commence à m'y habituer.

— C'est génial. Ta mère aurait facilement pu se sentir menacée. Toute la famille a très bien géré la chose. En grande partie.

Conner avait annoncé à ses parents que Brody était son père biologique. Ensuite, il s'était entretenu avec la veuve de Brody et ses trois enfants. Shae avait tellement ri que son visage en était devenu bleu. D'après Conner, son aîné, Cael, avait semblé imperturbable, mais le plus vieux, Oran, n'avait pas caché sa méfiance. Comme il était censé reprendre le rôle de son père dans l'organisation et se battre avec Keir pour obtenir le leadership, il n'était pas content d'apprendre que Conner gagnait plus d'influence dans la famille.

— Ah, il y a toujours un élément perturbateur, murmura Conner. Une fois qu'il comprendra que je ne suis pas une menace, il se calmera.

— Je suis ravie que tu ne prévoies pas de prendre le contrôle de la famille. Je ne veux pas que tu portes ce genre de cible dans le dos.

Il passa un bras autour de moi et m'attira contre lui.

— J'ai tout ce que je veux, juste ici, dit-il en approchant ses lèvres de mon oreille.

Je me réchauffai en entendant ses mots. Lorsqu'il retira son bras pour serrer la main d'un parent lointain, je réalisai que je ressentais la même chose. Après la mort de maman, je m'étais dit que je ne pourrais jamais être heureuse en épousant un homme qui menait le même genre de vie que mon père. Mais je savais désormais qu'un homme était plus que son style de vie. Une personne pouvait vivre selon un code moral totalement différent de la société et demeurer honorable. Il pouvait voler tous mes strings et rester attentionné. Il pouvait m'ordonner de me mettre à genoux et me vénérer comme une déesse.

Et, pour être honnête, je ne voulais pas obtenir certaines parties sans avoir les autres. Conner était ainsi à cause de sa complexité obscure et j'adorais toutes les pièces énigmatiques qui le composaient.

# ÉPILOGUE

*Six semaines plus tard*

— On va devoir faire ça tous les ans, dis-je à Conner.

Notre pilote venait de nous informer que nous atterririons dans une demi-heure.

— Je suis prête à rentrer à la maison, mais j'ai aussi hâte de repartir.

Nous avions passé une semaine de lune de miel magique aux îles Turques et Caïques. Nous avions fait de la plongée sous-marine à Smith's Reef, juste au bord de la côte, et avions pris des bains de soleil. Cette semaine avait été paresseuse,

388

merveilleuse et parfaite. J'arborais un bronzage doré alors qu'à la maison, je repartais pour la saison des pluies avec une nouvelle envie de voyage. Je savais que mon père prenait des jets privés quand il voyageait, mais nous autres, nous quittions rarement la ville. Lorsque nous le faisions, nous réservions des vols commerciaux. Mais Conner n'utilisait pas ce type de vol. Après un vol luxueux dans le jet privé de sa famille, je comprenais pourquoi.

— On peut arranger ça. Il reste encore beaucoup d'îles des Caraïbes à explorer et la prochaine fois, nous n'aurons pas besoin de prendre l'avion le jour de ton anniversaire.

— Ce n'est pas si déplaisant, le taquinai-je.

Je levai les bras pour désigner la cabine en cuir et en bois de cerisier autour de nous. Nous étions assis sur deux sièges confortables, face à l'autre, et mes pieds étaient posés sur ses genoux.

— Oui, mais c'est ton vingt et unième anniversaire. Tu devrais sortir et faire la fête comme toutes les personnes qui fêtent leur vingt et unième anniversaire.

Je souris.

— J'ai encore le temps.

— Hmm, songea-t-il.

Ses yeux azur me rappelaient les eaux que nous avions quittées.

— Je me disais que j'allais attendre d'être à la maison pour te donner ton cadeau, mais je crois que je préférerais le faire maintenant.

Il tendit la main vers sa pochette d'ordinateur portable, à côté de son fauteuil, et en sortit une petite boîte noire enveloppée d'un nœud en satin blanc.

Je posai les pieds par terre en me redressant sous l'effet de la surprise.

— On vient juste de passer des vacances merveilleuses. Tu n'avais pas besoin de m'acheter autre chose.

— Contente-toi de l'ouvrir, déclara-t-il doucement.

Je détachai le nœud et soulevai le couvercle pour dévoiler une paire de boucles d'oreilles en or blanc, parfaitement assorties au collier de ma mère.

— Oh, Conner, soufflai-je.

Ma main se posa sur le pendentif autour de mon cou. Je l'avais porté presque tous les jours depuis que je l'avais mis, des mois plus tôt, et je lui avais expliqué sa signification quand il me l'avait demandé. Je n'aurais jamais pensé qu'il ferait quelque chose d'aussi incroyablement mignon en réclamant à un bijoutier de créer une paire de boucles d'oreilles assorties.

Je fermai le couvercle et me levai hâtivement pour m'asseoir sur ses cuisses et le chevaucher sur son siège en cuir.

— Merci, chéri. Elles sont parfaites.

J'appuyai mes lèvres contre les siennes. Conner vint poser ses fesses sur mon modeste postérieur, approfondissant notre baiser quand le pilote annonça que nous atterririons dans quinze minutes.

Nous nous pétrifiâmes tous les deux, nos regards rivés comme pour communiquer en silence.

— Ça nous laisse largement le temps, grogna-t-il en me prenant dans ses bras.

Il nous emmena dans la petite chambre à l'arrière de l'avion.

Je ris jusqu'à ce que la porte se ferme derrière nous et que la pièce se fige soudainement à cause de la présence dominante de Conner. Il m'allongea sur le lit, glissant ma culotte sur mes hanches avec précaution. À la maison, la météo serait plus fraîche, mais je m'étais entêtée à enfiler l'une des robes d'été que j'avais emportées pour notre voyage, m'accrochant à tous les vestiges de mon paradis tropical.

En quelques secondes, Conner me pénétrait.

Nous avions eu tout genre d'ébats depuis notre mariage. Des ébats amusants, brusques, obscènes et même doux. Chaque fois avec Conner paraissait un peu différente et aussi dynamique que les multiples facettes de sa personnalité. J'adorais toutes les versions, mais c'était plus que du sexe. Nos yeux restaient bloqués l'un sur l'autre, chaque barrière tombait et rien d'autre qu'une dévotion pure ne se déversait entre nous.

Je m'étais déjà demandé à plusieurs reprises si je devais lui dire ce que je ressentais et admettre la profondeur de mes sentiments pour lui. Je m'en étais dissuadée chaque fois, mais désormais, les mots se libéraient sur ma langue.

— Je t'aime, Conner Reid.

Ses mouvements, déjà mesurés et délibérés, se figèrent. Il abaissa ses lèvres pour effleurer les miennes avant de river son regard sur le mien une nouvelle fois.

— Je t'aime terriblement.

L'émotion pure dans sa voix emplit ma poitrine d'euphorie. Il devait ressentir la même chose, car quelques minutes plus tard, nous nous brisions tous les deux dans un orgasme partagé.

L'expérience était écrasante et transcendante.

Je dus m'ordonner de le relâcher. Il semblait tout aussi réticent à l'idée de s'éloigner de moi. Nous eûmes à peine le temps de rejoindre nos sièges avant que les roues de l'avion heurtent le tarmac.

Je jetai un coup d'œil par le hublot, espérant calmer la

chaleur qui me brûlait les joues. Je devais être en train de rayonner. Alors que nous tournions vers le hangar où l'avion était abrité, je remarquai Keir, à côté d'un SUV noir.

— Keir nous ramène chez nous ? demandai-je, surprise de le voir.

— Non, il a appelé tout à l'heure pour me dire qu'il avait besoin du jet. Il partira dès qu'ils auront fait le plein de carburant.

Je grimaçai.

— S'il te plaît, dis-moi qu'ils changeront les draps, aussi.

Je ne pensais pas qu'il sentirait l'odeur des ébats sur le lit, mais tout de même. C'était répugnant.

Conner haussa les épaules, car il s'en moquait totalement. Les hommes.

Une fois que l'avion s'arrêta et que l'escalier fut abaissé, nous sortîmes sur le tarmac et nous nous figeâmes. Keir tenait une femme inconsciente dans ses bras. Elle était jeune et jolie, ses longs cheveux auburn pendaient en vagues lâches sur ses bras.

— C'est la fille du gouverneur ? demanda nonchalamment mon époux.

— Oui.

Keir me jeta un bref coup d'œil avant de passer devant nous et d'emmener la femme dans l'avion. Pas de plaisanterie. Pas d'explication.

Je fus la seule à pouvoir entendre le juron marmonné de mon mari.

— Eh merde.

*C'est ce que j'allais dire.*

♦

Merci beaucoup d'avoir lu *Vœux de silence* !
*Les Frères Byrne* est une saga de romans indépendants interconnectés et le suivant dans la liste est Une union dépravée.

Une union dépravée (*Les Frères Byrne, tome 2*)
Keir Byrne ne recherchait pas une femme, mais la fille du gouverneur est en danger et un mariage leur bénéficierait à tous les deux. Le seul problème ? Rowan est déjà en couple avec quelqu'un d'autre. Heureusement, Keir n'est pas le genre d'homme à laisser une épouse réticente entraver ses plans…

**Envie d'en savoir plus sur Pippa et Bishop** ?
Découvrez Péchés secrets, une nouvelle des *Frères Byrne*. Pippa voulait un coup d'un soir avec Bishop Bohanan, bad boy charmeur. Mais lorsqu'il se rend compte qu'il est son premier amant, le mafioso irlandais possessif exige d'être son seul et unique…

N'oubliez pas de vous inscrire à ma newsletter pour qu'on reste en contact !
La Newsletter de Jill

# REMERCIEMENTS

Si on me le demandait, je dirais que mes livres précédents étaient bons, mais que *Vœux de silence* marque l'arrivée de quelque chose de vraiment spécial. Plusieurs femmes m'ont aidé à apporter ce changement, même indirectement.

Tout d'abord, j'aimerais remercier Skye Warren d'avoir organisé sa conférence Romance Author Mastermind. Je n'imagine pas connaître une expérience plus incroyable, à la fois dans le domaine du contenu et de la création de réseaux. La conférence virtuelle de 2021 m'a lancé dans le processus d'apprentissage qui a mené à ce livre.

Ensuite, j'aimerais dire un immense merci à Heather Hildenbrand qui a accepté de laisser quelqu'un qu'elle connaissait à peine s'incruster lors de son atelier RAM du week-end. Toute sa positivité et sa générosité m'ont permis de profiter au maximum de cette conférence. De plus, c'est elle qui m'a encouragée à lire un roman écrit par la personne que je mentionne ensuite.

Le dernier remerciement, mais non le moindre, va à l'incomparable Theodora Taylor et à son livre *Seven Figure Fiction*. Avec l'explication d'un concept assez simple, elle a complètement changé mon point de vue sur l'écriture. J'ai été vraiment stupéfaite. J'étais encore plus heureuse d'apprendre, après une petite retraite avec elle, qu'elle n'était pas seulement sagace, mais qu'elle est également merveilleuse. Merci, Theodora !

Mon processus d'apprentissage n'est pas terminé, mais mon travail progresse à chaque livre et j'ai hâte de voir ce qui viendra ensuite, car à chaque amélioration, j'apporte davantage de joie à mes lecteurs et c'est tout ce qui compte.

# RÉSEAUX SOCIAUX & SITE WEB

Site web officiel : www.jillramsower.com
Page Facebook de Jill : www.facebook.com/
jillramsowerauthor
Groupe de lecture : Jill's Ravenous Readers
Suivez Jill sur Instagram : @jillramsowerauthor
Suivez Jill sur TikTok : @JillRamsowerauthor

# À PROPOS DE L'AUTEURE

Jill Ramsower est texane depuis toujours — née à Houston, élevée à Austin et résidant actuellement dans l'ouest du Texas. Elle a fréquenté l'Université Baylor, puis l'école de droit de Baylor pour obtenir ses BA et JD. Elle a passé les quatorze années suivantes à pratiquer le droit et à élever ses trois enfants jusqu'au jour fatidique où elle s'est éloignée du droit chemin sur lequel elle marchait et s'est assise pour écrire un livre. Accro au stylo, elle écrit comme une forcenée. Sa passion dans la vie ? Raconter des histoires.